傅山「山水」──傅山（1607-1684），山西陽曲人，字青主，為人有俠氣，世稱義士。入清後號朱衣道人，穿道裝，不肯薙髮，行醫為業，康熙帝強徵至入京，傅山佯病，堅不仕清。其書畫磊落有奇氣，以風骨勝。

黃慎「人琴圖」──黃慎（1687-1766?），「揚州八怪」之一，好酒任性，研學懷素草書後豁然貫通，將狂草的筆法融入繪畫，寥寥數筆而盤旋飛動。圖中老人凝視瑤琴，深有所思（題字為「能移人情」），有點像本書中的魔教曲長老，盈盈的師姪綠竹翁或無如此風致。

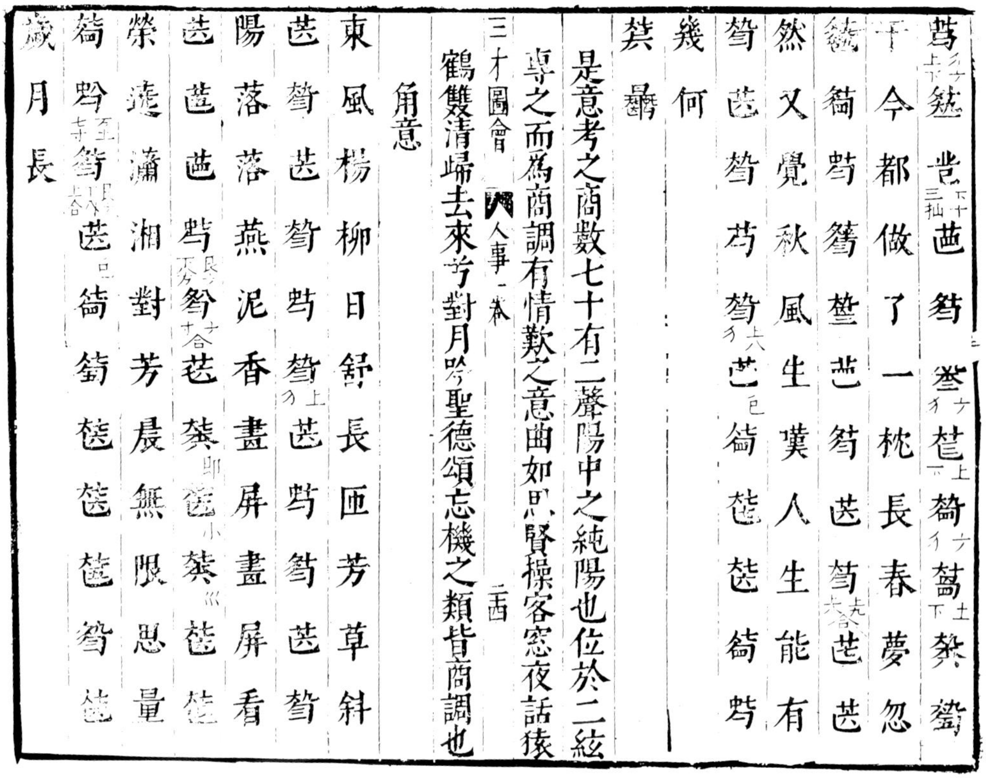

今都做了一枕長春夢忽
然又覺秋風生嘆人生能有
幾何
是意考之商數七十有二聲陽中之純陽也位於二絃專之而爲商調有情歎之意曲如巴賢操客窓夜話猿鶴雙清歸去來兮對月吟聖德頌忘機之類皆商調也
三才圖會 人事一卷 二四
角意
東風楊柳日舒長匝芳草斜
陽落落燕泥香畫屏畫屏看
榮遶瀟湘對芳晨無限思量
歲月長

角意數有六十四聲陰中之少陽清濁之間也位於三絃專之而爲角調有清寂之妙曲有列子御風凌虛吟之類皆角意也
商角意
渭水盪秋風落日征鴻問從
來幾箇英雄南陽東海總成
功臥龍不滅飛熊霸業也却
成空烏江遺恨無窮至今無
面江東
三才圖會 人事一卷 二五
是意有半商半角之声嘆英雄之遺恨嗟世事之浮漚
慨古傷今之情
徵意

琴譜——古琴譜以簡筆記錄指法，每一個均是怪字。此兩頁琴譜錄自《三才圖會》，譜旁錄有曲詞。「笑傲江湖」曲譜中並無通常文字，洛陽金刀王家祖孫粗鄙武人，因而懷疑係辟邪劍法之劍譜。

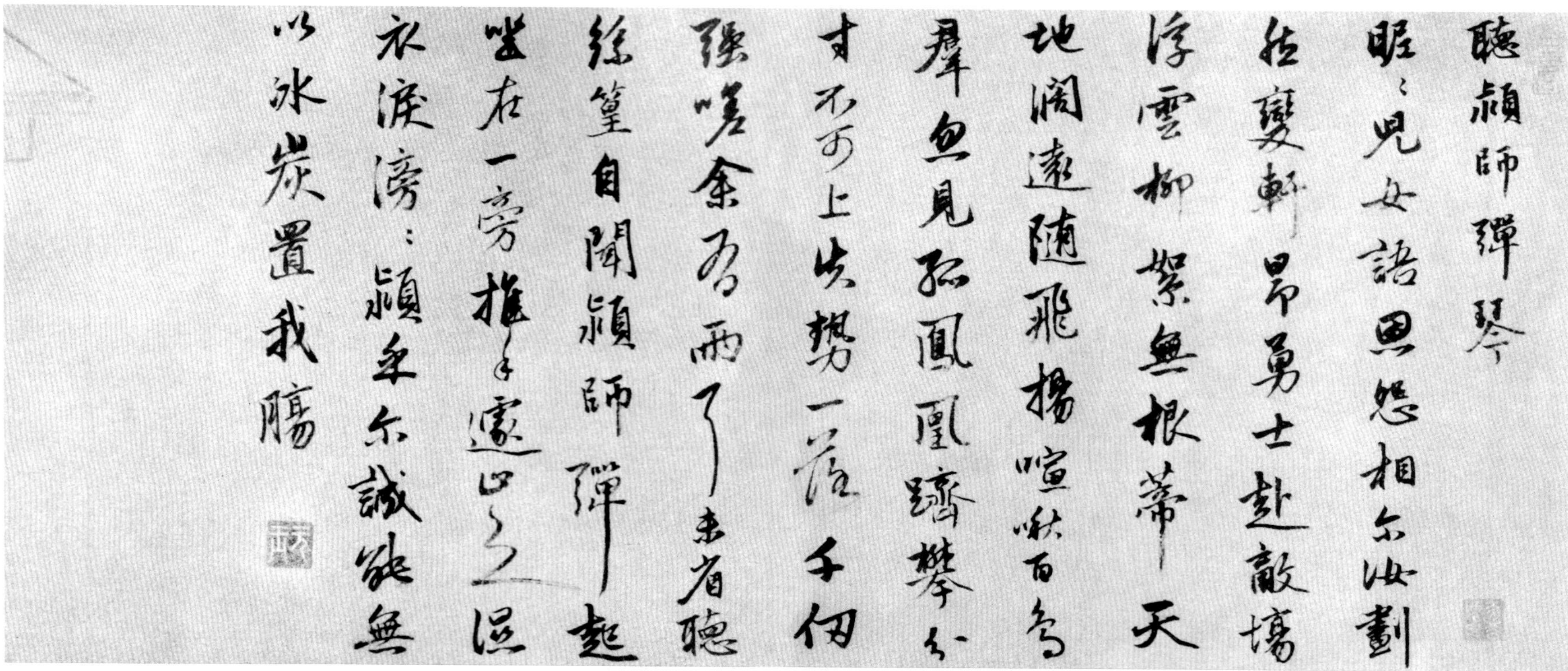

以下二圖／「聽穎師彈琴」圖卷——明金琮書，杜堇繪。金琮，南京人，杜堇，江蘇鎮江人。此圖卷包括了中國詩歌、音樂、書法、繪畫四種藝術。詩歌描寫琴音之忽柔忽剛，忽高忽低，以及聽者之感動，是韓愈的著名作品。

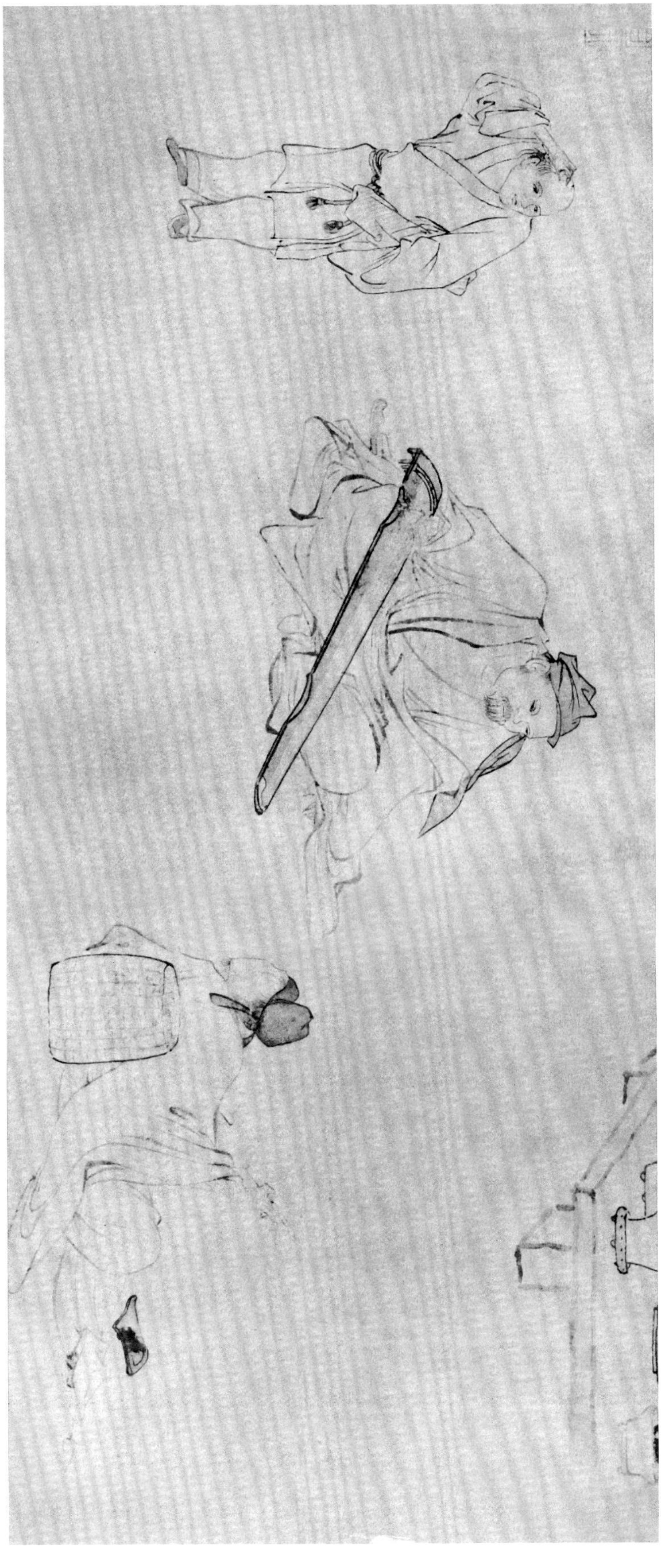

商代青銅酒器。

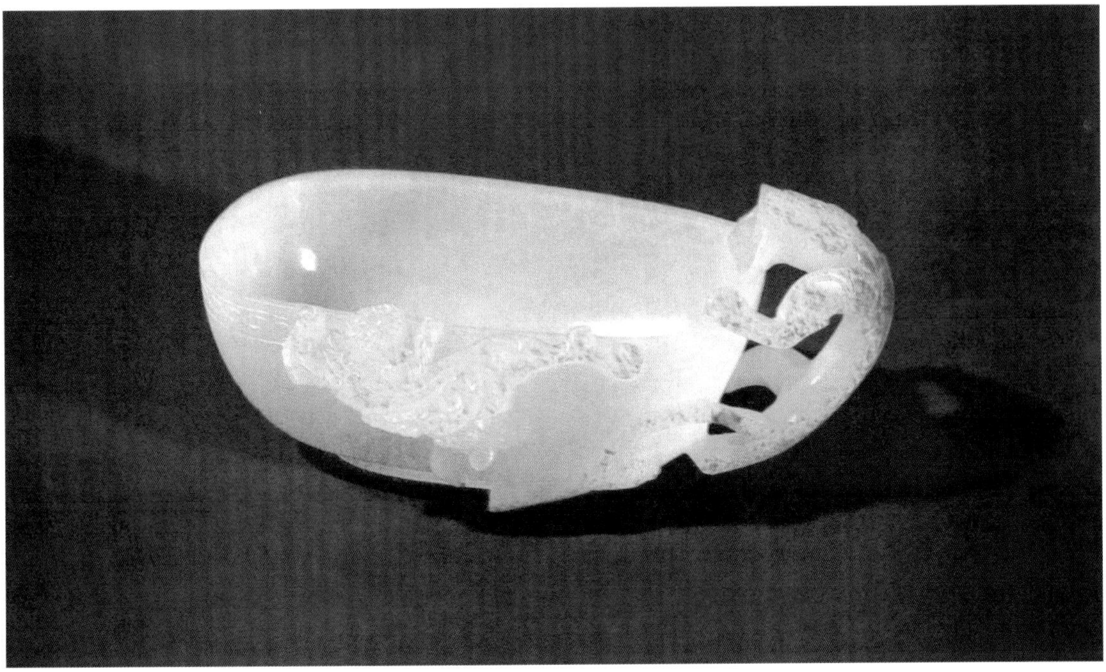

螭耳玉杯。

紅瑪瑙蟠桃洗——形狀是筆洗，但如為祖千秋所得，勢必用作酒杯，而桃谷六仙見其作桃形，諒來不敢損毀，以免犯忌。

犀角酒杯——明代名家所刻。

水晶兕觥——兕，音似，傳說中似牛獨角獸，兕觥為大酒杯。

大字版

笑傲江湖

③傳琴療傷

金庸

大字版金庸作品集57

笑傲江湖 (3)傳琴療傷 「公元2006年金庸新修版」

The Smiling, Proud Wanderer, Vol. 3

作　者／金　庸

封面設計／唐壽南　內頁插畫／王司馬

發 行 人／王 榮 文
出版・發行／遠流出版事業股份有限公司
臺北市中山北路一段11號13樓
電話／2571-0297　傳真／2571-0197　郵撥／0189456-1

□2006年 8 月16日　初版一刷
□2022年 4 月 1 日　二版五刷

大字版　每冊380元（本作品全八冊，共3040元）
〔另有典藏版共36冊（不分售），平裝版共36冊，新修版共36冊，新修文庫版共72冊〕

ISBN　978-957-32-8112-2（套：大字版）
ISBN　978-957-32-8106-1（第三冊：大字版）
Printed in Taiwan

YLib 遠流博識網
http://www.ylib.com　E-mail:ylib@ylib.com

目錄

令狐冲迷迷糊糊之中，但覺胸口煩惡，全身氣血倒轉，說不出的難受，過了良久，神智漸復，只覺身子似乎在一隻火爐中燒烤，忍不住呻吟出聲，聽得有人喝道：「別作聲！」

二一 聚氣

令狐冲向廳內瞧去，只見賓位上首坐著一個身材高大的瘦削老者，右手執著五嶽劍派令旗，料來是嵩山派的仙鶴手陸柏。他下首坐著一個中年道人，一個五十來歲的老者，從服色瞧來，分別屬於泰山、衡山兩派，更下首又坐著三人，都是五六十歲年紀，腰間所佩長劍均是華山派的兵刃，第一人滿臉戾氣，一張黃焦焦的面皮，想必是陸大有所說的那個封不平。師父和師娘坐在主位相陪。桌上擺了淸茶和點心。

只聽那衡山派的老者說道：「岳兄，貴派門戶之事，我們外人本來不便揷嘴。只是我五嶽劍派結盟聯手，共榮共辱，要是有一派處事不當，爲江湖同道所笑，其餘四派共蒙其羞。適才岳夫人說道，我嵩山、泰山、衡山三派不該多管閒事，這句話未免不對了。」這老者一雙眼睛黃澄澄地，倒似生了黃膽病一般。

令狐冲心下稍寬：「原來他們仍在爭執這件事，師父並未屈服讓位。」

岳夫人道：「魯師兄這麼說，那是咬定我華山派處事不當，連累貴派的名聲了？」

衡山派這姓魯的老者微微冷笑，說道：「素聞華山派寧女俠是太上掌門，往日在下也還不信，今日一見，才知果然名不虛傳。」岳夫人怒道：「魯師兄來到華山是客，今日我可不便得罪。只不過衡山派一位成名的英雄，想不到卻會這般胡言亂語，下次見到莫大先生，倒要向他請教。」那姓魯老者冷笑道：「只因在下是客，岳夫人才不能得罪，倘若這裏不是華山，岳夫人便要揮劍斬我人頭了，是也不是？」

岳夫人道：「這卻不敢，我華山派怎敢來理會貴派門戶之事？貴派高手和魔教勾結，自有嵩山派左盟主清理，不用敝派插手。」

衡山派劉正風和魔教長老曲洋雙雙死於衡山城外，江湖上皆知是嵩山派所殺。她提及此事，一來揭衡山派的瘡疤，二來譏刺這姓魯老者不念本門師兄弟遭殺之仇，反和嵩山派的人物同來跟自己夫婦爲難。那姓魯老者臉色大變，厲聲道：「古往今來，那一派中沒不肖弟子？我們今日來到華山，正是爲了主持公道，相助封大哥清理門戶中的奸邪之輩。」

岳夫人手按劍柄，森然道：「誰是奸邪之輩？拙夫岳不羣外號人稱『君子劍』，閣下的外號叫作甚麼？」

那姓魯老者臉上一紅，一雙黃澄澄的眼睛對著岳夫人怒目而視，卻不答話。

這老者雖是衡山派中的第一代人物，與莫大先生、劉正風同輩，在江湖上卻無多大名氣，令狐冲不知他來歷，回頭問勞德諾道：「這人是誰？匪號叫作甚麼？」他知勞德諾帶藝投師，拜入華山派之前在江湖上歷練已久，多知武林中的掌故軼事。勞德諾果然知道，低聲道：「這老兒叫魯正榮，正式外號叫作『金眼鵰』。但他多嘴多舌，惹人討厭，武林中人背後都管他叫『金眼烏鴉』。」令狐冲微微一笑，心想：「這不雅的外號雖沒人敢當面相稱，但日子久了，總會傳入他耳裏。師娘問他外號，他自然明白指的決不會是『金眼鵰』而是『金眼烏鴉』。」

只聽得魯正榮大聲道：「哼，甚麼『君子劍』？『君子』二字之上，只怕得再加上一個『僞』字。」令狐冲聽他如此當面侮辱師父，再也忍耐不住，大聲叫道：「瞎眼烏鴉，有種的給我滾出來！」

岳不羣早聽得門外令狐冲和勞德諾的對答，心道：「怎地冲兒下峯來了？」當即斥道：「冲兒，不得無禮。魯師伯遠來是客，你怎可沒上沒下的亂說？」

魯正榮氣得眼中如要噴出火來，華山大弟子令狐冲在衡山城中胡鬧的事，他是聽人說過的，當即罵道：「我道是誰，原來是這個在衡山城中嫖妓宿娼的小子！華山派門下果然人才濟濟。」令狐冲笑道：「不錯，我在衡山城中嫖妓宿娼，結識的婊子姓魯，是你家的女人！」

岳不羣怒喝：「你……你還在胡說八道！」令狐冲聽得師父動怒，不敢再說，但廳上陸柏和封不平等已忍不住臉露微笑。

魯正榮倏地轉身，左足一抬，砰的一聲，將一扇長窗踢得飛了出去。他不認得令狐冲，指著華山派羣弟子喝道：「剛才說話的是那一隻畜生？」華山羣弟子默然不語。魯正榮又罵：「他媽的，剛才說話的是那一隻畜生？」令狐冲笑道：「剛才是你自己在說話，我怎知是甚麼畜生？」魯正榮怒不可遏，大吼一聲，便向令狐冲撲去。

令狐冲見他來勢兇猛，向後躍開，突然間人影一閃，廳堂中飄出一個人來，銀光閃爍，錚錚有聲，已和魯正榮鬥在一起，正是岳夫人。她出廳、拔劍、擋架、還擊，一氣呵成，姿式又復美妙之極，雖然極快，旁人瞧在眼中卻不見其快，但見其美。

岳不羣道：「大家是自己人，有話不妨慢慢的說，何必動手？」緩步走到廳外，順手從勞德諾腰邊抽出長劍，一遞一翻，將魯正榮和岳夫人兩柄長劍壓住。魯正榮運勁於臂，向上力抬，不料竟然紋絲不動，臉上一紅，又再運氣。

岳不羣笑道：「我五嶽劍派同氣連枝，便如自家人一般，魯師兄不必和小孩子們一般見識。」回過頭來，向令狐冲斥道：「你胡說八道，還不快向魯師伯賠禮？」

令狐冲聽了師父吩咐，只得上前躬身行禮，說道：「魯師伯，弟子瞎了眼，不知輕重，便如臭烏鴉般啞啞亂叫，污衊了武林高人的聲譽，當眞連畜生也不如。你老人家別生氣，我可不是罵你。臭烏鴉亂叫亂噪，是畜生叫嚷，咱們只當他是放屁！」他臭烏鴉長、臭烏鴉短的說個不休，誰都知他又是在罵魯正榮，旁人還可忍住，岳靈珊已咭的一聲，笑了出來。

岳不羣感到魯正榮接連運了三次勁，微微一笑，收起長劍，交還給勞德諾。魯正榮劍上壓力陡然消失，手臂向上急舉，只聽得噹噹兩聲響，兩截斷劍掉在地下，他和岳夫人手中都只賸下了半截斷劍。他正在出力和岳不羣相拚，這時運勁正猛，半截斷劍向上疾挑，險些劈中了自己額角，幸好他膂力甚強，這才及時收住，但已鬧得手忙腳亂，面紅耳赤。

他嘶聲怒喝：「你……你……兩個打一個！」但隨即想到，岳夫人的長劍也給岳不羣以內力壓斷，眼見陸柏、封不平等人都已出廳觀鬥，人人都看得出來，岳不羣只是勸架，請二人罷手，卻無偏袒。妻子的長劍爲丈夫壓斷並無干係，魯正榮這一下卻無論如何受不了。他又叫：「你……你……」右足重重一頓，握著半截斷劍，頭也不回的急衝下山。

岳不羣壓斷二人長劍之時，便已見到站在令狐冲身後的桃谷六仙，覺這六人形相非常，心感詫異，拱手道：「六位光臨華山，未曾遠迎，還望恕罪。」桃谷六仙瞪眼瞧著他，既不還禮，也不說話。令狐冲道：「這位是我師父，華山派掌門岳先生……」

他一句話沒說完，封不平插口道：「是你師父，那是不錯，是不是華山派掌門，卻要走著瞧了。岳師兄，你露的這手紫霞神功可帥得很啊，可是單憑這手氣功，卻未必便能執掌華山門戶。誰不知華山派是五嶽劍派之一，劍派劍派，自然是以劍爲主。你一味練氣，那是走入魔道，修習的可不是本門正宗心法了。」

岳不羣道：「封兄此言未免太過。五嶽劍派都使劍，那固然不錯，可是不論那一門、那一派，都講究『以氣馭劍』之道。劍術是外學，氣功是內學，須得內外兼修，武功方克得有小成。以封兄所言，倘若只勤練劍術，遇上了內家高手，便不免相形見絀。」

封不平冷笑道：「那也不見得。天下最佳之事，莫如九流三教、醫卜星相、四書五經、十八般武藝件件皆能，事事皆精，刀法也好，槍法也好，無一不是出人頭地。可是世人壽命有限，那能容得你每一門都去練上一練？一個人專練劍法，尚且難精，又怎能分心去練別的功夫？我不是說練氣不好，只不過咱們華山派的正宗武學乃是劍術。你要涉獵旁門左道的功夫，有何不可，去練魔教的『吸星大法』，旁人也還管你不著，何況練氣？但尋常人貪多務得，練壞了門道，不過是自作自受，你眼下執掌華山一派，這般走上了歪路，那可是貽禍子弟，流毒無窮。」

令狐冲心中猛地閃過一個念頭：「風太師叔只教我練劍，他……他多半是劍宗的。我跟他老人家學劍，這……這可錯了嗎？」霎時間毛骨悚然，背上滿是冷汗。

岳不羣微笑道：「『貽禍子弟，流毒無窮』，卻也不見得。」

封不平身旁那矮子突然大聲道：「為甚麼不見得？你教了這麼一大批沒個屁用的弟子出來，還不是『貽禍子弟，流毒無窮』？封師兄說你所練的功夫是旁門左道，不配做華山派掌門人，這話一點兒不錯。你到底是自動退位呢，還是吃硬不吃軟，要叫人拉下位來？」

這時陸大有已趕到廳外，見大師哥瞧著那矮子，臉有疑問之色，便低聲道：「先前聽他們跟師父對答，這矮子名叫成不憂。」

岳不羣道：「成兄，你們『劍宗』一支，二十五年前早已離開本門，自認不再是華山派弟子，何以今日又來生事？倘若你們自認功夫了得，不妨自立門戶，在武林中揚眉吐氣，將華山派壓了下來，岳某自也佩服。今日這等嚕唆不清，除了徒傷和氣，更有何益？」

成不憂大聲道：「岳師兄，在下跟你無怨無仇，原本不必傷這和氣。只是你霸佔華山派掌門之位，卻教眾弟子練氣不練劍，以致我華山派聲名日衰，你終究卸不了罪責。成某既是華山弟子，終不能袖手旁觀，置之不理。再說，當年『氣宗』排擠『劍宗』，所使的手段實在不明不白，殊不光明正大，我『劍宗』弟子沒一個服氣。我們已隱忍了二十五年，今日該得好好算一算這筆帳了。」

岳不羣道：「本門氣宗劍宗之爭，由來已久。當日兩宗玉女峯上比劍，勝敗既決，是非亦分。事隔二十五年，三位再來舊事重提，復有何益？」

成不憂道：「當日比劍勝敗如何，又有誰見來？我們三個都是『劍宗』弟子，就一個也沒見著。總而言之，你這掌門之位得來不清不楚，不明不白，否則左盟主身爲五嶽劍派的首領，怎麼他老人家也會頒下令旗，要你讓位？」岳不羣搖頭道：「我想其中必有蹊蹺。左盟主向來見事極明，依情依理，決不會突然頒下令旗，要華山派更易掌門。」成不憂指著五嶽劍派的令旗道：「難道這令旗是假的？」岳不羣道：「令旗是不假，只不過令旗是啞巴，不會說話。」

陸柏一直旁觀不語，這時終於插口：「岳師兄說五嶽令旗是啞巴，難道陸某也是啞巴不成？」岳不羣道：「不敢！茲事體大，在下當面謁左盟主後，再定行止。」陸柏陰森森的道：「如此說來，岳師兄畢竟是信不過陸某的言語了？」岳不羣道：「不敢！就算左盟主眞有此意，他老人家也不能單憑一面之辭，便傳下號令，總也得聽聽在下的言語才是。再說，左盟主身爲五嶽劍派盟主，管的是五派所共的大事。至於泰山、恆山、衡山、華山四派自身的門戶之事，自有本派掌門人作主。」

成不憂道：「那有這麼許多嚕唆的？說來說去，你這掌門人之位是不肯讓的了，是也不是？」他說了「不肯讓的了」這五個字後，唰的一聲，已拔劍在手，待說那「是」字時便刺出一劍，說「也」字時刺出一劍，說「不」字時刺出一劍，說到最後一個「是」

字時又刺出一劍，「是也不是」四個字一口氣說出，便已連刺了四劍。

這四劍出招固然迅捷無倫，四劍連刺更是四下凌厲之極的不同招式，極盡變幻之能事。第一劍穿過岳不羣左肩上衣衫，第二劍穿過他右肩衣衫，第三劍刺他左脅之旁的衣衫，第四劍刺他右脅旁衣衫。四劍均是前後一通而過，在他衣衫上刺了八個窟窿，劍刃都是從岳不羣身旁貼肉掠過，相去不過半寸，卻沒傷到他絲毫肌膚，這四劍招式之妙，出手之快，拿捏之準，勢道之勁，無一不是第一流高手的風範。

華山羣弟子除令狐冲外盡皆失色，均想：「這四劍都是本派劍法，卻從來沒見師父使過。『劍宗』高手，果然不凡。」

但陸柏、封不平等卻對岳不羣更加佩服。眼見成不憂連刺四劍，每一劍都是狠招殺著，劍劍能致岳不羣的死命，但岳不羣始終臉露微笑，坦然而受，這養氣功夫卻尤非常人所能。成不憂等人來到華山，擺明了要奪掌門之位，岳不羣人再厚道，也不能不防對方暴起傷人，可是他不避不讓，漫不在乎的受了四劍，自是胸有成竹，只須成不憂一有加害之意，他便有剋制之道。在這間不容髮的瞬息之間，他竟能隨時出手護身克敵，則武功遠比成不憂爲高，自可想而知。他雖未出手，但懾人之威，與出手致勝已殊無二致。

令狐冲見成不憂所刺這四劍，正是後洞石壁所刻華山派劍法中的一招招式，他將之一化爲四，略加變化，似乎四招截然不同，其實也只一招，心想：「劍宗的招數再奇，終究越不出石壁上所刻圖形的範圍。」

岳夫人道：「成兄，拙夫瞧著各位遠來是客，一再容讓。你已在他衣上刺了四劍，再不知趣，華山派再尊敬客人，總也有個止境。」

成不憂道：「甚麼遠來是客，一再容讓？岳夫人，你只須破得我這四招劍法，成某立即乖乖下山，再也不敢上玉女峯一步。」他雖自負劍法了得，然見岳不羣如此不動聲色，倒也不敢向他挑戰，心想岳夫人在華山派中雖也名聲不小，終究是女流之輩，適才見到自己這四劍便有駭然色變之態，只須激得她出手，定能將她制住，那時岳不羣或者心有所忌，就此屈服，或者章法大亂，便易爲封不平所乘了，說著長劍一立，大聲道：「寧女俠乃華山氣宗高手，天下知聞。劍宗成不憂今日領教寧女俠的氣功。」他這麼說，竟揭明了要重作華山劍氣二宗的比拚。

岳夫人雖見成不憂這四劍招式精妙，自己並無必勝把握，但他這等咄咄逼人，如何能就此忍讓？唰的一聲，拔出了長劍。

令狐冲搶著道：「師娘，劍宗練功的法門誤入歧途，豈是本門正宗武學之可比？先讓弟子和他鬥鬥，倘若弟子的氣功沒練得到家，再請師娘來打發他不遲。」他不等岳夫人允可，已縱身攔在她身前，手中卻握著一柄順手在牆邊撿起來的破掃帚。他將掃帚一晃一晃，向成不憂道：「成師傅，你已不是本門中人，甚麼師伯師叔的稱呼，只好免了。你如迷途知返，要重投本門，也不知我師父肯不肯收你。就算我師父肯收，本門規矩，先入師門爲大，你也得叫我一聲師兄了，請請！」倒轉了掃帚柄，向他一指。

成不憂大怒，喝道：「臭小子，胡說八道！你只須擋得住我適才這四劍，成不憂拜你爲師。」令狐冲搖頭道：「我可不收你這個徒弟……」一句話沒說完，成不憂已叫道：「拔劍領死！」令狐冲道：「眞氣所至，草木皆是利劍。對付成兄這幾招不成氣候的招數，又何必用劍？」成不憂道：「好，是你狂妄自大，可不能怨我出手狠辣！」

岳不羣和岳夫人情知這人武功比令狐冲可高得太多，一柄掃帚管得甚用？以空手擋他利劍，凶險殊甚，當下齊聲喝道：「冲兒退開！」

但見白光閃處，成不憂已挺劍向令狐冲刺出，果然便是適才曾向岳不羣刺過的那一招。他不變招式，一來這幾招正是他生平絕學，二來有言在先，三來自己舊招重使，顯得是讓對方有所準備，雙方各有所利，扯了個直，並非單是自己在兵刃上佔了便宜。

令狐冲向他挑戰之時，早已成竹在胸，想好了拆招之法，後洞石壁上所刻圖形，均是以奇門兵刃破劍，自己倘若使劍，此刻獨孤九劍尚未練成，並無必勝之方，這柄破掃帚卻正好當作雷震擋，眼見成不憂長劍刺來，破掃帚便往他臉上掃了過去。

令狐冲這一下卻也干冒極大凶險，雷震擋乃精鋼所鑄，掃上了不死也必受傷，如他手中所持眞是雷震擋，這一掃妙到顛毫，對方自須迴劍自救，但這把破掃帚卻又有甚麼脅敵之力？他內力平常，甚麼「眞氣所至，草木即是利劍」云云，全是信口胡吹，這一掃帚便掃在成不憂臉上，最多也不過劃出幾條血絲，有甚大礙？可是成不憂這一劍，卻在他身上穿膛而過了。只是他料想對手乃前輩名宿，決不願自己這柄沾滿了鷄糞泥塵的破掃帚在他臉面掃上一下，縱然一劍將自己殺了，也難雪破帚掃臉之恥。

果然衆人驚呼聲中，成不憂偏臉閃開，迴劍去斬掃帚。

令狐冲破帚一捺，避開了這劍。成不憂給他一招之間即逼得迴劍自救，不由得臉上一熱，他可不知令狐冲破掃帚這一掃，其實是魔教十餘位高手長老，不知花了多少時光，共同苦思琢磨，才創出來剋制他這一招的妙著，實是嘔心瀝血、千錘百鍊的力作，還道令狐冲亂打誤撞，竟破解了自己這一招。他惱怒之下，第二劍又已刺出，這一劍可並非按著原來次序，卻是本來刺向岳不羣腋下的第四劍。

令狐冲一側身，帚交左手，似是閃避他這一劍，那破帚卻如閃電般疾穿而出，指向成不憂前胸。帚長劍短，帚雖後發，卻是先至，成不憂的長劍尚未圈轉，掃帚上的幾根竹絲已然戳到了他胸口。令狐冲叫道：「著！」嗤的一聲響，長劍已將破帚的帚頭斬落。但旁觀衆高手人人看得明白，這一招成不憂已然輸了，倘若令狐冲所使的不是一柄竹帚，而是鋼鐵所鑄的雷震擋、九齒釘耙、月牙鏟之類武器，成不憂胸口已受重傷。

對方若是一流高手，成不憂只好撒劍認輸，不能再行纏鬥，但令狐冲明明只是個二代弟子，自己敗在他一柄破掃帚下，顏面何存？當下唰唰唰連刺三劍，盡是華山派的絕招，三招之中，倒有兩招是後洞石壁上所刻。另一招令狐冲雖未見過，但他自從學了獨孤九劍的「破劍式」後，於天下諸種劍招的破法，心中都已有了些頭緒，閃身避開對方一劍，跟著便以石壁上棍棒破劍之法，以掃帚柄當作棍棒，一棍將成不憂的長劍擊歪，跟著挺棍向他劍尖撞了過去。

假若他手中所持是鐵棍鐵棒，則棍堅劍柔，長劍爲雙方勁力所撞，立即折斷，使劍者更無解救之道。不料他在危急中順手使出，沒想到自己所持的只是一根竹棍，以竹棍遇利劍，並非勢如破竹，而是勢乃破竹，嚓的一聲響，長劍插進了帚棍，直沒至劍柄。令狐冲念頭轉得奇快，右手順勢一掌橫擊帚柄，那掃帚挾著長劍，斜刺裏飛了出去。

成不憂又羞又怒，左掌疾翻，喀的一聲，正擊在令狐冲胸口。他是數十年的修爲，令狐冲不過熟悉劍招變化，拳腳功夫如何是他對手，身子立時翻倒，口中鮮血狂噴。

突然間人影閃動，成不憂雙手雙腳給人提了起來，只聽他一聲慘呼，滿地鮮血內臟，一個人竟給拉成了四塊，兩隻手兩隻腳分持在四個形貌奇醜的怪人手裏，正是桃谷四仙將他活生生的分屍四爿。

這一下變起俄頃，衆人都嚇得呆了。岳靈珊見到這血肉模糊的慘狀，眼前一黑，登時暈倒。饒是岳不羣、陸柏等皆是武林中見多識廣的大高手，卻也都駭然失措。

便在桃谷四仙撕裂成不憂的同時，桃花仙與桃實仙已搶起躺在地下的令狐冲，一個抱身，一個抬腳，迅捷異常的向山下奔去。岳不羣和封不平雙劍齊出，向桃幹仙和桃葉仙二人背心刺去。桃根仙和桃枝仙各自抽出一根短鐵棒，錚錚兩響，同時格開。桃谷四仙展開輕功，頭也不回的去了。

瞬息之間，六怪和令狐冲均已不見蹤影。

陸柏和岳不羣、封不平等人面面相覷，眼見這六個怪人去得如此快速，再也追趕不上，各人瞧著滿地鮮血和成不憂分成四塊的肢體，既覺驚懼，又感慚愧。

隔了良久，陸柏搖了搖頭，封不平也搖了搖頭。

令狐冲遭成不憂一掌打得重傷，隨即給桃谷二仙抬著下山，過不多時，便已昏暈過去，醒轉來時，眼前只見兩張馬臉、兩對眼睛凝視著自己，臉上充滿著關切之情。

桃花仙見令狐冲睜開眼睛，喜道：「醒啦，醒啦，這小子死不了啦。」桃實仙道：「當然死不了，給人輕輕的打上一掌，怎麼會死？」桃花仙道：「你倒說得稀鬆平常，這一掌打在你身上，自然傷不了你，但打在這小子身上，或許便打死了他。」桃實仙道：「他明明沒死，你怎麼說打死了他？」桃花仙道：「我不是說一定死，我是說：或許會死。」桃實仙道：「他既活轉，就不能再說『或許會死』了。」桃花仙道：「我說都說了，你待怎樣？」桃實仙道：「那就證明你眼光不對，也可說你根本沒有眼光。」桃花仙道：「你既有眼光，知道他決計死不了，剛才又爲甚麼唉聲嘆氣，滿臉愁容？」桃實仙道：「第一，我剛才唉聲嘆氣，不是躭心他死，是怕小尼姑爲他躭心。第二，咱們打賭贏了小尼姑，說好要到華山來請令狐冲去見她，現下請了這麼一個半死不活的令狐冲去，只怕小尼姑不答應。」桃花仙道：「你既知他一定不會死，就可告訴小尼姑不用躭心，小尼姑既然不躭心，你又躭心些甚麼？」桃實仙道：「第一，我叫小尼姑不躭心，她未必就聽我話，就算她聽了我話，假裝不躭心，其實還是在躭心。第二，這小子雖然死不了，傷勢可著實不輕，說不定難好，我自然也有點躭心。」

令狐冲聽他兄弟二人辯個不休，雖然聽著可笑，但顯然他二人對自己的生死實深關切，不禁感激，又聽他二人口口聲聲說到「小尼姑爲自己躭心」，想必那「小尼姑」便是恆山派的儀琳小師妹了，當下微笑道：「兩位放心，令狐冲死不了。」

桃實仙大喜，對桃花仙道：「你聽，他自己說死不了，你剛才還說或許會死。」桃花仙道：「我說那句話之時，他還沒開口說話。」桃實仙道：「他既睜開了眼睛，當然就會開口說話，誰都料想得到。」

令狐冲心想二人這麼爭辯下去，不知幾時方休，笑道：「我本來是要死的，不過聽見兩位盼望我不死，我想桃谷六仙何等的聲威，江湖上何等……何等的……咳咳……大名望，你們要我不死，我怎敢再死？」

桃花仙、桃實仙二人一聽，登時大喜，齊聲道：「對，對！這人的話十分有理！咱們跟大哥他們說去。」二人奔了出去。

令狐冲這時只覺自己是睡在一張板床之上，頭頂帳子陳舊破爛，也不知是在甚麼地方，輕輕轉頭，便覺胸口劇痛難當，只得躺著不動。

過不多時，桃根仙等四人也都走進房來。六人你一言，我一語，說個不休，有的自誇功勞，有的稱讚令狐冲不死的好，更有人說當時救人要緊，無暇去跟嵩山派那老狗算帳，否則將他也拉成四塊，瞧他身子變成四塊之後，還能不能將桃谷六仙像揑螞蟻般揑死。令狐冲強提精神，對他們大讚了幾句，隨即又暈了過去。

迷迷糊糊之中，但覺胸口煩惡，全身氣血倒轉，說不出的難受，過了良久，神智漸復，只覺身子似乎在一隻大火爐中燒烤，忍不住呻吟出聲，聽得有人喝道：「別作聲！」

令狐冲睜開眼來，見桌上一燈如豆，自己全身赤裸，躺在地下，雙手雙腳分別給桃谷四仙抓住，另有二人，一個伸掌按住他小腹，一個伸掌按在他腦門的「百會穴」上。令狐冲駭異之下，但覺有一股熱氣從左足足心向上游去，經左腿、小腹、胸口、右臂，而至右手掌心，另有一股熱氣則從左手掌心向下游去，經左臂、胸口、心腹、右腿，而至右足足心。兩股熱氣交互盤旋，只蒸得他大汗淋漓，炙熱難當。

他知桃谷六仙正在以上乘內功爲自己療傷，心中感激，暗暗運起師父所授的華山派內功心法，以便加上一份力道，不料一股內息剛從丹田中升起，小腹間便突然劇痛，恰如一柄利刃插進了肚中，登時哇哇一聲，鮮血狂噴。桃谷六仙齊聲驚呼：「不好了！」桃葉仙反手一掌，擊在令狐冲頭上，立時將他打暈。

此後令狐冲一直在昏迷之中，身子一時冷，一時熱，那兩股熱氣也不斷在四肢百駭間來回游走，有時更有數股熱氣相互衝突激盪，越發的難當難熬。

也不知過了多少時候，終於頭腦間突然清涼了一陣，只聽得桃谷六仙正自激辯，他睜開眼來，聽桃幹仙說道：「你們瞧，他大汗停了，眼睛也睜開了，是不是我的法子才是眞行？我這股眞氣從中瀆而至風市、環跳，在他淵液之間來回，必能治好他的內傷。」桃根仙道：「你還在胡吹大氣呢，前日倘若不用我的法子，以眞氣游走他足厥陰肝經諸經脈，這小子早死定了，那裏還輪得你今日在他淵液之間來回？」桃枝仙道：「不錯，不過大哥的法子縱然將他內傷治好了，他雙足不能行走，總是美中不足，還是我的法子好。這小子的內傷屬於心包絡，須得以眞氣通他腎絡三焦。」桃根仙怒道：「你又沒鑽進過他身子，怎知他的內傷一定屬於心包絡？當眞胡說八道！」三人你一言，我一語，爭執不休。

桃葉仙忽道：「這般以眞氣在他淵液之間來回，我看不大妥當，還是先治他的足少陰腎經爲是。」也不等旁人是否同意，立即伸手按住令狐冲左膝的陰谷穴，一股熱氣從穴道中透了進去。桃幹仙大怒，喝道：「嘿！你又來跟我搗蛋啦。咱們便試一試，到底誰說得對。」當即催動內力，加強眞氣。

令狐冲又想作嘔，又想吐血，心裏連珠價不住叫苦：「糟了，糟了！這六人一片好心，要救我性命，但六兄弟意見不同，各憑己法醫治，我令狐冲這次可眞倒足大霉了。」他想出聲抗辯，叫六仙住手，苦在開口不得。

只聽桃根仙道：「他胸口中掌，受了內傷，自然當以治他手太陰肺經爲主。我用眞氣貫注他中府、尺澤、孔最、列缺、太淵、少商諸穴，最是對症。」桃幹仙道：「大哥，別的事情我佩服你，這以眞氣療傷的本領，卻是你不及我了。這小子全身發高燒，乃陽氣太旺的實症，須得從他手陽明大腸經入手。我決意通他商陽、合谷、手三里、曲池、迎香諸處穴道。」桃枝仙搖頭道：「錯了，錯了，錯之極矣！」桃幹仙怒道：「你知道甚麼？爲甚麼說我錯之極矣？」桃根仙卻十分高興，笑道：「究竟三弟醫理明白，知道是我對，二弟錯了。」桃葉仙道：「二哥固然錯了，大哥卻也沒對。你們瞧，這小子雙眼發直，口唇顫動，偏偏不想說話……」（令狐冲心中暗罵：「我怎地不想說話？給你們用眞氣內力在我身上亂通亂鑽，我怎還說得出話來？」）桃葉仙續道：「……那自然是頭腦發昏，心智胡塗，須得治他足陽明胃經。」（令狐冲暗罵：「你才頭腦發昏，心智胡塗！」）桃葉仙一聲甫畢，令狐冲便覺眼眶下凹陷處的四白穴上一痛，口角旁的地倉穴上一酸，跟著臉頰上大迎、頰車，以及頭上頭維、下關諸穴一陣劇痛，又是一陣酸癢，只攪得他臉上肌肉不住跳動，自是桃葉仙在治他的足陽明胃經。

桃實仙道：「你整來整去，他還是不會說話，我看倒不是他腦子有病，只怕乃舌頭發強，這是裏寒上虛的病症，我用內力來治他的隱白、太白、公孫、商丘、地機諸處穴道，只不過……只不過……倘若治不好，你們可不要怪我。」桃幹仙道：「治不好，人家性命也給你送了，怎可不怪你？」桃實仙道：「但如放手不治，你明知他是舌頭發強，不治他足太陰脾經，豈非見死不救？」桃枝仙道：「倘若治錯了，可糟糕得很了。」

桃花仙道：「治錯了糟糕，治不好也糟糕。咱們治了這許多時候始終治不好，我料得他定是害了心病，須得從手少陰心經著手。可見少海、通理、神門、少衝四個穴道，乃關竅之所在。」桃實仙道：「昨天你說該當治他足少陽膽經，今天卻又說手少陰心經了。少陽是陽氣初盛，少陰是陰氣甫生，一陰一陽，二者截然相反，到底是那一種說法對？」桃花仙道：「由陰生陽，此乃一物之兩面，乃一分爲二之意。太極生兩儀，兩儀復合而爲太極，可見有時一分爲二，有時合二而一，少陽少陰，互爲表裏，不能一概而論者也。」

令狐冲暗暗叫苦：「你們在這裏強辭奪理，胡說八道，卻是將我的性命來當兒戲。」

桃根仙道：「試來試去，總是不行，我是決心一意孤行的了。」桃幹仙、桃枝仙等五人齊聲道：「怎麼一意孤行？」桃根仙道：「這顯然是一門奇症，既是奇症，便須從經外奇穴入手。我要以凌虛點穴之法，點他印堂、金律、玉液、魚腰、百勞和十二井穴。」桃幹仙等齊道：「大哥，這個使不得，那可太過凶險。」

只聽得桃根仙大喝：「甚麼使不得？再不動手，這小子性命不保。」令狐冲便覺印堂、金律等諸處穴道之中，便似有一把把利刀戳了進去，痛不可當，到後來已全然分辨不出是何處穴道中劇痛。他張嘴大叫，卻呼喚不出半點聲音。便在此時，一道熱氣從足太陰脾經諸處穴道中急劇流轉，跟著手少陰心經的諸處穴道中也出現熱氣，兩股眞氣相互激盪。過不多時，又有三道熱氣分從不同經絡的各穴道中透入。

令狐冲內心氣苦，身上更難熬無比，此前桃谷六仙在他身上胡亂醫治，他昏迷中懵然不知，那也罷了，此刻苦在神智清醒，於六人的胡鬧卻全然無能爲力。只覺六道眞氣在自己體內亂衝亂撞，肝、膽、腎、肺、心、脾、胃、大腸、小腸、膀胱、心包、三焦、五臟六腑，到處成了六兄弟眞力激盪之所，內功比拚之場。令狐冲怒極，心中大喝：「我此次若得不死，日後定將你這六個狗賊碎屍萬段！」他內心深處自知桃谷六仙純是一片好意，而且這般以眞氣助他療傷，實是大耗內力，若不是有與衆不同的交情，輕易決不施爲，可是此刻經歷如湯如沸、如煎如烤的折磨，痛楚難當，倘若他能張口作聲，天下最惡毒的言語也都罵出來了。

桃谷六仙一面各運眞氣、各憑己意爲令狐冲療傷，一面兀自爭執不休，卻不知這些時日之中，早已將令狐冲體內經脈攪得亂七八糟，全然不成模樣。令狐冲自幼研習華山派上乘內功，修爲雖不深湛，所學卻是名門正宗的內家功夫，根基紮得極厚，幸虧尚有這一點兒底子，才得苟延殘喘，沒給桃谷六仙的胡攪亂治立時送了性命。

桃谷六仙運氣多時，但見令狐冲心跳微弱，呼吸越來越沉，轉眼便要氣絕身亡，都不禁躭心。桃實仙道：「我不幹啦，再幹下去，弄死了他，這小子變成冤鬼，老是纏著我，可不嚇死了我？」手掌便從令狐冲的穴道上移開。桃根仙怒道：「要是這小子死了，第一個就怪你。他變成冤鬼，陰魂不散，總之是纏住了你。」桃實仙大叫一聲，越窗而走。桃幹仙、桃枝仙諸人次第縮手，有的皺眉，有的搖頭，均不知如何是好。

桃葉仙道：「看來這小子不行啦，那怎麼辦？」桃幹仙道：「你們去對小尼姑說，他給那個矮傢伙拍了一掌，抵受不住，因此死了。咱們爲他報仇，已將那矮傢伙撕成了四塊。」桃根仙道：「說不說咱們以眞氣爲他醫傷之事？」桃幹仙道：「這個萬萬說不得！」桃根仙道：「但如小尼姑又問，咱們爲甚麼不設法給他治傷，那便如何？」桃幹仙道：「那咱們只好說，醫是醫過了，只不過醫不好。」桃根仙道：「小尼姑豈不要怪桃谷六仙全無屁用，還不如六條狗子。」桃幹仙大怒，喝道：「小尼姑罵咱們是六條狗子，太也無理！」桃根仙道：「小尼姑又沒罵，是我說的。」桃幹仙怒道：「她既沒罵，你怎麼知道？」桃根仙道：「她說不定會罵的。」桃幹仙道：「也說不定不會罵。你這不是胡說八道麼？」桃根仙道：「這小子一死，小尼姑大大生氣，多半要罵。」桃幹仙道：「我說小尼姑一定放聲大哭，卻不會罵。」桃根仙道：「小尼姑挺可愛的，我寧可她罵咱們是六條狗子，不願見她放聲大哭。」

桃幹仙道：「她也未必會罵咱們是六條狗子。」桃根仙問：「那罵甚麼？」桃幹仙道：「咱們六兄弟像狗子麼？我看一點也不像。說不定罵咱們是六條貓兒。」桃葉仙插嘴：「為甚麼？難道咱們像貓兒麼？」桃花仙加入戰團：「罵人的話，又不必像。咱們六兄弟是人，小尼姑要是說咱們六個是人，就不是罵了。」桃枝仙道：「她如罵我們六個都是蠢人、壞人，那還是罵。」桃花仙道：「這總比六條狗子好。」桃枝仙道：「如果那六條狗子是聰明狗、能幹狗、威風狗、英雄好狗、武林中的六大高狗呢？到底是人好還是狗好？」

令狐冲奄奄一息的躺在床上，聽得他們如此爭執不休，忍不住好笑，不知如何，一股真氣上沖，忽然竟能出聲：「六條狗子也比你們好得多！」

桃谷五仙盡皆一愕，還未說話，卻聽得桃實仙在窗外問道：「為甚麼六條狗子也比我們好？」桃谷五仙齊聲問道：「是啊，為甚麼六條狗子也比我們好？」

令狐冲只想破口大罵，卻實在半點力氣也無，斷斷續續道：「你……你們送我……送我回華山去，只……只有我師父能救……救我性命……」桃根仙道：「甚麼？只有你師父能救你性命？難道桃谷六仙便救你不得？」令狐冲點了點頭，張大了口，再也說不出話來。

桃葉仙怒道：「豈有此理？你師父有甚麼了不起？難道比我們桃谷六仙還要厲害？」桃花仙道：「哼，叫他師父來跟我們比拚比拚！」桃幹仙道：「咱們四人抓住他師父的兩隻手，兩隻腳，喀的一聲，撕成他四塊。」桃實仙跳進房來，說道：「連華山上所有男男女女，一個個都撕成了四塊。」桃花仙道：「連華山上的狗子貓兒、豬羊鷄鴨、烏龜魚蝦，一隻隻都抓住四肢，撕成四塊。」

桃枝仙道：「魚蝦有甚麼四肢？怎麼抓住四肢？」桃花仙一愕，道：「抓其頭尾，上下魚鰭，不就成了？」桃枝仙道：「魚頭就不是魚的四肢。」桃花仙道：「那有甚麼干係？不是四肢就不是四肢。」桃枝仙道：「當然大有干係，既然不是四肢，那就證明你第一句話說錯了。」桃花仙明知給他抓住了痛腳，兀自強辯：「甚麼我第一句話說錯了？」桃枝仙道：「你說，『連華山上的狗子貓兒、豬羊鷄鴨、烏龜魚蝦，一隻隻都抓住四肢，撕成四塊。』你沒說過嗎？」桃花仙道：「我說過的。可是這句話，卻不是我的第一句話。今天我已說過幾千幾百句話，怎麼你說我這句話是第一句話？如果從我出娘胎算起，我不知說過幾萬萬句了，這更加不是第一句話。」桃枝仙張口結舌，說不出話來。

桃幹仙道：「你說烏龜？」桃花仙道：「不錯，烏龜有前腿後腿，自然有四肢。」桃幹仙道：「但咱們分抓烏龜的前腿後腿，四下一拉，怎麼能將之撕成四塊？」桃花仙道：「爲甚麼不能？烏龜有甚麼本事，能擋得住咱們四兄弟的一撕？」桃幹仙道：「將烏龜的身子撕成四塊，那是容易，可是牠那張硬殼呢？你怎麼能抓住烏龜的四肢，連牠硬殼也撕成四塊？倘若不撕硬殼，那就成爲五塊，不是四塊。」桃花仙道：「硬殼是一張，不是一塊，你說五塊，那就錯了。」桃根仙道：「烏龜殼背上共有十三塊格子，說四塊是錯，說五塊也錯。」

桃幹仙道：「我說的是撕成五塊，又不是說烏龜背上的格子共有五塊。你怎地如此纏夾不清？」桃根仙道：「你只將烏龜的身子撕成四塊，卻沒撕及烏龜的硬殼，只能說『撕成四塊，再加一張撕不開的硬殼』，所以你說『撕成五塊』云云，大有語病。不但大有語病，而且根本錯了。」桃葉仙道：「大哥，你這可又不對了。大有語病，就不是根本錯了。根本錯了，就不是大有語病。這兩者截然不同，豈可混爲一談？」

令狐冲聽他們刺刺不休的爭辯，若不是自己生死懸於一線，當眞要大笑一場，這些人言行可笑已極，自己卻越聽越煩惱。但轉念一想，這一下居然與這六個天地間從所未有的怪人相遇，也算是難得之奇，造化弄人，竟有這等滑稽之作，而自己躬逢其盛，人生於世，也算不枉了，真當浮一大白。言念及此，不禁豪興大發，叫道：「我……我要喝酒！」

桃谷六仙一聽，立時臉現喜色，都道：「好極，好極！他要喝酒，那就死不了。」

令狐冲呻吟道：「死得了也……也好……死……死不了也好。總之先……先喝……喝個痛快再說。」

桃枝仙道：「是，是！我去打酒來。」過不多時，便提了一大壺酒進房。

令狐冲聞到酒香，精神大振，道：「你餵我喝。」桃枝仙將酒壺嘴插在他口中，慢慢將酒倒入。令狐冲將一壺酒喝得乾乾淨淨，腦子更加機靈了，說道：「我師父……平時常說：天下……大英雄，最厲害的是桃……桃……桃……」桃谷六仙心癢難搔，齊問：「天下大英雄最厲害的是桃甚麼？」令狐冲道：「是……是桃……桃……桃……」六仙齊聲道：「桃谷六仙！」令狐冲道：「正是。我師父又說，他恨不得和桃谷六仙一同喝幾杯酒，交個朋友，再請他六位……六位大……大……」桃谷六仙齊聲道：「六位大英雄！」令狐冲道：「是啊，再請他六位大英雄在衆弟子之前大獻身手，施展……施展絕技……」

桃谷六仙你一言，我一語：「那便如何？」「你師父怎知我們本事高強？」「華山派掌門是個大大的好人哪，咱們可不能動華山的一草一木。」「那個自然，誰要動了華山的一草一木，決不能和他干休。」「我們很願意跟你師父交個朋友，這就上華山去罷！」

令狐冲當即接口：「對，這就上華山去罷！」

桃谷六仙立即抬起令狐冲動身。走了半天，桃根仙突然叫道：「啊喲，不對！小尼姑要咱們帶這小子去見她，怎麼帶他去華山？不帶這小子去見小尼姑，咱們豈不是又……又……又那個贏了一場？連贏兩場，不大好意思罷？」桃幹仙道：「這一次大哥說對了，咱們還是帶他先見了小尼姑，再上華山，免得又多贏一場。」六人轉過身來，又向南行。

令狐冲大急，問道：「小尼姑要見的是活人呢，還是死人？」

桃根仙道：「當然要見活小子，不要見死小子。」令狐冲道：「你們不送我上華山，我立即自絕經脈，再也不活了。」桃實仙喜道：「好啊，自絕經脈的高深內功如何練法，正要請教。」桃幹仙道：「你一練成這功夫，自己登時就死了，那有甚麼練頭？」令狐冲氣喘吁吁的道：「那也是有用的，若是爲人……爲人脅迫，生不如死，苦惱不堪，還不如自絕經脈來得……來得痛快。」

桃谷六仙一齊臉色大變，道：「小尼姑要見你，決無惡意。咱們也不是脅迫於你。」令狐冲嘆道：「六位雖是一片好心，但我不稟明師父，得到他老人家的允可，那是寧死也不從命。再說，我師父、師娘一直想見見六位……六位……當世……當世……無敵的……大……大……大……」桃谷六仙齊聲道：「大英雄！」令狐冲點了點頭。

桃根仙道：「好！咱們送你回華山一趟便是。」

幾個時辰之後，一行七人又上了華山。

華山弟子見到七人，飛奔回去報知岳不羣。岳氏夫婦聽說這六個怪人擄了令狐沖後去而復回，不禁一驚，當即率領羣弟子迎了出來。桃谷六仙來得好快，岳氏夫婦剛出正氣堂，便見這六人已從青石路上走來。其中二人抬著一個擔架，令狐沖躺在架上。

岳夫人忙搶過去察看，只見令狐沖雙頰深陷，臉色蠟黃，伸手搭他脈搏，更覺脈象散亂，性命便在呼吸之間，驚叫：「沖兒，沖兒！」令狐沖睜開眼來，低聲道：「師……師……師娘！」岳夫人眼淚盈眶，道：「沖兒，師娘與你報仇。」唰的一聲，長劍出鞘，便欲向抬著擔架的桃花仙刺去。

岳不羣叫道：「且慢！」拱手向桃谷六仙說道：「六位大駕光臨華山，不曾遠迎，還乞恕罪。不知六位尊姓大名，是何門派。」

桃谷六仙一聽，登時大為氣惱，又大為失望。他們聽了令狐沖的言語，只道岳不羣真的對他六兄弟十分仰慕，那知他一出口便詢問姓名，顯然對桃谷六仙一無所知。桃根仙道：「聽說你對我們六兄弟十分欽仰，難道並無其事？如此孤陋寡聞，太也豈有此理！」桃幹仙道：「你曾說天下大英雄中，最厲害的便是桃谷六仙。啊哈，是了！定是你久仰桃谷六仙大名，如雷貫耳，卻不知我們便是桃谷六仙，倒也怪不得。」桃枝仙道：「二哥，他說恨不得和桃谷六仙一同喝幾杯酒，交個朋友。此刻咱六兄弟上得山來，他卻既不顯得歡天喜地，又不像想請咱們喝酒，原來是徒聞六仙之名，卻不識六仙之面。哈哈！好笑啊好笑！」

岳不羣只聽得莫名其妙，冷冷的道：「各位自稱桃谷六仙，岳某凡夫俗子，沒敢和六位仙人結交。」

桃谷六仙登時臉現喜色。桃枝仙道：「那也無所謂。我們六仙和你徒弟是朋友，跟你交個朋友那也不妨。」桃實仙道：「你武功雖然低微，我們也不會看你不起，你放心好啦。」桃花仙道：「你武藝上有甚麼不明白的，儘管問好了，我們自會點撥於你。」

岳不羣淡淡一笑，說道：「這個多謝了。」

桃幹仙道：「多謝是不必的。我們桃谷六仙既然當你是朋友，自然是知無不言，言無不盡。」桃實仙道：「我這就施展幾手，讓你們華山派上下，大家一齊大開眼界如何？」

岳夫人自不知這六人天眞爛漫，不明世務，這些話純是一片好意，但聽他們言語放肆，早就憤怒之極，這時再也忍耐不住，長劍一起，劍尖指向桃實仙胸口，叱道：「好，我來領教你兵刃上的功夫。」桃實仙笑道：「桃谷六仙跟人動手，極少使用兵刃，你既說仰慕我們的武功，此節如何不知？」

岳夫人只道他這句話又是辱人之言，道：「我便是不知！」長劍陡地刺出。這一劍出手既快，劍上氣勢亦凌厲無比。桃實仙對她沒半分敵意，全沒料到她說刺便刺，劍尖在瞬息之間已刺到了他胸口，他如要抵禦，以他武功，原也來得及，只是他膽子實在太小，霎時間目瞪口呆，只嚇得動彈不得，噗的一聲，長劍透胸而入。

桃枝仙急搶而上，一掌擊在岳夫人肩頭。岳夫人身子一晃，退後兩步，脫手鬆劍，那長劍插在桃實仙胸中，兀自搖晃。桃根仙等五人齊聲大呼。桃枝仙抱起桃實仙，急忙退開。餘下四仙倏地搶上，迅速無倫的抓住了岳夫人雙手雙足，提了起來。

岳不羣知道這四人跟著便是往四下一分，將岳夫人的身子撕成四塊，饒是他臨事鎮定，當此情景之下，長劍向桃根仙和桃葉仙分刺之時，手腕竟也發顫。

令狐冲身在擔架，眼見師娘處境凶險無比，急躍而起，大叫：「不得傷我師娘，否則我便自絕經脈！」這兩句話一叫出，口中鮮血狂噴，立時暈去。

桃根仙避開了岳不羣的一劍，叫道：「小子要自絕經脈，這可使不得，饒了婆娘！」四仙放下岳夫人，牽掛著桃實仙的性命，追趕桃枝仙和桃實仙而去。

岳不羣和岳靈珊同時趕到岳夫人身邊，待要伸手相扶，岳夫人已一躍而起，驚怒交集之下，臉上更沒半點血色，身子不住發顫。岳不羣低聲道：「師妹不須惱怒，咱們定當報仇。這六人大是勁敵，幸好你已殺了其中一人。」

岳夫人想起當日成不憂給這桃谷六仙分屍的情景，一顆心反跳得更加厲害了，顫聲道：「這……這……這……」身子發抖，竟爾說不出話來。

岳不羣知妻子受驚著實不小，對女兒道：「珊兒，你陪媽媽進房去休息。」再去看令狐冲時，只見他臉上胸前全是鮮血，呼吸低微，已是出氣多、入氣少，眼見難活了。

岳不羣伸手按住他後心靈台穴，欲以深厚內力爲他續命，甫一運氣，突覺他體內幾股詭奇之極的內力反擊出來，險些將自己手掌震開，不禁大爲駭異，隨即又發覺，這幾股古怪內力在令狐冲體內竟也自行互相撞擊，衝突不休。

再伸掌按到令狐冲胸口膻中穴上，掌心又劇烈一震，竟帶得自己胸口隱隱生疼，這一下岳不羣驚駭更甚，但覺令狐冲體內這幾股眞氣逆衝斜行，顯是旁門中十分高明的內功。每一股眞氣雖較自己的紫霞神功略遜，但只須兩股合而爲一，或是分進合擊，自己便抵擋不住，再仔細辨認，察覺他體內眞氣共分六道，每一道都甚爲怪誕。岳不羣不敢多按，撤掌尋思：「這眞氣共分六道，自是那六個怪人注入冲兒體內的了。這六怪用心險惡，竟將各人內力分注六道經脈，要冲兒吃盡苦頭，求生不得，求死不能。」皺眉搖了搖頭，命高根明和陸大有將令狐冲抬入內室，自去探視妻子。

岳夫人受驚不小，坐在床沿握住女兒之手，兀自臉色慘白，怔忡不安，一見岳不羣，便問：「冲兒怎樣？傷勢有礙嗎？」岳不羣將他體內有六道旁門眞氣互鬥的情形說了。岳夫人道：「須得將這六道旁門眞氣一一化去才是，只不知還來得及嗎？」岳不羣抬頭沉吟，過了良久，道：「師妹，你說這六怪如此折磨冲兒，是甚麼用意？」

岳夫人道：「想是他們要冲兒屈膝認輸，又或是逼問我派的甚麼機密。冲兒當然寧死不屈，這六個醜八怪便以酷刑相加。」岳不羣點頭道：「照說該是如此。可是我派並沒甚麼機密，這六怪和咱夫婦也素不相識。他們擒了冲兒而去，又再回來，爲了甚麼？」岳夫人道：「只怕是……」隨即覺得自己的想法難以自圓其說，搖頭道：「不對的。」

夫婦倆相視不語，各自皺起眉頭思索。

岳靈珊插嘴道：「我派雖沒隱秘，但華山武功天下知名。這六個怪人擒住了大師哥，或許是逼問我派氣功和劍法的精要。」岳不羣道：「此節我也曾想過，但冲兒內力修爲，並不高明，這六怪內功甚深，一試便知。至於外功，六怪武功的路子和華山劍法沒絲毫共通之處，更不會由此而大費周章的來加逼問。再說，若要逼問，就該遠離華山，慢慢施刑相迫，爲甚麼又帶他回山？」岳夫人聽他語氣越來越肯定，和他多年夫婦，知他已解開疑團，便問：「那到底是甚麼緣故？」

岳不羣臉色鄭重，緩緩的道：「借冲兒之傷，耗我內力。」

岳夫人跳起身來，說道：「不錯！你爲了要救冲兒之命，勢必以內力替他化去這六道眞氣，待得大功將成之際，這六個醜八怪突然現身，以逸待勞，便能制咱們的死命。」頓了一頓，又道：「幸好現下只賸五怪了。師哥，適才他們明明已將我擒住，何以聽得冲兒一喝，便又放了我？」想到先前的險事，兀自心有餘悸，不由得語音發顫。

岳不羣道：「我便是由這件事而想到的。你殺了他們一人，那是何等的深仇大恨？但他們竟怕冲兒自絕經脈，便即放你。你想，若不是其中含有重大圖謀，這六怪又何愛於冲兒的一條性命？」

岳夫人喃喃的道：「陰險之極！毒辣之極！」尋思：「這四個怪物撕裂成不憂，下手之狠，武林中罕見罕聞，這兩天想起來便心中怦怦亂跳。他們這麼一攪，封不平要奪掌門之位的事是擱下了，隨同陸柏等掃興下山，這六怪倒爲華山派暫時擋去了一樁麻煩，那想到他們又上華山來生事挑釁。師哥所料，必是如此。」說道：「你不能以內力給冲兒療傷。我內力雖遠不如你，但盼能暫且助他保住性命。」說著便走向房門。

岳不羣叫道：「師妹！」岳夫人回過頭來。岳不羣搖頭道：「不行的，沒用。這六怪的旁門眞氣甚是了得。」岳夫人道：「只有你的紫霞功才能消解，是不是？那怎麼辦？」岳不羣道：「眼下只有見一步，行一步，先給冲兒吊住一口氣再說，那也不用耗費多少內力。」

三人走進令狐冲躺臥的房中。岳夫人見他氣若游絲，忍不住掉下眼淚來，伸手欲去搭他脈搏。岳不羣伸出手去，握住了岳夫人的手掌，搖了搖頭，再放開她手，以雙掌抵住令狐冲雙掌掌心，將內力緩緩送將過去。內力與令狐冲體內的眞氣一碰，岳不羣全身劇震，臉上紫氣大盛，退開了一步。

令狐冲忽然開口說話：「林……林師弟呢？」岳靈珊奇道：「你找小林子幹麼？」令狐冲雙目仍然緊閉，道：「他父親……臨死之時，有句話要我轉……轉告他。我……我一直沒時候跟他說……我是不成的了，快……快找他來。」岳靈珊眼中淚水滾來滾去，掩面奔出。

華山派羣弟子都守在門外。林平之一聽岳靈珊傳言，當即進房走到令狐冲榻前，說道：「大師哥，你保重身子。」令狐冲道：「是……是林師弟麼？」林平之道：「正是小弟。」令狐冲道：「令……令尊逝世之時，我在他……他身邊，要我跟……跟你說……說……」說到這裏，聲息漸微。各人屏住呼吸，房中更無半點聲音。過了好一會，令狐冲緩過一口氣來，說道：「他說福州向陽……向陽巷……老宅……老宅中的物事，要……要你好好照看。不過……不過千萬不可翻……翻看，否則……否則禍患無窮……」

林平之奇道：「向陽巷老宅？那邊早就沒人住了，沒甚麼要緊物事的。爹叫我不可翻看甚麼東西？」

令狐冲道：「我不知道。你爹爹……就是這麼兩句話……這麼兩句話……要我轉告你，別的話沒有了……他們就……就死了……」聲音又低了下去。

四人等了半晌，令狐冲始終不再說話。岳不羣嘆了口氣，向林平之和岳靈珊道：「你們陪著大師哥，他傷勢倘若有變，立即來跟我說。」林岳二人答應了。

岳不羣夫婦回入自己房中，想起令狐冲傷勢難治，都心下黯然。過了一會，岳夫人兩道淚水，從臉頰上緩緩流下。

岳不羣道：「你不用難過。冲兒之仇，咱們非報不可。」岳夫人道：「這六怪既伏下了這條毒計，定然去而復來，咱們倘若硬拚，未必便輸……」岳不羣搖頭道：「『未必便輸』四字，談何容易？以我夫婦敵他三人，最多不過打個平手，敵他四人，多半要輸。他五人齊上……」說著緩緩搖頭。

岳夫人本來也知自己夫婦並非這五怪敵手，但知丈夫近年來練成紫霞神功後功力大進，總還存著個僥倖之心，這時聽他如此說，登時大爲焦急，道：「那……那怎麼辦？難道咱們便束手待斃不成？」岳不羣道：「你可別喪氣，大丈夫能屈能伸，勝負之數，並非決於一時，君子報仇，十年未晚。」岳夫人道：「你說咱們逃走？」

岳不羣道：「不是逃走，是暫時避上一避。敵衆我寡，咱夫婦只有二人，如何敵得過他們五人聯手？何況你已殺了一怪，咱們其實已佔上風，暫且避開，並不墮了華山派威名。再說，只要咱們誰也不說，外人也未必知道此事。」

岳夫人哽咽道：「我雖殺了一怪，但冲兒性命難保，也只……也只扯了個直。冲兒……」頓了一頓，說道：「就依你的話，咱們帶了冲兒一同走，慢慢設法爲他治傷。」

岳不羣沉吟不語。岳夫人急道：「你說不能帶了冲兒一起走？」岳不羣道：「冲兒傷勢極重，帶了他趲程急行，不到半個時辰便送了他性命。」岳夫人道：「那……那怎麼辦？當眞沒法子救他了麼？」岳不羣嘆道：「唉，那日我已決意傳他紫霞神功，豈知他竟會胡思亂想，誤入劍宗的魔道。當時他如習了這部秘笈，就算只練得一二頁，此刻也已能自行調氣療傷，不致爲這六道旁門眞氣所困了。」

岳夫人立即站起，說道：「事不宜遲，你立即去將紫霞神功傳他，就算他在重傷之下，無法全然領悟，總也勝於不練。要不然，將紫霞秘笈留給他，讓他照書修習。」

岳不羣拉住她手，柔聲道：「師妹，我愛惜冲兒，和你毫無分別。可是你想，他此刻傷得這般厲害，又怎能聽我傳授口訣和練功的法門？我如將紫霞秘笈交了給他，讓他神智稍清時照書自練，這五個怪物轉眼便找上山來，冲兒無力自衛，咱華山派這部鎮山之寶的內功秘笈，豈不一轉手便落入五怪手中？這些旁門左道之徒，得了我派的正宗內功心法，如虎添翼，爲禍天下，再也不可復制，我岳不羣可眞成爲千古罪人了。」

岳夫人心想丈夫之言甚是有理，不禁怔怔的又流下淚來。

岳不羣道：「這五個怪物行事飄忽，人所難測，事不宜遲，咱們立即動身。」

岳夫人道：「咱們難道將冲兒留在這裏，任由這五個怪人折磨？我留下保護他。」

此言一出，立知那是一時衝動的尋常婦人之見，與自己「華山女俠」的身分殊不相稱，自己留下，徒然多送一人性命，又怎保護得了令狐冲？何況自己倘若留下，丈夫與女兒又怎肯自行下山？又著急，又傷心，不禁淚如泉湧。

岳不羣搖了搖頭，長嘆一聲，翻開枕頭，取出一隻扁扁的鐵盒，打開鐵盒蓋，取出一本錦面冊子，將冊子往懷中一揣，推門而出。

只見岳靈珊便就在門外，說道：「爹爹，大師哥似乎……似乎不成了。」岳不羣驚道：「怎麼？」岳靈珊道：「他口中胡言亂語，神智越來越不清了。」岳不羣問道：「他胡言亂語些甚麼？」岳靈珊臉上一紅，道：「我也不明白他胡言亂語些甚麼？」

原來令狐冲體內受桃谷六仙六道真氣的交攻煎逼，迷迷糊糊中見岳靈珊站在眼前，衝口而出的便道：「小師妹，我……我想得你好苦！你是不是愛上了林師弟，再也不理我了？」岳靈珊萬不料他竟會當著林平之的面問出這句話來，不由得雙頰飛紅，忸怩之極，只聽令狐冲又道：「小師妹，我和你自幼一塊兒長大，一同遊玩，一同練劍，我……我實在不知甚麼地方得罪了你，你惱了我，要打我罵我，便是……便是用劍在我身上刺幾個窟窿，我也沒半句怨言。只是你對我別這麼冷淡，不理睬我……」這一番話，幾個月來在他心中不知已翻來覆去的想了多少遍，若在神智清醒之時，縱然只和岳靈珊一人獨處，也決計不敢說出口。此時全無自制之力，盡數吐露了心底言語。

林平之甚是尷尬，低聲道：「我出去一會兒。」

岳靈珊道：「不，不！你在這裏瞧著大師哥。」奪門而出，奔到父母房外，正聽到父母談論以「紫霞神功」療傷之事，不敢衝進去打斷了父母話頭，便候在門外。

岳不羣道：「你傳我號令，大家在正氣堂上聚集。」岳靈珊應道：「是，大師哥呢？誰照料他？」岳不羣道：「你叫大有照料。」岳靈珊應了，即去傳令。

片刻之間，華山羣弟子都已在正氣堂上按序站立。

岳不羣在居中的交椅上坐下，岳夫人坐在側位。岳不羣一瞥，見羣弟子除令狐冲、陸大有二人外，均已到齊，便道：「我派上代前輩之中，有些人練功時誤入歧途，一味勤練劍法，忽略了氣功。殊不知天下上乘武功，無不以氣功爲根基，倘若氣功練不到家，劍法再精，終究不能登峯造極。可嘆這些前輩們執迷不悟，自行其是，居然自成一宗，稱爲華山劍宗，而指我正宗功夫爲華山氣宗。氣宗和劍宗之爭，綿延數十年，大大阻撓了我派的發揚光大，實堪浩嘆。」他說到這裏，長長嘆了口氣。

岳夫人心道：「那五個怪人轉眼便到，你卻在這裏慢條斯理的述說舊事。」向丈夫橫了一眼，卻不敢插嘴，順眼又向廳上「正氣堂」三字匾額瞧了一眼，心想：「我當年初入華山派練劍，這堂上的匾額是『劍氣沖霄』四個大字。現下改作了『正氣堂』，原來那塊匾可不知給丟到那裏去了。唉，那時我還是個十三歲的小丫頭，如今……」

岳不羣道：「但正邪是非，最終必然分明。二十五年前，劍宗一敗塗地，退出了華山一派，由你們師祖執掌門戶，再傳到爲師手裏。不料前數日竟有本派的棄徒封不平、成不憂等人，不知使了甚麼手段，竟騙信了五嶽劍派的盟主左盟主，手持令旗，來奪華山掌門之位。爲師接任我派掌門多年，俗務紛紜，五派聚會，更是口舌甚多，早想退位讓賢，以便靜下心來，精研我派上乘氣功心法，有人肯代我之勞，原也求之不得。」說到這裏，頓了一頓。

高根明道：「師父，劍宗封不平這些棄徒早已入了魔道，跟魔教教徒不相上下。他們便要再入我門，也必萬萬不許，怎能任由他們痴心妄想的來接掌本派門戶？」勞德諾、梁發、施戴子等都道：「決不容這些大膽狂徒的陰謀得逞。」

岳不羣見衆弟子羣情激昂，微微一笑，道：「我做不做掌門，小事一件。只是劍宗的左道之士倘若統率了我派，華山一派數百年來博大精純的武學毀於一旦，咱們死後有何面目去見本派的列代先輩？而華山派的名頭，從此也將在江湖上爲人所不齒了。」

勞德諾等齊道：「是啊，是啊！那怎麼成？」

岳不羣道：「單是封不平等這幾個劍宗棄徒，那也殊不足慮，但他們既請到了五嶽劍派的令旗，又勾結了嵩山、泰山、衡山各派的人物，倒也不可小覷了。因此上……」他目光向衆弟子一掃，說道：「咱們即日動身，上嵩山去見左盟主，跟他評一評理。」

眾弟子都是一凜。嵩山派乃五嶽劍派之首，嵩山掌門左冷禪更是當今武林中了不起的人物，武功固出神入化，爲人尤富智計，機變百出，江湖上一提到「左盟主」三字，無不惕然。武林中說到評理，可並非單是「評」一「評」就算了事，一言不合，往往繼之以動武。眾弟子均想：「師父武功雖高，未必是左盟主對手，何況嵩山派左盟主的師弟共有十餘人，武林中號稱『嵩山十三太保』，大嵩陽手費彬雖然失蹤，也還剩下一十二人。這一十二人無一不是武功卓絕的高手，決非華山派的第二代弟子所能對敵。咱們貿然上嵩山去生事，豈非太也鹵莽？」羣弟子雖這麼想，但誰也不敢開口說話。

岳夫人一聽丈夫之言，立時暗暗叫好，心想：「師哥此計大妙，咱們爲了逃避桃谷五怪，捨卻華山根本之地而遠走他方，江湖上日後必知此事，咱華山派顏面何存？但若上嵩山評理，旁人得知，反欽佩咱們的膽識了。左盟主並非蠻不講理之人，上得嵩山，未必便須拚死，儘有迴旋餘地。」當即說道：「正是。封不平他們持了五嶽劍派的令旗，上華山來囉唕，焉知這令旗不是偷來的盜來的？就算令旗眞是左盟主所頒，咱們華山派自身門戶之事，他嵩山派也管不著。嵩山派雖人多勢眾，左盟主武功蓋世，咱們華山派卻也寧死不屈。那一個膽小怕死，就留在這裏好了。」

羣弟子誰肯自承膽小怕死，都道：「師父師娘有命，弟子赴湯蹈火，在所不辭。」

岳夫人道：「如此甚好，事不宜遲，大夥兒收拾收拾，半個時辰之內，立即下山。」

當下她又去探視令狐冲，見他氣息奄奄，命在頃刻，心下甚爲悲痛，但桃谷五怪隨時都會重來，決不能爲了令狐冲一人而令華山一派盡數覆滅，當即命陸大有將令狐冲移入後進小舍之中，好生照料，說道：「大有，我們爲了本派百年大計，要上嵩山去向左盟主評理，此行大是凶險，只盼在你師父主持之下，得以伸張正義，平安而歸。冲兒傷勢甚重，你好生照看。若有外敵來侵，你們儘量忍辱避讓，不必枉自送了性命。」陸大有含淚答應。

陸大有在山口送了師父、師娘和一衆師兄弟下山，棲棲遑遑的回到令狐冲躺臥的小舍，偌大一個華山絕頂，此刻只賸下一個昏沉沉的大師哥，孤另另的一個自己，眼見暮色漸深，不由得心生驚懼。

他到廚下去煮了一鍋粥，盛了一碗，扶起令狐冲來喝了兩口。喝到第三口時，令狐冲將粥噴了出來，白粥變成了粉紅之色，卻是連腹中鮮血也噴出來了。陸大有甚是惶恐，扶著他重行睡倒，放下粥碗，望著窗外黑沉沉的天空便只發呆，也不知過了多少時候，但聽得遠處傳來幾下貓頭鷹的夜啼，心下恐懼更甚。

忽聽得上山的路上，傳來一陣輕輕的腳步聲，陸大有忙吹熄燈火，拔出長劍，守在令狐冲床頭。腳步聲漸近，竟是直奔這小舍而來，陸大有嚇得一顆心幾乎要從脖子中跳將出來，暗道：「敵人竟知大師哥在此養傷，那可糟糕之極，我怎生護得大師哥周全？」忽聽得一個女子聲音低聲叫道：「六猴兒，你在屋裏嗎？」竟是岳靈珊的口音。

陸大有大喜，忙道：「是小師妹麼？我……我在這裏。」忙晃火摺點亮了油燈，興奮之下，竟將燈盞中的燈油潑了一手。

岳靈珊推門進來，道：「大師哥怎麼了？」陸大有道：「又吐了好多血。」岳靈珊走到床邊，伸手摸了摸令狐冲的額頭，只覺著手火燙，皺眉問道：「怎麼又吐血了？」令狐冲突然說道：「小……小師妹，是你？」岳靈珊道：「是，大師哥，你身上覺得怎樣？」令狐冲道：「也……也沒……怎麼樣。」

岳靈珊從懷內取出一個布包，低聲道：「大師哥，這是《紫霞秘笈》，爹爹說道……」令狐冲道：「紫霞秘笈？」岳靈珊道：「正是，爹爹說，你身上中了旁門高手的內力，須得以本派至高無上的內功心法來予以化解。六猴兒，你一個字一個字的讀給大師哥聽，你自己可不許練，否則給爹爹知道了，哼哼，你自己知道會有甚麼後果。」

陸大有大喜，忙道：「我是甚麼胚子，怎敢偷練本門至高無上的內功心法？小師妹儘管放心好啦。恩師爲了救大師哥之命，不惜破例以秘笈相授，大師哥這可有救了。」岳靈珊低聲道：「這事你對誰也不許說。這部秘笈，我是從爹爹那裏偷出來的。」陸大有驚道：「你偷師父……師父的內功秘笈？他老人家發覺了那怎麼辦？」岳靈珊道：

「甚麼怎麼辦？難道還能將我殺了？至多不過罵我幾場，打我一頓。倘若由此救了大師哥，爹爹媽媽一定歡喜，甚麼也不計較了。」陸大有道：「是，是！眼前是救命要緊。」

令狐冲忽道：「小師妹，你帶回去，還……還給師父。」

岳靈珊奇道：「爲甚麼？我好不容易偷到秘笈，黑夜裏幾十里山道趕了回來，你爲甚麼不要？這又不是偷學功夫，這是救命啊。」陸大有也道：「是啊，大師哥，你也不用練全，練到把六怪的邪氣化除了，便將秘笈繳還給師父，那時師父多半便會將秘笈傳你。你是我派掌門大弟子，這部紫霞秘笈不傳你，又傳誰了？只不過是遲早之分，打甚麼緊？」

令狐冲道：「我……我寧死不違師命。師父說過的，我不能……不能學練這紫霞神功。小……小師妹……」一口氣接不上來，又暈了過去。

岳靈珊探他鼻下，雖然呼吸微弱，仍有氣息，嘆了口氣，向陸大有道：「我趕著回去，要是天光時回不到廟裏，爹爹媽媽可要急死了。你勸勸大師哥，要他無論如何得聽我的話，修習這部紫霞秘笈。別……別辜負了我……」說到這裏，臉上一紅，道：「我這一夜奔波的辛苦。」

陸大有道：「我一定勸他。小師妹，師父他們住在那裏？」岳靈珊道：「我們今晚在白馬廟住。」陸大有道：「嗯，白馬廟離這兒是三十里的山道，小師妹，這來回六十里的黑夜奔波，大師哥永不會忘記。」岳靈珊眼眶一紅，哽咽道：「我只盼他能復元，那就好了。這件事他記不記得，有甚麼相干？」說著雙手捧了《紫霞秘笈》，放在令狐冲床頭，向他凝視片刻，奔了出去。

又隔了一個多時辰，令狐冲這才醒轉，眼沒睜開，便叫：「小……師妹，小師妹。」陸大有道：「小師妹已經走了。」令狐冲大叫：「走了？」突然坐起，一把抓住了陸大有胸口。陸大有嚇了一跳，道：「是，小師妹下山去了，她說，要是不能在天光之前回去，怕師父師娘躭心。大師哥，你躺下歇歇。」令狐冲對他的話聽而不聞，說道：「她……她走了，她和林師弟一起去了？」陸大有道：「她是和師父師娘在一起。」

令狐冲雙眼發直，臉上肌肉抽搐。陸大有低聲道：「大師哥，小師妹對你關心得很，半夜三更從白馬廟回山來，她一個小姑娘家，來回奔波六十里，對你這番情義可重得緊哪。她臨去時千叮萬囑，要你無論如何，須得修習這部紫霞秘笈，別辜負了她……她對你的一番心意。」令狐冲道：「她這樣說了？」陸大有道：「是啊，難道我還敢向你說謊？」

令狐冲再也支持不住，仰後便倒，砰的一聲，後腦重重撞在炕上，卻也不覺疼痛。

陸大有又嚇了一跳，道：「大師哥，我讀給你聽。」拿起那部《紫霞秘笈》，翻開第一頁來，讀道：「天下武功，以練氣爲正。浩然正氣，原爲天授，惟常人不善培養，反以性伐氣。武夫之患，在性暴、性驕、性酷、性賊。暴則神擾而氣亂，驕則眞離而氣浮，酷則仁喪而氣失，賊則心狠而氣促。此四事者，皆爲截氣之刀鋸……」

令狐冲道：「你在讀些甚麼？」陸大有道：「那是紫霞秘笈的第一章。下面寫著：……」他繼續讀道：「舍爾四性，返諸柔善，制汝暴酷，養汝正氣。鳴天鼓，飲玉漿，蕩華池，叩金梁，據而行之，當有小成。」

令狐冲怒道：「這是我派不傳之秘，你胡亂誦讀，大犯門規，快快收起。」陸大有道：「大師哥，大丈夫事急之際，須當從權，豈可拘泥小節？眼前咱們是救命要緊。我再讀給你聽。」他接著讀下去，便是上乘氣功練法的詳情，如何「鳴天鼓，飲玉漿」，又如何「蕩華池，叩金梁」。令狐冲大聲喝道：「住口！」

陸大有一呆，抬起頭來，道：「大師哥，你……你怎麼了？甚麼地方不舒服？」令狐冲怒道：「我聽著你讀師父的……內功秘笈，周身都不舒服。你要叫我成爲一個……不忠不義之徒，是不是？」陸大有愕然道：「不，不，那怎麼會不忠不義？」令狐冲道：「這部紫霞秘笈，當日師父曾攜到思過崖上，想要傳我，但發覺我練功的路子固然不合，資質……資質也不對，這才改變了主意……主意……」說到這裏，氣喘吁吁，很是辛苦。陸大有道：「這一次卻是爲了救命，又不是偷練武功，那……那是全然不同的。」令狐冲道：「咱們做弟子的，是自己性命要緊，還是師父的旨意要緊？」陸大有道：「師父師娘要你活著，那是最最要緊的事了，何況……何況，小師妹黑夜奔波，這一番情意，你如何可以辜負了？」

令狐沖胸口一酸，淚水便欲奪眶而出，說道：「正因爲是她……是她拿來給我的……我令狐沖堂堂丈夫，豈受人憐？」他這一句話一出口，不由得全身一震，心道：「我令狐沖向來不是拘泥不化之人，爲了救命，練一練師門內功又打甚麼緊？原來我不肯練這紫霞神功，是爲了跟小師妹賭氣，原來我內心深處，是在怨恨小師妹和林師弟相好，對我冷淡。令狐沖啊令狐沖，你如何這等小氣？」但想到岳靈珊一到天明，便和林平之會合，遠去嵩山，一路上並肩而行，途中不知將說多少言語，不知將唱多少山歌，胸中酸楚，眼淚終於流了下來。

陸大有道：「大師哥，你這可是想左了，小師妹和你自幼一起長大，你們……你們便如是親兄妹一般。」令狐沖心道：「我便不要和她如親兄妹一般。」只是這句話難以出口，卻聽陸大有續道：「我再讀下去，你慢慢聽著，一時記不住，我便多讀幾遍。天下武功，以練氣爲正。浩然正氣，原爲天授……」令狐沖厲聲道：「不許讀！」

陸大有道：「是，是，大師哥，爲了盼你迅速痊愈，今日小弟只好不聽你的話了。違背師令的罪責，全由我一人承當。你說甚麼也不肯聽，我陸大有卻偏偏說甚麼也要讀。這部紫霞秘笈，你一根手指頭都沒碰過，秘笈上所錄的心法，你一個字也沒瞧過，你有甚麼罪過？你是臥病在床，這叫做身不由主，是我陸大有強迫你練的。天下武功，以練氣爲正。浩然正氣，原爲天授……」跟著便滔滔不絕的讀了下去。

令狐冲待要不聽，可是一個字一個字鑽入耳來。他突然大聲呻吟。陸大有驚問：「大師哥，覺得怎樣？」令狐冲道：「你將我……我枕頭……枕頭墊一墊高。」

陸大有道：「是。」伸出雙手去墊他枕頭。令狐冲一指倏出，凝聚力氣，正戳在他胸口的膻中穴上。陸大有哼也沒哼一聲，便軟軟的垂在炕上。

令狐冲苦笑道：「六師弟，這可對不住你了。你且在炕上躺幾個時辰，穴……穴道自解。」他慢慢掙扎著起床，向那部《紫霞秘笈》凝神瞧了半晌，嘆了一口氣，走到門邊，提起倚在門角的門閂，當作拐杖，支撐著走了出去。

陸大有大急，叫道：「大……大……到……到……到……那……那……去……」本來膻中穴當眞給人點中了，說一個字也是不能，但令狐冲氣力微弱，手指這一戳只能令陸大有手足痲軟，並沒敎他全身癱瘓。

令狐冲回過頭來，說道：「六師弟，令狐冲要離得這部《紫霞秘笈》越遠越好，別讓旁人見到我的屍身橫在秘笈之旁，說我偷練神功，未成而死……別讓林師弟瞧我不起……」說到這裏，哇的一聲，一口鮮血噴出。

他不敢再稍有躭擱，只怕從此氣力衰敗，再也沒法離去，撐著門閂，喘幾口氣，再向前行，憑著一股強悍之氣，終於慢慢遠去。

那一十五名蒙面客半步半步的慢慢逼近，三十隻眼睛在面幕洞孔中炯炯生光，便如是一對對猛獸的眼睛，充滿了兇惡殘忍之意。

一二　圍攻

令狐冲挨得十餘丈，便拄門喘息一會，奮力挨了小半個時辰，已行了半里有餘，只覺眼前金星亂冒，天旋地轉，便欲摔倒，忽聽得前面草叢中有人大聲呻吟。令狐冲一凜，問道：「誰？」那人大聲道：「是令狐兄麼？我是田伯光。哎唷！哎唷！」顯是身上劇烈疼痛。令狐冲驚道：「田……田兄，你……怎麼了？」田伯光道：「我快死啦！令狐兄，請你做做好事，哎唷……哎唷……快將我殺了。」他說話時夾雜著大聲呼痛，但語音仍十分洪亮。

令狐冲道：「你……你……受了傷麼？」雙膝一軟，便即摔倒，滾在路旁。

田伯光驚道：「你也受了傷麼？哎唷，哎唷，是誰害你的？」令狐冲道：「一言難盡。田……兄，卻又是誰傷了你？」田伯光道：「唉，不知道！」令狐冲道：「怎麼不知道？」田伯光道：「我正在道上行走，忽然之間，兩隻手兩隻腳給人抓住，凌空提了起來，我也瞧不見是誰有這樣的神通……」令狐冲笑道：「原來又是桃谷六仙……啊喲，田兄，你不是跟他們作一路麼？」田伯光道：「甚麼作一路？」令狐冲道：「你來邀我去見儀……儀琳小師妹，他……他們也來邀我去見……她……」說著喘氣不已。

田伯光從草叢中爬了出來，搖頭罵道：「他媽的，當然不是一路。他們上華山來找一個人，問我這人在那裏。我問他們找誰。他們說，他們已抓住了我，該他們問我，不該我問他們。如是我抓住了他們，那就該我問他們，不是他們問我。他們……哎唷……他們說，我倘若有本事，不妨將他們抓了起來，那……那就可以問他們了。」

令狐冲哈哈大笑，笑得兩聲，氣息不暢，便笑不下去了。田伯光道：「我身子凌空，臉朝地下，便有天大本事，也不能將他們抓起啊，眞他奶奶的胡說八道。」令狐冲問道：「後來怎樣？」田伯光道：「我說：『我又不想問你們，是你們自己在問我。快放我下來。』其中一人說：『既將你抓了起來，如不將你撕成四塊，豈不損了我六位大英雄的威名？』另一人道：『撕成四塊之後，他還會說話不會？』」他罵了幾句，喘了一會氣。

令狐冲道：「這六人強辭奪理，纏夾不清，田兄也不必……不必再說了。」

田伯光道：「哼，他奶奶的。一人道：『撕成了四塊之人，當然不會說話。咱六兄弟撕成四塊之人，沒一千，也有八百。幾時聽到過撕開之後，又會說話？』又一人道：『撕成了四塊之人所以不說話，因爲我們不去問他。倘若有事問他，諒他也不敢不答。』另一人道：『他既已給撕成四塊，還怕甚麼？還有甚麼敢不敢的？難道還怕咱們將他撕成八塊？』先前一人道：『撕成八塊，這門功夫非同小可，咱們以前是會的，後來大家都忘了。』」田伯光斷斷續續說來，虧他重傷之下，居然還能將這些胡說八道的話記得清清楚楚。

令狐冲嘆道：「這六位仁兄，當眞世間罕見，我……我也是給他們害苦了。」田伯光驚道：「原來令狐兄也是傷在他們手下？」令狐冲嘆道：「誰說不是呢！」

田伯光道：「我身子凌空吊著，不瞞你說，可眞害怕。我大聲道：『要是將我撕成四塊，我是一定不會說話的了，就算口中會說，我心裏氣惱，也決計不說。』一人道：『將你撕成四塊之後，你的嘴巴在一塊上，心又在另一塊上，心中所想和口中所說，又怎能聯在一起？』我當下也給他們來個亂七八糟，叫道：『有事快問，再拉住我不放，我可要大放毒氣了。』一人問道：『甚麼大放毒氣？』我說：『我的屁臭不可當，聞到之後，三天三晚吃不下飯，還得將三天之前吃的飯盡數嘔將出來。警告在先，莫謂言之不預也！』」

令狐冲笑道：「這幾句話，只怕有點道理。」

田伯光道：「是啊，那四人一聽，不約而同的大叫一聲，將我重重往地下一摔，跳了開去。我躍將起來，只見六個古怪之極的傢伙各自伸手掩鼻，顯是怕了我的屁臭不可當。令狐兄，你說這六個人叫甚麼桃谷六仙？」

令狐冲道：「正是。唉，可惜我沒田兄聰明，當時沒施這臭屁……之計，將他們嚇退。田兄這路空屁計，不輸於當年……當年諸葛亮嚇退司馬懿的空城計。」

田伯光乾笑兩聲，罵了兩句「他奶奶的」，說道：「我知這六個傢伙不好惹，偏生兵刃又丟在你那思過崖上了，當下腳底抹油，便想溜開，不料這六人手掩鼻子，像一堵牆似的排成一排，擋在我面前，嘿嘿，可誰也不敢站在我身後。我一見衝不過去，立即轉身，那知這六人猶似鬼魅，也不知怎的，竟已轉將過來，擋在我身前。我連轉幾次，閃避不開，當即一步一步後退，終於碰到了山壁。這六個怪物高興得緊，呵呵大笑，又問：『他在那裏？這人在那裏？』

「我問：『你們要找誰？』六個人齊聲道：『我們圍住了你，你無路逃走，必須回答我們的話。』其中一人道：『若是你圍住了我們，教我們無路逃走，那就由你來問我們，我們只好乖乖的回答了。』另一人道：『他只有一個人，怎能圍得住我們六人？』先前那人道：『假如他本領高強，以一勝六呢？』另一人道：『那也只是勝過我們，而不是圍住我們。』先一人道：『但如將我們堵在一個山洞之中，守住洞門，不讓我們出來，那不是圍住了我們嗎？』另一人道：『那是堵住，不是圍住。』先一人道：『但如他張開雙臂，將我們一齊抱住，豈不是圍了？』另一人道：『第一，世上沒如此長臂之人；第二，就算世上眞有，至少眼前此人就沒如此長臂；第三，就算他將我們六人一把抱住，那也是抱住，不是圍住。』先一人愁眉苦臉，無可辯駁，卻偏又不肯認輸，呆了半晌，突然大笑，說道：『有了，他如大放臭屁，教我們不敢奔逃，以屁圍之，難道不是圍？』其餘四人一齊拍手，笑道：『對啦，這小子有法子將我們圍住。』

「我靈機一動，撒腿便奔，叫道：『我……我要圍你們啦。』料想他們怕我臭屁，不會再追，那知這六個怪物出手快極，我沒奔得兩步，已給他們揪住，立即將我按著坐在一塊大石之上，牢牢按住，令我就算眞的放屁，臭氣也不致外洩。」

令狐冲哈哈大笑，但笑得幾聲，便覺胸口熱血翻湧，再也笑不下去了。

田伯光續道：「這六怪按住我後，一人問道：『屁從何出？』另一人道：『屁從腸出，自然屬於陽明大腸經，點他商陽、合谷、曲池、迎香諸穴。』他說了這話，隨手便點了我這四處穴道，出手之快，認穴之準，田某生平少見，當眞令人好生佩服。他點穴之後，六個怪物都吁了口長氣，如釋重負，都道：『這臭……臭……臭屁蟲再也放不出臭屁了。』那點穴之人又問：『喂，那人究竟在那裏？你如不說，我永遠不給你解穴，叫你有屁難放，脹不可當。』我心裏想，這六個怪物武功如此高強，來到華山，自不會是找尋泛泛之輩。令狐兄，尊師岳先生夫婦其時不在山上，就算已經回山，自是在正氣堂中居住，一找便著。我思來想去，六怪所要找尋的，定是你太師叔風老前輩了。」

令狐冲心中一震，忙問：「你說了沒有？」田伯光大是不悅，悻然道：「呸，你當我是甚麼人了？田某既已答允過你，決不洩漏風老前輩的行蹤，難道我堂堂男兒，說話如同放屁嗎？」令狐冲道：「是，是，小弟失言，田兄莫怪。」田伯光道：「你如再瞧我不起，咱們一刀兩斷，從今而後，誰也別當誰是朋友。」

令狐冲默然，心想：「你是武林中衆所不齒的採花淫賊，誰又將你當朋友了？只是你數次可以殺我而沒下手，總算我欠了你的情。」

黑暗之中，田伯光瞧不見他臉色，只道他已然默諾，續道：「那六怪不住問我，我大聲道：『我知道這人的所在，可就偏偏不說；這華山山嶺連綿，峯巒洞谷，不計其數，我倘若不說，你們一輩子也休想找得到他。』那六怪大怒，對我痛加折磨，我從此就給他們來個不理不睬。令狐兄，這六怪的武功怪異非常，你快去稟告風老前輩，他老人家劍法雖高，卻也須得提防才是。」

田伯光輕描淡寫的說一句「六怪對我痛加折磨」，令狐冲卻知道這「痛加折磨」四字之中，不知包括了多少毒辣苦刑，多少難以形容的煎熬。六怪對自己是一番好意的治傷，自己此刻尚自身受其酷，他們逼迫田伯光說話，則手段之厲害可想而知，心下好生過意不去，說道：「你寧死不洩漏我風太師叔的行藏，眞乃天下信人。不過……不過這桃谷六仙要找的是我，不是我風太師叔。」

田伯光全身一震，道：「要找你？他們找你幹甚麼？」

令狐冲道：「他們和你一般，也是受了儀琳小師妹之託，來找我去見……見她。」

田伯光張大了口，說不出話來，不絕發出「嗬嗬」之聲。

過了好一會，田伯光才道：「早知這六個怪人找的是你，我實該立即說與他們知曉，這六怪將你請了去，我跟隨其後，也不致劇毒發作，葬身於華山了。咦，你既落入六怪手中，他們怎地沒將你抬了去見那小師太？」令狐冲嘆了口氣，道：「總之一言難盡。田兄，你說會劇毒發作，葬身於華山？」田伯光道：「我早就跟你說過，我給人點了死穴，下了劇毒，命我一月之內將你請去，和那小師太相會，便給我解穴解毒。眼下我請你請不動，打又打不過，還給六個怪物整治得遍體鱗傷，屈指算來，離毒發之期也不過十天了。」

令狐冲問道：「儀琳小師妹在那裏？從此處去，不知有幾日之程？」田伯光道：「你肯去了？」令狐冲道：「你曾數次饒我不殺，雖然你行爲不端，令狐冲卻也不能眼睜睜的瞧著你爲我毒發而死。當日你恃強相逼，我自是寧折不屈，但此刻情勢卻又大不相同了。」田伯光道：「小師太在山西，唉……倘若咱二人身子安健，騎上快馬，六七天功夫也趕到了。這時候兩個都傷成這等模樣，那還有甚麼好說？」

令狐冲道：「反正我在山上也是等死，便陪你走一遭。也說不定老天爺保祐，咱們在山下僱到輕車快馬，十天之間便抵達山西呢。」田伯光笑道：「田某生平作孽多端，不知已害死了多少好人，老天爺爲甚麼要保祐我？除非老天爺當眞瞎了眼睛。」令狐冲道：「老天爺瞎眼之事……嘿嘿，那……那也是有的。反正左右是死，試試那也不妨。」

田伯光拍手道：「不錯，我死在道上和死在華山之上，又有甚麼分別？下山去找些吃的，最是要緊，我給乾擱在這裏，每日只撿生栗子吃，嘴裏可眞淡出鳥來了。你能不能起身？我來扶你。」

他口說「我來扶你」，自己卻掙扎不起。令狐冲要伸手相扶，臂上又那有半點力氣？二人掙扎了好半天，始終無用，突然之間，不約而同的哈哈大笑。

田伯光道：「田某縱橫江湖，生平無一知己，與令狐兄一齊死在這裏，倒也開心。」令狐冲笑道：「日後我師父見到我二人屍身，定道我二人一番惡鬥，同歸於盡。誰也料想不到，我二人臨死之前，居然還曾稱兄道弟一番。」

田伯光伸出手去，說道：「令狐兄，咱們握一握手再死。」

令狐冲不禁遲疑，田伯光此言，明是要與自己結成生死之交，但他是個聲名狼藉的採花大盜，自己是名門高徒，如何可以和他結交？當日在思過崖上數次勝他而不殺，還可說是報他數度不殺之德，到今日再和他一起廝混，未免太也說不過去，言念及此，一隻右手伸了一半，便伸不過去。

田伯光還道他受傷實在太重，連手臂也難以動彈，大聲道：「令狐兄，田伯光交上了你這個朋友。你倘若傷重先死，田某決不獨活。」

令狐冲聽他說得誠摯，心中一凜，尋思：「這人倒很夠朋友。」當即伸出手去，握住他右手，笑道：「田兄，你我二人相伴，死得倒不寂寞。」

他這句話剛出口，忽聽得身後陰惻惻的一聲冷笑，跟著有人說道：「華山派氣宗首徒，墮落到這步田地，竟去跟江湖下三濫的淫賊結交。」

田伯光喝問：「是誰？」令狐冲心中暗暗叫苦：「我傷重難治，死了也不打緊，卻連累師父的清譽，當眞糟糕之極了。」

黑暗之中，只見朦朦朧朧的一個人影，站在身前，那人手執長劍，光芒微閃，只聽他冷笑道：「令狐冲，你此刻尚可反悔，拿這把劍去，將這姓田的淫賊殺了，便沒人能責你和他結交。」噗的一聲，將長劍插入地下。

令狐冲見這劍劍身闊大，是嵩山派的用劍，問道：「尊駕是嵩山派那一位？」那人道：「你眼力倒好，我是嵩山派狄修。」令狐冲道：「原來是狄師兄，一向少會。不知尊駕來到敝山，有何貴幹？」狄修道：「掌門師伯命我到華山巡查，要看華山派的弟子們，是否果如外間傳言這般不堪，嘿嘿，想不到一上華山，便聽到你和這淫賊相交的肺腑之言。」

田伯光罵道：「狗賊，你嵩山派有甚麼好東西了？自己不加檢點，卻來多管閒事。」狄修提起足來，砰的一聲，在田伯光頭上重重踢了一腳，喝道：「你死到臨頭，嘴裏還在不乾不淨！」田伯光卻兀自「狗賊、臭賊、直娘賊」的罵個不休。

狄修若要取他性命，自是易如探囊取物，只是他要先行折辱令狐冲一番，冷笑道：「令狐冲，你和他臭味相投，是決計不殺他的了？」令狐冲大怒，朗聲道：「我殺不殺他，管你甚麼事？你有種便一劍把令狐冲殺了，要是沒種，給我乖乖的夾著尾巴，滾下華山去罷。」狄修道：「你決計不肯殺他，決計當這淫賊是朋友了？」令狐冲道：「不管我跟誰交朋友，總之好過跟你交朋友。」田伯光大聲喝采：「說得好，說得妙！」

狄修道：「你想激怒了我，讓我一劍把你二人殺了，天下可沒這般便宜事。我要將你二人剝得赤赤條條地綁在一起，然後點了你二人啞穴，拿到江湖上示衆，說道一個大鬍子，一個小白臉，正在行那苟且之事，給我手到擒來。哈哈，你華山派岳不羣假仁假義，裝出一副道學先生的模樣來唬人，從今而後，他還敢自稱『君子劍』麼？」

令狐冲一聽，登時氣得暈了過去。田伯光罵道：「直娘賊……」狄修一腳踢中他腰間穴道，嘿嘿一笑，伸手便去解令狐冲的衣衫。

忽然身後一個嬌嫩淸脆的女子聲音說道：「喂，這位大哥，你在這裏幹甚麼？」狄修一驚，回過頭來，微光朦朧中只見一個女子身影，便道：「你又在這裏幹甚麼？」

田伯光聽到那女子聲音正是儀琳，大喜叫道：「小……小師父，你來了，這可好啦。這直娘賊要……要害你的令狐師兄。」他本來想說：「直娘賊要害我」，但隨即轉念，這一個「我」，在儀琳心中毫無份量，當即改成了「你的令狐師兄」。

儀琳聽得躺在地下的那人竟然是令狐冲，如何不急，忙縱身上前，叫道：「令狐師兄，是你嗎？」

狄修見她全神貫注，對自己半點也不防備，左臂一屈，食指便往她脅下點去。手指正要碰到她衣衫，突然間後領陡緊，身子已讓人提起，離地數尺，狄修大駭，右肘向後撞去，卻撞了個空，跟著左足後踢，又踢了個空。他更加驚駭，雙手反過去擒拿，便在此時，咽喉中已給一隻大手扼住，登時呼吸爲艱，全身再沒半點力氣。

令狐冲悠悠醒轉，只聽得一個女子聲音在焦急呼喚：「令狐師兄，令狐師兄！」依稀似是儀琳的聲音。他睜開眼來，星光朦朧之下，眼前是一張雪白秀麗的瓜子臉，卻不是儀琳是誰？

只聽得一個洪亮的聲音說道：「琳兒，這病鬼便是令狐冲麼？」令狐冲循聲向上瞧去，不由得嚇了一跳，只見一個極肥胖、極高大的和尙，鐵塔也似的站在當地。這和尙身高少說也有七尺，左手平伸，將狄修凌空提起。狄修四肢軟垂，一動不動，也不知是死是活。

儀琳道：「爹，他……他便是令狐師兄，可不是病夫。」她說話之時，雙目仍凝視著令狐冲，眼光中流露出愛憐橫溢的神情，似欲伸手去撫摸他面頰，卻又不敢。

令狐冲大奇，心道：「你是個小尼姑，怎地叫這大和尙做爹？和尙有女兒，已駭人聽聞，女兒是個小尼姑，更奇上加奇了。」

那胖大和尙呵呵笑道：「你日思夜想，掛念著這個令狐冲，我只道是個怎生高大了得的英雄好漢，卻原來是躺在地下裝死、受人欺侮不能還手的小膿包。這病夫，我可不要他做女婿。咱們別理他，這就走罷。」

儀琳又羞又急，嗔道：「誰日思夜想了？你……你就是胡說八道。你要走，你自己走好了。你不要……不要……」下面這「不要他做女婿」這幾字，終究出不了口。

令狐冲聽他既罵自己是「病夫」，又罵「膿包」，大是惱怒，說道：「你走就走，誰要你理了？」田伯光急叫：「走不得，走不得！」令狐冲道：「爲甚麼走不得？」田伯光道：「我的死穴要他來解，劇毒的解藥也在他身上，他如一走，我豈不嗚呼哀哉？」

令狐冲道：「怕甚麼？我說過陪你一起死，你毒發身亡，我立即自刎便是。」

那胖大和尚哈哈大笑，聲震山谷，說道：「很好，很好，很好！原來這小子倒是個挺有骨氣的好漢子。琳兒，他很對我胃口。不過，有一件事咱們還得問個明白，他喝酒不喝？」儀琳還未回答，令狐冲已大聲道：「當然喝，爲甚麼不喝？老子朝也喝，晚也喝，睡夢中也喝。你見了我喝酒的德性，包管氣死了你這戒葷、戒酒、戒殺、戒撒謊的大和尚！」

那胖大和尚呵呵大笑，說道：「琳兒，你跟他說，爹爹的法名叫作甚麼。」

儀琳微笑道：「令狐師兄，我爹爹法名『不戒』。他老人家雖身在佛門，但佛門種種清規戒律，一概不守，因此法名叫作『不戒』。你別見笑，他老人家喝酒吃葷，殺人偷錢，甚麼事都幹，而且還……還生了……生了個我。」說到這裏，忍不住噗哧一聲，笑了出來。

令狐冲哈哈大笑，朗聲道：「這樣的和尚，才教人……才教人瞧著痛快。」說著想掙扎站起，總是力有未逮。儀琳忙伸手扶他起身。

令狐冲笑道：「老伯，你既然甚麼都幹，何不索性還俗，還做和尚幹甚麼？」不戒道：「這個你就不知道了。我正因爲甚麼都幹，這才做和尚的。我就像你這樣，愛上了一個美貌尼姑……」儀琳插口道：「爹，你又來隨口亂說了。」說這句話時，滿臉通紅，幸好黑夜之中，旁人瞧不清楚。不戒道：「大丈夫做事光明磊落，做就做了，人家笑話也好，詛罵也好，我不戒和尚堂堂男子，又怕得誰來？」

令狐冲和田伯光齊聲喝采，道：「正是！」

不戒聽得二人稱讚，大爲高興，說道：「我愛上的那個美貌尼姑，便是她媽媽了。」

令狐冲心道：「原來儀琳小師妹的爹爹是和尚，媽媽是尼姑。」

不戒繼續道：「那時候我是個殺豬屠夫，愛上了她媽媽，她媽媽睬也不睬我，我無計可施，只好去做和尚。當時我心裏想，和尚尼姑是一家人，尼姑不愛屠夫，多半會愛和尚。」儀琳啐道：「爹爹，你一張嘴便是沒遮攔，年紀這樣大了，說話卻還是像孩子一般。」

不戒道：「難道我的話不對？不過我當時沒想到，做了和尚，可不能跟女人相好啦，連尼姑也不行，要跟她媽媽相好，反而更加難了，於是就不想做和尚啦。不料我師父偏說我有甚麼慧根，是眞正的佛門子弟，不許我還俗。她媽媽也胡裏胡塗的爲我眞情感動，就這麼生了個小尼姑出來。冲兒，你今日方便啦，要同我女兒小尼姑相好，不必做和尚。」

令狐冲大是尷尬，心想：「儀琳師妹其時爲田伯光所困，我路見不平，拔劍相助。她是恆山派清修的女尼，如何能和俗人有甚情緣瓜葛？她遣了田伯光和桃谷六仙來邀我相見，只怕是生了誤會。我務須儘快避開，若損及華山、恆山兩派的清譽，我雖死了，師父師娘也仍會怪責，靈珊小師妹會瞧我不起。」

儀琳甚爲忸怩不安，說道：「爹爹，令狐師兄早就……早就有了意中人，如何會將旁人放在眼裏，你……你……今後再也別提這事，沒的教人笑話。」

不戒怒道：「這小子另有意中人？氣死我也，氣死我也！」右臂一探，一隻蒲扇般的大手往令狐沖胸口抓去。令狐沖站也站不穩，如何能避，給他一把抓住，提了起來。不戒和尚左手抓住狄修後頸，右手抓住令狐沖胸口，雙臂平伸，便如挑擔般挑著兩人。

令狐沖本就動彈不得，給他提在半空，便如是一隻破布袋般，軟軟垂下。

儀琳急叫：「爹爹，快放令狐師兄下來，你不放，我可要生氣啦。」

不戒一聽女兒說到「生氣」兩字，登時怕得甚麼似的，立即放下令狐沖，口中兀自喃喃：「他又中意那一個美貌小尼姑了？眞正豈有此理！」他自己愛上了美貌尼姑，便道世間除了美貌尼姑之外，別無可愛之人。

儀琳道：「令狐師兄的意中人，是他的師妹岳小姐。」

不戒大吼一聲，震得人人耳中嗡嗡作響，喝道：「甚麼姓岳的姑娘？他媽的，不是美貌小尼姑嗎？那有甚麼可愛了？下次給我見到，一把揑死了這臭丫頭。」

令狐沖心道：「這不戒和尚是個魯莽匹夫，跟那桃谷六仙倒有異曲同工之妙。只怕他說得出，做得到，眞要傷害小師妹，那便如何是好？」

儀琳心中焦急，說道：「爹爹，令狐師兄受了重傷，你快設法給他治好了。另外的事，慢慢再說不遲。」

不戒對女兒之言奉命唯謹，道：「治傷就治傷，那有甚麼難處？」隨手將狄修向後一抛，大聲問令狐冲：「你受了甚麼傷？」狄修早給他閉了穴道，悶聲不響的從山坡上滾了下去。

令狐冲道：「我給人胸口打了一掌，那倒不要緊……」不戒道：「胸口中掌，定是震傷了任脈……」令狐冲道：「我給桃谷……」不戒道：「任脈之中，並沒甚麼桃谷。你華山派內功不精，不明其理。人身諸穴中雖有合谷穴，但那屬於手陽明大腸經，在拇指與食指的交界處，跟任脈全無干係。好，我給你治任脈之傷。」令狐冲道：「不，不，那桃谷六……」不戒道：「甚麼桃谷六、桃谷七？全身諸穴，只有手三里、足三里、陰陵泉、絲空竹，那裏有桃谷六、桃谷七了？你不可胡言亂語。」隨手點了他的啞穴，說道：「我以精純內功，通你任脈的承漿、天突、膻中、鳩尾、巨闕、中脘、氣海、石門、關元、中極諸穴，包你力到傷愈，休息七八日，立時變成個鮮龍活跳的小夥子。」

伸出兩隻蒲扇般的大手，右手按在他下顎承漿穴上，左手按在他小腹中極穴上，兩股眞氣，從兩處穴道中透了進去，突然之間，這兩股眞氣和桃谷六仙所留下的六道眞氣一碰，雙手險遭震開。不戒大吃一驚，大聲叫了出來。儀琳忙問：「爹，怎麼樣？」不戒道：「他身體內有幾道古怪眞氣，一、二、三、四，共有四道，不對，又有一道，一共是五道，這五道眞氣……啊哈，又多了一道。他媽的，居然有六道之多！我這兩道眞氣，就跟你他媽的六道眞氣鬥上一鬥！看看到底是誰厲害。只怕還有，哈哈，這可熱鬧之極了！好玩，好玩！再來好了，哼，沒有了，是不是？只有六道，我不戒和尚他奶奶的又怕你這六隻狗賊何來？」

他雙手緊緊按住令狐冲的兩處穴道，自己頭上漸漸冒出白氣，初時還大呼小叫，到後來內勁越運越足，一句話也說不出來了。其時天色漸明，但見他頭頂白氣愈來愈濃，直如一團濃霧，將他一個大腦袋圍在其中。

過了良久良久，不戒雙手一起，哈哈大笑，突然間笑聲中絕，咕咚一聲，栽倒在地。儀琳大驚，叫道：「爹爹，爹爹。」忙搶過去將他扶起，但不戒身子實在太重，只扶起一半，兩人又一起坐倒。不戒全身衣褲都已爲大汗濕透，口中不住喘氣，顫聲道：「我……我……他媽的……我……我……他媽的……」

儀琳聽他罵出聲來，這才稍稍放心，問道：「爹，怎麼啦？你累得很麼？」不戒罵道：「他奶奶的，這小子身體內有六道狗賊的眞氣，想跟老子……老子鬥法。他奶奶的，老子催動眞氣，將這六道邪門怪氣都給壓了下去，嘿嘿，你放心，這小子死不了。」儀琳芳心大慰，回過臉去，果見令狐冲慢慢站起身來。

田伯光笑道：「大和尚的眞氣當眞厲害，便這麼片刻之間，就治愈了令狐兄的重傷。」不戒聽他一讚，甚是歡喜，道：「你這小子作惡多端，本想一把捏死了你，總算你找到了令狐冲這小子，有點兒功勞，饒你一命，乖乖的給我滾罷。」

田伯光大怒，罵道：「甚麼叫做乖乖的給我滾罷？他媽的狗和尚，你說的是人話不是？你說一個月之內給你找到令狐冲，便給我解開死穴，再給解藥解毒，這時候卻又來賴了。你不給解穴解毒，便是豬狗不如的下三濫臭和尚。」

田伯光如此狠罵，不戒倒也並不惱怒，笑道：「瞧你這臭小子，怕死怕成這等模樣，生怕我不戒大師說話不算數，不給解藥。他媽的混小子，解藥給你。」說著伸手入懷去取解藥，但適才使力過度，一隻手不住顫抖，將瓷瓶拿在手中，幾次又掉在身上。儀琳伸手過去拿起，拔去瓶塞。不戒道：「給他三粒，服一粒後隔三天再服一粒，再隔六天後服第三粒，有效無效，到時方知。這九天中你若給人殺了，可不干大和尚的事。」

田伯光從儀琳手中取過解藥，說道：「大和尚，你逼我服毒，現下又給解藥，我不罵你已算客氣了，謝是不謝的。我身上的死穴呢？」不戒哈哈大笑，說道：「我點你的穴道，七天之後早就自行解開了。大和尚如當眞點了你死穴，你這小子還能活到今日？」

田伯光早就察知身上穴道已解，聽了不戒這幾句話，登時大爲寬慰，又笑又罵：「他奶奶的，臭和尚騙人。」轉頭向令狐冲道：「令狐兄，你和小師太一定有些言語要說，我去了，咱們後會有期。」說著一拱手，轉身走向下山的大路。

令狐冲道：「田兄且慢。」田伯光道：「怎麼？」令狐冲道：「田兄，令狐冲數次承你手下留情，交了你這朋友。有一件事我可要良言相勸。你若不改，咱們這朋友可做不長。」田伯光笑道：「你不說我也知道，你勸我從此不可再幹奸淫良家婦女的勾當。好，田某聽你的話，天下蕩婦淫娃，所在多有，田某貪花好色，出錢也能買到，不必定要去逼迫良家婦女，傷人性命。哈哈，令狐兄，衡山羣玉院中的風光，不是妙得緊麼？」

令狐冲和儀琳聽他提到衡山羣玉院，都不禁臉上一紅。田伯光哈哈大笑，邁步又行，腳下一軟，一個觔斗，骨碌碌的滾出老遠。他掙扎著坐起，取出一粒解藥吞入腹中，霎時間腹痛如絞，坐在地下，一時動彈不得。他知這是解治劇毒的應有之象，倒也並不驚恐，反因解藥有效而暗喜。

適才不戒和尚將兩道強勁之極的眞氣注入令狐冲體內，壓制了桃谷六仙的六道眞氣，令狐冲只覺胸口煩惡盡去，腳下勁力暗生，甚是歡喜，走上前去，向不戒恭恭敬敬的一揖，說道：「多謝大師，救了晚輩一命。」

不戒笑嘻嘻的道：「謝倒不用，以後咱們是一家人了，你是我女婿，我是你丈人老頭，又謝甚麼？」

儀琳滿臉通紅，道：「爹，你……你又來胡說了。」不戒奇道：「咦！爲甚麼胡說？你日思夜想的記掛著他，難道不是想嫁給他做老婆？就算嫁不成，難道不想跟他生個美貌的小尼姑？」儀琳啐道：「老沒正經，誰又……誰又……」

便在此時，只聽得山道上腳步聲響，兩人並肩上山，正是岳不羣和岳靈珊父女。令狐冲一見又驚又喜，忙迎將上去，叫道：「師父，小師妹，你們又回來啦！師娘呢？」

岳不羣突見令狐冲精神健旺，渾不似昨日奄奄一息的模樣，甚是歡喜，一時無暇詢問，向不戒和尚一拱手，問道：「這位大師上下如何稱呼？光降敝處，有何見教？」

不戒道：「我叫做不戒和尚，光降敝處，是找我女婿來啦。」說著向令狐冲一指。他是屠夫出身，不懂文謅謅的客套，岳不羣謙稱「光降敝處」，他也照樣說「光降敝處」。

岳不羣不明他底細，又聽他說甚麼「找女婿來啦」，只道有意戲侮自己，心下惱怒，臉上卻不動聲色，淡淡的道：「大師說笑了。」見儀琳上來行禮，說道：「儀琳師姪，不須多禮。你來華山，是奉了師尊之命麼？」

儀琳臉上微微一紅，道：「不是。我……我……」

岳不羣不再理她，轉向田伯光，意存詢問。田伯光拱手道：「岳先生，在下田伯光！」岳不羣怒道：「田伯光，哼！你好大膽子！」田伯光道：「我跟你徒弟令狐冲很說得來，挑了兩擔酒上山，跟他喝個痛快，那也用不著多大膽子。」岳不羣臉色愈益嚴峻，道：「酒呢？」田伯光道：「早在思過崖上跟他喝得乾乾淨淨了。」

岳不羣轉向令狐冲，問道：「師父，此中原委，說來話長，待徒兒慢慢稟告。」岳不羣道：「田伯光來到華山，已有幾日？」令狐冲道：「約莫有半個月。」岳不羣道：「這半個月中，他一直便在華山之上？」令狐冲道：「是。」岳不羣厲聲道：「何以不向我稟明？」令狐冲道：「那時師父師娘不在山上。」岳不羣道：「我和你師娘到那裏去了？」令狐冲道：「到長安附近，去追殺田君。」

岳不羣哼了一聲，說道：「田君，哼，田君！你既知此人積惡如山，怎地不拔劍殺他？就算鬥他不過，也當給他殺了，何以貪生怕死，反和他結交？」

田伯光坐在地下，始終無法掙扎起身，插嘴道：「是我不想殺他，他又有甚麼法子？難道他鬥我不過，便拔劍自殺？」

岳不羣道：「在我面前，也有你說話的餘地？」向令狐冲道：「去將他殺了！」

岳靈珊忍不住插口道：「爹，大師哥身受重傷，怎能與人爭鬥？」

岳不羣道：「難道人家便沒傷？你躭甚麼心，明擺著我在這裏，豈能容這惡賊傷我門下弟子？」他素知令狐冲狡譎多智，生平嫉惡如仇，不久之前又曾在田伯光刀下受傷，若說竟去和這大淫賊結交爲友，那是決計不會，料想他是鬥力不勝，便欲鬥智，眼見田伯光身受重傷，多半便是這個大弟子下的手，因此雖聽說令狐冲和這淫賊結交，倒也並不眞怒，只是命他過去將之殺了，既爲江湖上除一大害，也成孺子之名，料得田伯光重傷之餘，縱然能與令狐冲相抗，卻抵擋不住自己的一劍。

不料令狐冲卻道：「師父，這位田兄已答允弟子，從此痛改前非，再也不做污辱良家婦女的勾當。弟子知他言而有信，不如……」

岳不羣厲聲道：「你……你怎知他言而有信？跟這等罪該萬死的惡賊，也講甚麼言而有信，言而無信？他這把刀下，曾傷過多少無辜人命？這種人不殺，我輩學武，所爲何來？珊兒，將佩劍交給大師哥。」岳靈珊應道：「是！」拔出長劍，將劍柄向令狐冲遞去。

令狐冲好生爲難，他從來不敢違背師命，但先前臨死時和田伯光這麼一握手，已算結交爲友，何況他確已答應改過遷善，這人過去爲非作歹，說過了的話卻必定算數，此時殺他，未免不義。他從岳靈珊手中接過劍來，轉身搖搖晃晃的向田伯光走去，走出十幾步，假裝重傷之餘突然間兩腿無力，左膝一曲，身子向前直撲出去，噗的一聲，長劍插入了自己左邊的小腿。

這一下誰也意料不到，不禁都驚呼出聲。儀琳和岳靈珊同時向他奔去。儀琳只跨出一步，便即停住，心想自己是佛門弟子，如何可以當衆向一個青年男子這等情切關心？岳靈珊卻奔到了令狐冲身旁，叫道：「大師哥，你怎麼了？」令狐冲閉目不答。岳靈珊握住劍柄，拔起長劍，創口中鮮血直噴。她隨手從懷中取出本門金創藥，敷在令狐冲腿上創口，一抬頭，猛見儀琳俏臉全無血色，滿臉是關注已極的神氣。岳靈珊心頭一震：「這小尼姑對大師哥竟這等關懷！」她提劍站起，道：「爹，讓女兒去殺了這惡賊。」

岳不羣道：「你殺此惡賊，沒的壞了自己名頭。將劍給我！」田伯光淫賊之名，天下皆知，將來江湖傳言，都說田伯光死於岳家小姐之手，定有不肖之徒加油添醬，說甚麼強姦行暴之類的言語。岳靈珊聽父親這般說，當即將劍柄遞過。

岳不羣卻不接劍，右袖一拂，裹住了長劍。不戒和尚見狀，叫道：「使不得！」除下兩隻鞋子在手。但見岳不羣袖力揮出，一柄長劍向著十餘丈外的田伯光激飛過去。不戒已然料到，雙手力擲，兩隻鞋子也分從左右激飛而出。

劍重鞋輕，長劍又先揮出，但說也奇怪，不戒的兩隻僧鞋竟後發先至，更兜了轉來，搶在頭裏，分從左右勾住了劍柄，硬生生拖轉長劍，又飛出數丈，這才力盡，揷在地下。兩隻僧鞋兀自掛在劍柄之上，隨著劍身搖晃不已。

不戒叫道：「糟糕，糟糕！琳兒，爹爹今日爲你女婿治傷，大耗內力，這把長劍竟飛了一半便掉將下來。本來該當飛到你女婿的師父面前兩尺之處落下，嚇他一大跳，唉！你和尙爹爹這一回丟臉之極，難爲情死了。」

儀琳見岳不羣臉色不善，低聲道：「爹，別說啦。」快步過去，在劍柄上取下兩隻僧鞋，拔起長劍，心下躊躇，知道令狐冲之意是不欲刺殺田伯光，倘若將劍交還給岳靈珊，她又去向田伯光下手，豈不是傷了令狐沖之心？

岳不羣以袖功揮出長劍，滿擬將田伯光一劍穿心而過，萬不料不戒和尚這兩隻僧鞋上竟有如許力道，而勁力又巧妙異常。這和尚大叫大嚷，對小尼姑自稱爹爹，叫令狐沖爲女婿，胡言亂語，顯是個瘋僧，但武功可當眞了得，他還說適才給令狐沖治傷，大耗內力，若非如此，豈不更加厲害？雖然自己適才這衣袖一拂之中未使上紫霞神功，否則未必便輸於和尚，但名家高手，一擊不中，怎能再試？他雙手一拱，說道：「佩服，佩服。大師既一意迴護這個惡賊，在下今日倒不便下手了。大師意欲如何？」

儀琳聽他說今日不會再殺田伯光，當即雙手橫捧長劍，走到岳靈珊身前，微微躬身，道：「姊姊，你……」岳靈珊哼的一聲，抓住劍柄，眼睛瞧也不瞧，順手嚓的一聲，便即還劍入鞘，手法乾淨利落之極。

不戒和尚呵呵大笑，道：「好姑娘，這一下手法可帥得很哪。」轉頭向令狐沖道：「小女婿兒，這就走罷。你師妹俊得很，你跟她在一塊兒，我可不大放心。」

令狐沖道：「大師愛開玩笑，只是這等言語有損恆山、華山兩派令譽，還請住口。」不戒愕然道：「甚麼？好容易找到你，救活了你性命，你又不肯娶我女兒了？」令狐沖正色道：「大師相救之德，令狐沖終身不敢或忘。儀琳師妹恆山派門規精嚴，大師再說這等無聊笑話，定閒、定逸兩位師太臉上須不好看。」不戒搔頭道：「琳兒，你……你……你這個女婿兒到底是怎麼搞的？這……這不是莫名其妙麼？」

儀琳雙手掩面，叫道：「爹，別說啦，別說啦！他自是他，我自是我，有……有……有甚麼干係了？」哇的一聲，哭了出來，向山下疾奔而去。

不戒和尚更加摸不著頭腦，呆了一會，道：「奇怪，奇怪！見不到他時，拚命要見。見到他時，卻又不要見了。就跟她媽媽一模一樣，小尼姑的心事，當真猜想不透。」眼見女兒越奔越遠，當即追了下去。

田伯光支撐著站起，向令狐冲道：「青山不改，綠水長流！」轉過身來，踉蹌下山。

岳不羣待田伯光去遠，才道：「冲兒，你對這惡賊倒挺有義氣啊，寧可自刺一劍，也不肯殺他。」令狐冲臉有慚色，知師父目光銳利，適才自己這番做作瞞不過他，只得低頭道：「師父，此人行止雖十分不端，但一來他已答應改過遷善，二來他曾數次將弟子制住，卻始終留情不殺。」岳不羣冷笑道：「跟這種狼心狗肺的賊子也講道義，你一生之中，苦頭有得吃了。」

他對這個大弟子一向鍾愛，見他居然重傷不死，心下早已十分歡喜，剛才他假裝跌倒，自刺其腿，明知是詐，只是此人從小便十分狡獪，岳不羣知之已稔，也不深究，再加令狐冲對不戒和尚這番言語應對得體，頗洽己意，田伯光這樁公案，暫且便擱下了，伸手說道：「書呢？」

令狐冲見師父和師妹去而復返，便知盜書事發，師父回山追索，此事正求之不得，說道：「在六師弟那裏。小師妹爲救弟子性命，一番好意，師父請勿怪責。但未奉師父之命，弟子便有天大膽子，也不敢伸手碰那秘笈一碰，秘笈上所錄神功，更是隻字不敢入眼。」

岳不羣臉色登和，微笑道：「原當如此。我也不是不肯傳你，只是本門面臨大事，時機緊迫，無暇從容指點，但若任你自習，只怕誤入歧途，反有不測之禍。」頓了一頓，續道：「那不戒和尚瘋瘋顛顛，內功倒甚高明，是他給你化解了身體內的六道邪氣麼？現下覺得怎樣？」令狐冲道：「弟子體內煩惡盡消，種種炙熱冰冷之苦也除去了，不過周身沒半點力氣。」岳不羣道：「重傷初愈，自是乏力。不戒大師的救命之恩，咱們該當圖報才是。」令狐冲應道：「是。」

岳不羣回上華山，一直躭心遇上桃谷六仙，此刻不見他們蹤跡，心下稍定，但也不願多所逗留，道：「咱們會齊大有，一齊去嵩山罷。冲兒，你能不能長途跋涉？」令狐冲大喜，連聲道：「能，能，能！」

師徒三人來到正氣堂旁的小舍外。岳靈珊快步在前，推門進內，突然間「啊」的一聲尖叫出來，聲音中充滿了驚怖。

岳不羣和令狐冲同時搶上，向內望時，只見陸大有直挺挺的躺在地下不動。令狐冲笑道：「師妹勿驚，是我點倒他的。」岳靈珊道：「倒嚇了我一跳，幹麼點倒了六猴兒？」令狐冲道：「他也是一番好意，見我不肯觀看秘笈，便唸誦秘笈上的經文給我聽，我阻止不住，只好點倒了他，他怎麼……」

突然之間，岳不羣「咦」的一聲，俯身一探陸大有鼻息，又搭了搭他脈搏，驚道：「他怎麼……怎麼會死了？冲兒，你點了他甚麼穴道？」

令狐冲聽說陸大有竟然死了，這一下嚇得魂飛天外，身子晃了幾晃，險些暈去，顫聲道：「我……我……」伸手去摸陸大有的臉頰，觸手冰冷，已然死去多時，忍不住哭出聲來，叫道：「六……六師弟，你當眞死了？」岳不羣道：「書呢？」

令狐冲淚眼模糊的瞧出來，不見了那部《紫霞秘笈》，也道：「書呢？」忙伸手到陸大有屍身的懷裏一搜，並無影蹤，說道：「弟子點倒他時，記得見到那秘笈翻開了攤在桌上，怎麼會不見了？」

岳靈珊在炕上、桌旁、門角、椅底，到處找尋，卻那裏有紫霞秘笈的蹤跡？

這是華山派內功的無上典籍，突然失蹤，岳不羣如何不急？他細查陸大有屍身，並無一處致命的傷痕，再在小舍前後與屋頂踏勘一遍，也無外人到過的絲毫蹤跡，尋思：「既無外人來過，那決不是桃谷六仙或不戒和尚取去的了。」厲聲問道：「冲兒，你到底點的是甚麼穴道？」

令狐冲雙膝一曲，跪在師父面前，道：「弟子生怕重傷之餘，手上無力，是以點的是膻中要穴，沒想到……沒想到竟然失手害死了六師弟。」一探手，拔出陸大有腰間的長劍，便往自己頸中刎去。

岳不羣伸指彈出，長劍遠遠飛開，說道：「便是要死，也得先找到了紫霞秘笈。你到底把秘笈藏到那裏去了？」

令狐冲心下一片冰涼，心想：「師父竟然疑心我藏起了紫霞秘笈。」呆了一呆，說道：「師父，這秘笈定是爲人盜去，弟子說甚麼也要追尋回來，一頁不缺，歸還師父。」

岳不羣心亂如麻，說道：「要是給人抄錄了，或是背熟了，縱然一頁不缺的得回原書，本門的上乘武功，也從此不再是獨得之秘了。」他頓了一頓，溫言說道：「冲兒，倘若是你取去的，你交了出來，師父不責備你便是。」

令狐冲呆呆的瞧著陸大有的屍身，大聲道：「師父，弟子今日立下重誓，世上若有人偷窺了師父的紫霞秘笈，有十個弟子便殺他十個，有一百個便殺他一百個。師父如仍疑心是弟子偷了，請師父舉掌打死便是。」

岳不羣搖頭道：「你起來！你既說不是，自然不是了。你和大有向來交好，當然不是故意殺他。那麼這部秘笈，到底是誰偷了去呢？」眼望窗外，呆呆出神。

岳靈珊垂淚道：「爹，都是女兒不好，我……我自作聰明，偷了爹爹的秘笈，盼望治好大師哥的內傷，那知道大師哥決意不看，反而害了六師哥性命。女兒……女兒說甚麼也要去找回秘笈。」

岳不羣道：「咱們四下再找一遍。」這一次三人將小舍中每一處都細細找過了，秘笈固然不見，也沒見到半點可疑的線索。岳不羣對女兒道：「此事不可聲張，除了我跟你娘說明之外，向誰也不能提及。咱們葬了大有，這就下山去罷。」

令狐冲見到陸大有屍體的臉孔，忍不住又悲從中來，尋思：「同門諸師弟之中，六師弟對我情誼最深，那知我一個失手，竟會將他點斃。這件事實在萬萬料想不到，就算我毫沒受傷，這樣一指也決不會送了他性命，莫非因我體內有了桃谷六仙的邪門眞氣，指力便即異乎尋常麼？就算如此，那紫霞秘笈卻何以又會不翼而飛？這中間的蹊蹺，當眞猜想不透。師父對我起疑，辯白也是無用，說甚麼也要將這件事查個水落石出，那時再行自刎以謝六師弟便了。」他拭了眼淚，找把鋤頭，挖坑埋葬陸大有的屍體，直累得全身大汗，氣喘不已，還是岳靈珊在旁相助，才安葬完畢。

三人來到白馬廟，岳夫人見令狐冲性命無礙，隨伴前來，自不勝之喜。岳不羣悄悄告知陸大有身亡、紫霞秘笈失蹤的訊息，岳夫人又淒然下淚。紫霞秘笈失蹤雖是大事，但在她想來，丈夫早已熟習，是否保有秘笈，已殊不相干。可是陸大有在華山派門下已久，爲人隨和，一旦慘亡，自是傷心難過。衆弟子不明緣由，但見師父、師娘、大師哥和小師妹四人都神色鬱鬱，誰也不敢大聲談笑。

當下岳不羣命勞德諾僱了兩輛大車，一輛由岳夫人和岳靈珊乘坐，另一輛由令狐冲躺臥其中養傷，一行向東，朝嵩山進發。

這日行至韋林鎭，天已將黑，鎭上只一家客店，已住了不少客人，華山派一行有女眷，借宿不便。岳不羣道：「咱們再趕一程路，到前面鎭上再說。」那知行不到三里路，岳夫人所乘的大車脫了車軸，沒法再走。岳夫人和岳靈珊只得從車中出來步行。

施戴子指著東北角道：「師父，那邊樹林中有座廟宇，咱們過去借宿可好？」岳夫人道：「就是女眷不便。」岳不羣道：「戴子，你過去問一聲，倘若廟中和尚不肯，那就罷了，不必強求。」施戴子應了，飛奔而去。不多時便奔了回來，遠遠叫道：「師父，是座破廟，沒有和尚。」衆人大喜。陶鈞、英白羅、舒奇等年幼弟子當先奔去。

岳不羣、岳夫人等到得廟外時，只見東方天邊烏雲一層層的堆將上來，霎時間天色便已昏黑。岳夫人道：「幸好這裏有座破廟，要不然途中非遇大雨不可。」走進大殿，見殿上供的是一座青面神像，身披樹葉，手持枯草，是嘗百草的神農氏藥王菩薩。

岳不羣率領衆弟子向神像行了禮，還沒打開鋪蓋，電光連閃，半空中忽喇喇的打了個霹靂，跟著黃豆大的雨點洒將下來，只打得瓦上嗍嗍直響。

那破廟到處漏水，眾人鋪蓋也不打開了，各尋乾燥之地而坐。梁發、高根明和三名女弟子自去做飯。岳夫人道：「今年春雷響得好早，只怕年成不好。」

令狐冲在殿角中倚著鐘架而坐，望著簷頭雨水傾倒下來，宛似一張水簾，心想：「倘若六師弟健在，大家有說有笑，那就開心得多了。」心下不禁悲傷。

這一路上他極少和岳靈珊說話，有時見她和林平之在一起，更加避得遠遠的，心中常想：「小師妹拚著給師父責罵，盜了紫霞秘笈來給我治傷，足見對我情義深厚。我只盼她一生快樂。我決意找到秘笈之後，便自刎以謝六師弟，豈可再去招惹於她？她和林師弟正是一對璧人，但願她將我忘得乾乾淨淨，我死之後，她眼淚也不流一滴。」心中雖這麼想，可是每當見到她和林平之並肩同行、娓娓而談之際，胸中總是酸楚難當。

這時藥王廟外大雨傾盆，眼見岳靈珊在殿上走來走去，幫著燒水做飯，她目光每次和林平之相對，兩人臉上都露出一絲微笑。這情景他二人只道旁人全沒注意，可是每一次微笑，從沒逃過令狐冲的眼去。他二人相對一笑，令狐冲心中便一陣難受，想要轉過了頭不看，但每逢岳靈珊走過，他的眼光總又情不自禁的向她跟了過去。

用過晚飯後，各人分別睡臥。那雨一陣大，一陣小，始終不止，令狐冲既煩亂，又傷心，一時難以入睡，聽得大殿上鼻息聲此起彼落，各人均已沉沉睡去。

突然東南方傳來一片馬蹄聲，約有十餘騎，沿著大道馳來。令狐冲一凜：「黑夜之中，怎地有人冒雨奔馳？難道是衝著我們來麼？」他坐起身來，只聽岳不羣低聲喝道：「大家別作聲。」過不多時，那十餘騎在廟外奔了過去。這時華山派諸人已全都醒轉，各人手按劍柄防敵，聽得馬蹄聲越過廟外，漸漸遠去，各人鬆了口氣，正欲重行臥倒，卻聽得馬蹄聲又兜了轉來。十餘騎馬來到廟外，一齊停住。

只聽得一個清亮的聲音叫道：「華山派岳先生在廟裏麼？咱們有事請教。」

令狐冲是本門大弟子，向來由他出面應付外人，當即走到門邊，打開廟門，說道：「夤夜之際，那一路朋友過訪？」望眼過去，但見廟外一字排開十五騎人馬，有六七人手中提著孔明燈，齊往令狐冲臉上照來。

黑暗之中六七盞燈同時迎面照來，不免耀眼生花，此舉極是無禮，只這麼一照，已顯得來人充滿了敵意。令狐冲睜大了眼，卻見來人個個頭上戴了黑布罩子，只露出一對眼睛，心中一動：「這些人若不是跟我們相識，便是怕給我們記得了相貌。」只聽左首一人說道：「請岳不羣岳先生出見。」

令狐冲道：「閣下何人？請示知尊姓大名，以便向敝派師長稟報。」那人道：「我們是何人，你也不必多問。你去跟你師父說，聽說華山派得到了福威鏢局的辟邪劍譜，要想借來一觀。」令狐冲氣往上衝，說道：「華山派自有本門武功，要別人的劍譜何用？別說我們沒得到，就算得到了，閣下如此無禮強索，還將華山派放在眼裏麼？」

那人哈哈大笑，其餘十四人也都跟著大笑，笑聲從曠野中遠遠傳了開去，聲音洪亮，顯然每一個人都內功不弱。令狐冲暗暗吃驚：「今晚又遇上了勁敵，這一十五個人看來人人都是好手，卻不知是甚麼來頭？」

衆人大笑聲中，一人朗聲說道：「聽說福威鏢局姓林的那小子，已投入華山派門下。素仰華山派君子劍岳先生劍術神通，獨步武林，對那辟邪劍譜自是不值一顧。我們是江湖上無名小卒，斗膽請岳先生賜借一觀。」那十四人的笑聲呵呵不絕，但這一人的說話仍清晰洪亮，未爲嘈雜之聲所掩，足見此人內功比之餘人又勝了一籌。

令狐冲道：「閣下到底是誰？你……」這幾個字卻連自己也沒法聽見，心中一驚，隨即住口，暗忖：「難道我十多年來所練內功，竟一點也沒賸下？」他自下華山之後，曾數度按照本門心法修習內功，但稍一運氣，體內便雜息奔騰，沒法調御，越要控制，越是氣悶難當，若不立停內息，登時便會暈去。練了數次，均是如此，便向師父請教，但岳不羣只冷冷的瞧了他一眼，並不置答。令狐冲當時即想：「師父定然疑心我吞沒紫霞秘笈，私自修習。那也不必辯白。反正我已命不久長，又去練這內功作甚？」此後便不再練。不料此刻提氣說話，竟給對方的笑聲壓住了，一點聲音也傳不出去。

卻聽得岳不羣清亮的聲音從廟中傳出：「各位都是武林中的成名人物，怎地自謙是無名小卒？岳某素來不打誑語，林家辟邪劍譜不在我們這裏。」他說這幾句話時運上了紫霞神功，夾在廟外十餘人的大笑聲中，廟裏廟外，衆人仍皆聽得清清楚楚，他說得輕描淡寫，跟平時談話殊無分別，比之那人力運中氣的大聲說話，顯得遠爲自然。

只聽得另一人粗聲說道：「你自稱不在你這裏，卻到那裏去了？」岳不羣道：「閣下憑甚麼問這句話？」那人道：「天下之事，天下人管得。」岳不羣冷笑一聲，並不答話。那人大聲道：「姓岳的，你到底交不交出來？可莫要敬酒不吃吃罰酒。你不交出來，咱們只好動粗，要進來搜了。」

岳夫人低聲道：「女弟子們站在一塊，背靠著背，男弟子們，拔劍！」唰唰唰唰聲響，衆人都拔出了長劍。

令狐沖站在門口，手按劍柄，還未拔劍，已有兩人一躍下馬，向他衝來。令狐沖身子一側，待要拔劍，只聽一人喝道：「滾開！」抬腿將他踢了個觔斗，遠遠摔了出去。

令狐沖直飛出數丈之外，跌入灌木叢中。他頭腦中一片混亂，心道：「他這一踢力道也不如何厲害，怎地我下盤竟輕飄飄的沒半點力氣？」掙扎著待要坐起，突然胸腹間熱血翻湧，七八道眞氣盤旋來去，在體內相互衝突碰撞，令他便要移動一根手指也是不能。

令狐沖大驚，張嘴大叫，卻叫不出半點聲息，這情景便如著了夢魘，腦子甚是清醒，可就絲毫動彈不得。耳聽得兵器碰撞之聲錚錚不絕，師父、師娘、二師弟等人已衝到廟外，和七八個蒙面人鬥在一起，另有幾個蒙面人卻闖進了廟內，一陣陣叱喝之聲從廟門中傳出來，還夾著幾下女子的呼叱聲音。

這時雨勢又已轉大，幾盞孔明燈拋在地下，發出淡淡黃光，映著劍光閃爍，人影亂晃。過不多時，只聽得廟中傳出一聲女子的慘呼，令狐冲更是焦急，敵人都是男子，這聲女子慘呼，自是師妹之中有人受了傷，眼見師父舞動長劍，以一敵四，師娘則在和兩個敵人纏鬥。他知師父師娘劍術極精，雖以少敵多，諒必不致落敗。二師弟勞德諾大聲叱喝，也是以一擋二，他兩個敵人均使單刀，從兵器撞碰聲中聽來，顯是膂力沉雄，時候一長，勞德諾勢難抵擋。

眼見己方三人對抗八名敵人，形勢已甚險惡，廟內情景只怕更加凶險。師弟師妹人數雖眾，卻無一好手，耳聽得慘呼之聲連連，多半已有幾人遭了毒手。他越焦急，越使不出半分力氣，不住暗暗禱祝：「老天爺保祐，讓我有半個時辰恢復力道，令狐冲只須進得廟中，自當力護小師妹周全，我便給敵人碎屍萬段，身遭無比酷刑，也所心甘情願。」

他強自掙扎，又運內息，陡然間六道真氣一齊衝向胸口，跟著又有兩道真氣自上而下，將六道真氣壓了下去，登時全身空盪盪地，似乎五臟六腑全都不知去向，肌膚血液也都消失得無影無蹤。他心頭登時一片冰冷，暗叫：「罷了，罷了！原來如此。」

這時他方才明白，桃谷六仙競以真氣為他療傷，六道真氣分從不同經脈中注入，內傷固然並未治好，而這六道眞氣卻停留在他體內，鬱積難宣。偏又遇上了內功甚高而性子極躁的不戒和尙，強行以兩道眞氣將桃谷六仙的眞氣壓了下去，一時之間，似乎他內傷已愈，實則是他體內更多了兩道眞氣，相互均衡抵制，使得他舊習內功半點也不留存，竟然成了廢人。他胸口一酸，心想：「我遭此不測，等於是廢去了我全身武功，今日師門有難，我竟出不了半分力氣。令狐冲身爲華山派大弟子，眼睜睜的躺在地下，聽憑師父、師娘受人欺辱，師弟、師妹爲人宰割，當眞枉自爲人了。好，我去和小師妹死在一塊。」

他知道只消稍一運氣，牽動體內八道眞氣，全身便沒法動彈，當下氣沉丹田，絲毫不運內息，果然便能移動四肢，當下慢慢站起，緩緩抽出長劍，一步一步走進廟中。

一進廟門，撲鼻便聞到一陣血腥氣，神壇上亮著兩盞孔明燈，但見梁發、施戴子、高根明諸師弟正自和敵人浴血苦戰，幾名師弟、師妹躺在地下，不知死活。岳靈珊和林平之正並肩和一個蒙面敵人相鬥。

岳靈珊長髮披散，林平之左手持劍，顯然右手已爲敵人所傷。那蒙面人手持一根短槍，槍法矯夭靈活，林平之連使三招「蒼松迎客」，才擋住了他攻勢，苦在所學劍法有限，只見敵人短槍一起，槍上紅纓抖開，耀眼生花，噗的一聲，林平之右肩中槍。岳靈珊急刺兩劍，逼得敵人退開一步，叫道：「小林子，快去裹傷。」林平之道：「不要緊！」刺出一劍，腳步已然踉蹌。那蒙面人一聲長笑，橫過槍柄，啪的一聲響，打在岳靈珊腰間。岳靈珊右手撤劍，痛得蹲下身去。

令狐冲大驚，當即持劍搶上，提氣挺劍刺出，劍尖只遞出一尺，內息上湧，右臂登時軟軟的垂了下來。那蒙面人眼見劍到，本待側身閃避，然後還他一槍，那知他這一劍刺不到一尺，手臂便即垂下。那蒙面人微感詫異，一時不加細想，左腿橫掃，將令狐冲從廟門中踢了出去。

砰的一聲，令狐冲摔入了廟外的水潭。大雨兀自滂沱，他口中、眼中、鼻中、耳中全是泥漿，一時沒法動彈，但見勞德諾已爲人點倒，本來和他對戰的兩敵已分別去圍攻岳不羣夫婦。過不多時，廟中又擁出兩個敵人，變成岳不羣獨鬥七人，岳夫人力抗三敵的局面。

只聽得岳夫人和一個敵人齊聲呼叱，兩人腿上同時受傷。那敵人退了下去，岳夫人眼前雖少了一敵，但腿上給狠狠砍了一刀，受傷著實不輕，又拆得幾招，肩頭爲敵人刀背擊中，委頓在地。兩個蒙面人哈哈大笑，在她背心上點了幾處穴道。

這時廟中羣弟子相繼受傷，一一爲人制服。來攻之敵顯是另有圖謀，只將華山羣弟子打倒擒獲，或點其穴道，卻不傷性命。

十五人團團圍在岳不羣四周，八名好手分站八方，與岳不羣對戰，餘下七人手中各執孔明燈，將燈火射向岳不羣雙眼。華山派掌門內功雖深，劍術雖精，但對戰的八人均屬好手，七道燈光迎面直射，更令他難以睜眼。他知今日華山派已然一敗塗地，不免在這藥王廟中全軍覆沒，但仍揮劍守住門戶，氣力悠長，劍法精嚴，燈火射到之時，他便垂目向下，八個敵人一時倒也奈何他不得。

一名蒙面人高聲叫道：「岳不羣，你投不投降？」岳不羣朗聲道：「岳某寧死不辱，要殺便殺。」那人道：「你不投降，我先斬下你夫人的右臂！」說著提起一柄厚背薄刃的鬼頭刀，在孔明燈照射之下，刀刃上發出幽幽藍光，刀鋒對住了岳夫人肩頭。

岳不羣微一遲疑：「難道聽憑師妹斷去一臂？」但隨即心想：「倘若棄劍投降，一般的受他們欺凌虐辱，我華山派數百年令名，豈可在我手中葬送？」突然間吸一口氣，臉上紫氣大盛，揮劍向左首的漢子劈去。那漢子舉刀擋格，豈知岳不羣這一劍伴附著紫霞神功，力道強勁，那刀竟然爲長劍逼回，一刀一劍，同時砍上他右臂，將他右臂砍下了兩截，鮮血四濺。那人大叫一聲，摔倒在地。

岳不羣一招得手，嗤的一劍，又插入了另一名敵人左腿，那人破口大罵，退了下去。和他對戰的少了二人，但情勢並不稍緩，驀地裏噗的一聲，背心中了一記鏈子錘，他連攻三劍，才驅開敵人，忍不住一口鮮血噴出。衆敵齊聲歡呼：「岳老兒受了傷，累也累死了他！」和他對戰的六人眼見勝算在握，放開了圈子，這一來，岳不羣更無可乘之機。

蒙面敵人一共一十五人，其中三人爲岳不羣夫婦所傷，只一個遭斬斷手臂的傷得極重，其餘二人傷腿，並無大礙，手中提著孔明燈，不住口的向岳不羣嘲罵。

岳不羣聽他們口音南北皆有，武功更雜，顯然並非一個門派，但趨退之餘，相互間又默契甚深，並非臨時聚集，到底是甚麼來歷，委實猜想不透，最奇的是，這一十五人無一是弱者，以自己在江湖上見聞之博，不該一十五名武功好手竟連一個也認不出來，但偏偏便摸不著半點頭腦。他拿得定這些人從未和自己交過手，絕無仇冤，難道眞是爲了《辟邪劍譜》，才如此大舉來和華山派爲難？

他心中思忖，手上卻絲毫不懈，紫霞神功施展出來，劍尖末端隱隱發出光芒，十餘招後又有一名敵人肩頭中劍，手中鋼鞭跌落在地。圈外另一名蒙面人搶了過來，替了他出去，這人手持鋸齒刀，兵刃沉重，刀頭有一彎鉤，不住去鎖拿岳不羣手中長劍。岳不羣內力充沛，精神愈戰愈長，突然間左手反掌，打中一人胸口，喀喇一聲響，打斷了他兩根肋骨，那人雙手所持的鑌鐵懷杖登時震落在地。

不料這人勇悍絕倫，肋骨一斷，奇痛徹心，反激起了狂怒，著地滾進，張開雙臂便抱住了岳不羣左腿。岳不羣一驚，揮劍往他背心劈落，旁邊兩柄單刀同時伸過來格開。岳不羣長劍未能砍落，右腳便往他頭上踢去。那人是個擒拿好手，左臂長出，連他右腿也抱住了，跟著滾轉。岳不羣武功再強，也已沒法站定，登時摔倒。傾刻之間，單刀、短槍、鏈子錘、長劍，諸般兵刃同時對準了他頭臉喉胸諸處要害。

岳不羣一聲嘆息，鬆手撤劍，閉目待死，只覺腰間、脅下、喉頭、左乳各處，都給人以重手點了穴道，跟著兩個蒙面人拉著他站起。

一個蒼老的聲音說道：「君子劍岳先生武功卓絕，果然名不虛傳，我們合十五人之力對付你一人，還鬧得四五人受傷，這才將你擒住，嘿嘿，佩服，佩服！老朽跟你單打獨鬥，那是鬥不過你的了。不過話得說回來，我們有十五人，你們卻有二十餘人，比較起來，還是你華山派人多勢衆。我們今晚以少勝多，打垮了華山派，這一仗也算勝得不易，是不是？」其餘蒙面人都道：「是啊，勝來著實不易。」

那老者道：「岳先生，我們跟你無冤無仇，今晚冒昧得罪，只不過想借那辟邪劍譜一觀。這劍譜嗎，本來也不是你華山派的，你千方百計的將福威鏢局的林家少年收入門下，自然是在圖謀這部劍譜了。這件事太也不夠光明正大，武林同道聽了，人人憤怒。老朽好言相勸，你還是獻了出來罷！」

岳不羣大怒，說道：「岳某既落入你手，要殺便殺，說這些廢話作甚？岳不羣爲人如何，江湖上衆皆知聞，你殺岳某容易，想要壞我名譽，卻是作夢！」

一名蒙面人哈哈大笑，大聲道：「壞你名譽不容易麼？你的夫人、女兒和幾個女弟子都相貌不錯，我們不如大夥兒分了，當作了小老婆！哈哈，這一下，你岳先生在武林中可就大名鼎鼎了。」其餘蒙面人都跟著大笑，笑聲中充滿了淫猥之意。

岳不羣只氣得全身發抖。只見幾名蒙面人將一眾男女弟子從廟中推了出來。眾弟子都給點中了穴道，有的滿臉鮮血，有的一到廟外便即跌倒，顯是腿腳受傷。

那蒙面老者說道：「岳先生，我們的來歷，或許你已經猜到了三分，我們並不是武林中甚麼白道上的英雄好漢，沒甚麼事做不出來。眾兄弟有的好色成性，倘若得罪了尊夫人和令愛，於你面上可不大光采。」

岳不羣叫道：「罷了，罷了！閣下既然不信，儘管在我們身上搜索便是，且看有甚麼辟邪劍譜！」一名蒙面人笑道：「我勸你還是自己獻出來的好。一個個搜將起來，搜到你老婆、閨女身上，未必有甚麼好看。」

林平之大聲叫道：「一切禍事，都是由我林平之身上而起。我跟你們說，我福建林家，壓根兒便沒甚麼辟邪劍譜，信與不信，全由你們了。」說著從地下拾起一根給震落的鑌鐵懷杖，猛力往自己額頭擊落。只是他雙臂已遭點了穴道，出手無力，嗒的一聲，懷杖雖擊在頭上，只擦損了一些油皮，連鮮血也無。但他此舉用意，旁人都十分明白，他意欲犧牲一己性命，表明並沒甚麼劍譜落在華山派手中。

那蒙面老者笑道：「林公子，你倒挺夠義氣。我們跟你死了的爹爹有交情，岳不羣害死你爹爹，呑沒你家傳的辟邪劍譜，我們今天是打抱不平來啦。你師父徒有君子之名，卻無君子之實。不如你改投在我門下，包你學成一身縱橫江湖的好功夫。」

林平之叫道：「我爹娘是給靑城派余滄海與塞北明駝木高峯害死的，跟我師父有甚麼相干？我是堂堂華山派門徒，豈能臨到危難便貪生怕死？」

梁發叫道：「說得好！我華山派……」一名蒙面人喝道：「你華山派便怎樣？」橫揮一刀，將梁發的腦袋砍了下來，鮮血直噴。華山羣弟子中，八九個人齊聲驚呼。

岳不羣腦海中種種念頭此起彼落，卻始終想不出這些人是甚麼來頭，聽那老者的話，多半是黑道上的強人，或是甚麼爲非作歹的幫會匪首，可是秦晉川豫一帶白道黑道上的成名人物，自己就算不識，也必早有所聞，絕無那一個幫會、山寨擁有如此衆多的好手。那人一刀便砍了梁發的腦袋，下手之狠，實所罕見。江湖上動武爭鬥，殺傷人命原屬常事，但旣已將對方擒住，絕少這般隨手一刀，便斬人首級。

那人一刀砍死梁發後，縱聲狂笑，走到岳夫人身前，將那柄染滿鮮血的鋼刀在半空中虛劈幾刀，在岳夫人頭頂掠過，相距不過半尺。岳靈珊尖聲叫喚：「別……別傷我媽！」便暈了過去。岳夫人卻是女中豪傑，毫不畏懼，心想他若將我一刀殺了，免受其辱，正是求之不得之事，昂首罵道：「膿包賊，有種便將我殺了。」

便在此時，東北角上馬蹄聲響，數十騎馬奔馳而來。蒙面老者叫道：「甚麼人？過去瞧瞧！」兩名蒙面人應道：「是！」上馬迎了上去。卻聽得蹄聲漸近，跟著乒乒乓乓幾下兵刃碰撞，有人叫道：「啊喲！」顯是來人和那兩名蒙面人交上了手，有人受傷。

岳不羣夫婦和華山羣弟子知是來了救星，無不大喜，模模糊糊的燈光之下，只見三四十騎馬沿著大道，濺水衝泥，急奔而至，頃刻間在廟外勒馬，團團站定。馬上一人叫道：「是華山派的朋友。咦！這不是岳兄麼？」

岳不羣往那說話之人臉上瞧去，不由得大是尷尬，原來此人便是數日前持了五嶽令旗、來到華山絕頂的嵩山派第二太保仙鶴手陸柏。他右首一人高大魁偉，認得是嵩山派大太保托塔手丁勉。站在他左首的，赫然是華山派棄徒劍宗的封不平。那日來到華山的泰山派和衡山派好手也均在內，只是比之其時上山的更多了不少人。孔明燈的黯淡光芒之下，影影綽綽，一時也認不得那許多。只聽陸柏道：「岳兄，那天你不接左盟主的令旗，左盟主甚是不快，特令我丁師哥、湯師弟奉了令旗，再上華山奉訪。不料深夜之中，竟會在這裏相見，可當眞料不到了。」岳不羣默然不答。

那蒙面老者抱拳說道：「原來是嵩山派丁二俠、陸三俠、湯七俠三位到了。當眞幸會，幸會。」嵩山派第六太保湯英鶚道：「不敢，閣下尊姓大名，如何不肯以眞面目相示？」蒙面老者道：「我們衆兄弟都是黑道上的無名小卒，幾個難聽之極的匪號說將出來，沒的污了各位武林高人的耳朵。衝著各位的金面，大夥兒對岳夫人和岳小姐是不敢無禮的了，只是有一件事，卻要請各位主持武林公道。」

湯英鶚道：「是甚麼事，不妨說出來大家聽聽。」

那老者道：「這位岳不羣先生，有個外號叫作君子劍，聽說平日說話，向來滿口仁義道德，最講究武林規矩，可是最近的行爲卻有點兒大大的不對頭了。福州福威鏢局給人挑了，總鏢頭林震南夫婦給人害了，各位想必早已知聞。」

湯英鶚道：「是啊，聽說那是四川青城派幹的。」那老者連連搖頭，道：「江湖上雖這般傳言，實情卻未必如此。咱們打開天窗說亮話，人人都知道，福威鏢局林家有一部祖傳的辟邪劍譜，載有精微奧妙的劍法，練得之後，可以天下無敵。林震南夫婦所以遭害，便因於有人對這部辟邪劍譜眼紅之故。」湯英鶚道：「那又怎樣？」

那老者道：「林震南夫婦到底是給誰害死的，外人不知詳情。咱們只聽說，這位君子劍暗使詭計，騙得林震南的兒子死心塌地的投入了華山派門下，那部劍譜，自然也帶入了華山派門中。大夥兒一推敲，都說岳不羣工於心計，強奪不成，便使巧取之計。想那姓林的小子有多大的年紀？能有多大見識？投入華山派門中之後，還不是讓那老狐狸玩弄於掌股之上，乖乖的將辟邪劍譜雙手獻上。」

湯英鶚道：「那恐怕不見得罷。華山派劍法精妙，岳先生的紫霞神功更獨步武林，乃是最神奇的一門內功，如何會去貪圖別派的劍法？」

那老者仰天打了個哈哈，說道：「湯老英雄這是以君子之心，去度小人之腹了。岳不羣有甚麼精妙劍法？他華山派氣劍兩宗分家之後，氣宗霸佔華山，只講究練氣，劍法平庸幼稚之極。江湖上震於『華山派』三字的虛名，還道他們眞有本領，其實呢，嘿嘿，嘿嘿……」他冷笑了幾聲，續道：「按理說，岳不羣既是華山派掌門，劍術自必不差，可是衆位親眼目睹，眼下他是爲我們幾個無名小卒所擒。我們一不使毒藥，二不用暗器，三不是以多勝少，乃是憑著眞實本領，硬打硬拚，將華山派衆師徒收拾了下來。華山派氣宗的武功如何，那也可想而知了。岳不羣當然有自知之明，他是急欲得到辟邪劍譜之後，精研劍法，以免徒負虛名，一到要緊關頭，就此露乖出醜。」

湯英鶚點頭道：「這幾句話倒也在理。」

那老者又道：「我們這些黑道上的無名小卒，說到功夫，在衆位名家眼中看來，原是不值一笑，對那辟邪劍譜也不敢起甚麼貪心。不過以往十幾年中，承蒙福威鏢局的林總鏢頭瞧得起，每年都贈送厚禮，他的鏢車經過我們山下，衆兄弟衝著他面子，誰也不去動他一動。這次聽說林總鏢頭爲了這部劍譜，鬧得家破人亡，大夥兒不由得動了公憤，因此上要和岳不羣算一算這個帳。」他說到這裏，頓了一頓，環顧馬上衆人，說道：「今晚駕到的，個個都是武林中大名鼎鼎的英雄好漢，更有與華山結盟的五嶽劍派高手在內，這件事到底如何處置，聽憑衆位吩咐，在下無有不遵。」

湯英鶚道：「這位兄台很夠朋友，我們領了這份交情。丁師哥、陸師哥，你們瞧這件事怎麼辦？」

丁勉道：「華山派掌門人之位，依左盟主說，該當由封先生執掌，岳不羣今日又做出這等無恥卑鄙的事來，便由封先生自行清理門戶罷！」

馬上衆人齊聲說道：「丁二俠斷得再明白也沒有了。華山派之事，該由華山派掌門人自行處理，也免得江湖上朋友說咱們多管閒事。」

封不平躍下馬來，向衆人團團一揖，說道：「衆位給在下這個面子，當眞感激不盡。岳不羣竊居敝派掌門之位，搞得天怒人怨，江湖上聲名掃地，今日更做出殺人之父、奪人劍譜、勒逼收徒，種種無法無天的事來。在下無德無能，本來不配執掌華山派門戶，只是念著敝派列祖列宗創業艱難，實不忍華山一派在岳不羣這不肖門徒手中灰飛煙滅，只得勉爲其難，還盼衆位朋友今後時時指點督促。」說著又抱拳作個四方揖。

這時馬上乘客中已有七八人點起火把，霖雨未歇，但已成爲絲絲小雨。火把上光芒射到封不平臉上，顯得神色得意非凡。他繼續說道：「岳不羣罪大惡極，無可寬赦，須當執行門規，立即處死！叢師弟，你爲本派清理門戶，將叛徒岳不羣夫婦殺了。」

一名五十來歲的漢子應道：「是！」拔出長劍，走到岳不羣身前，獰笑道：「姓岳的，你敗壞本派，今日當有此報。」

岳不羣嘆了口氣，道：「好，好！你劍宗爲了爭奪掌門之位，居然設下這條毒計。叢不棄，你今日殺我，日後在陰世有何面目去見華山派的列祖列宗？」

叢不棄哈哈一笑，道：「你自己幹下了這許多罪行，我若不殺你，你勢必死於外人之手，那反而不美了。」封不平喝道：「叢師弟，多說多益，殺！」

叢不棄道：「是！」提起長劍，手肘一縮，火把上紅光照到劍刃之上，忽紅忽碧。

岳夫人叫道：「且慢！那辟邪劍譜到底是在何處？捉賊捉贓，你們如此含血噴人，如何能令人心服？」

叢不棄道：「好一個捉賊捉贓！」向岳夫人走上兩步，笑嘻嘻的道：「那部辟邪劍譜，多半便藏在你身上，我可要搜上一搜了，也免得你說我們含血噴人。」當年同門學劍之時，叢不棄便已覬覦師妹寧中則的美色，此時得到機會，伸出左手，便要往岳夫人懷中摸去。

岳夫人腿上受傷，又給點中了兩處穴道，眼看叢不棄一隻骨節稜稜的大手往自己身上摸來，若給他手指碰到了肌膚，實是奇恥大辱，大叫一聲：「嵩山派丁師兄！」

丁勉沒料到她突然會呼叫自己，問道：「怎樣？」岳夫人道：「令師兄左盟主是五嶽劍派盟主，爲武林表率，我華山派也托庇於左盟主旗下，你卻任由這等無恥小人來辱我婦道人家，那是甚麼規矩？」丁勉道：「這個？」沉吟不語。

岳夫人又道：「那惡賊一派胡言，說甚麼並非以多勝少。這兩個華山派的叛徒，倘若單打獨鬥能勝得我丈夫，咱們將掌門之位雙手奉讓，死而無怨，否則須難塞武林中千萬英雄好漢的悠悠之口。」說到這裏，突然呸的一聲，一口唾沫向叢不棄臉上吐去。

叢不棄和她相距甚近，這一下又來得突然，竟不及避讓，正中在雙目之間，大罵：「你奶奶的！」

岳夫人怒道：「你劍宗叛徒，武功低劣之極，不用我丈夫出手，便是我一個女流之輩，若不是給人暗算點了穴道，要殺你也易如反掌。」

丁勉道：「好！」雙腿一夾，胯下黑馬向前邁步，繞到岳夫人身後，倒轉馬鞭，向前俯身戳出，鞭柄戳中了岳夫人背上三處穴道。她只覺全身一震，受點的兩處穴道登時解了。

岳夫人四肢一得自由，知道丁勉是要自己與叢不棄比武，眼前這一戰不但攸關一家三口的生死，也將決定華山一派的盛衰興亡，自己如能將叢不棄打敗，雖然未必化險為夷，至少是個轉機，自己倘若落敗，那就連話也沒得說了，當即從地下拾起自己先前給擊落的長劍，橫劍當胸，立個門戶，便在此時，左腿一軟，險些跪倒。她腿上受傷著實不輕，稍一用力，便難支持。

叢不棄哈哈大笑，叫道：「你又說是婦道人家，又假裝腿上受傷，那還比甚麼劍？就算勝了你，也沒甚麼光采！」岳夫人不願跟他多說一句，叱道：「看劍！」唰唰唰三劍，疾刺而出，劍刃上帶著內力，嗤嗤有聲，這三劍一劍快似一劍，全是指向對方的要害。叢不棄退了兩步，叫道：「好！」岳夫人本可乘勢逼進，但她不敢移動腿腳，站著不動。叢不棄提劍又上，反擊過去，錚錚錚三聲，火光飛迸，這三劍攻得甚是狠辣。岳夫人一一擋開，第三劍隨即轉守為攻，疾刺敵人小腹。

岳不羣站在一旁，眼見妻子腿傷之餘，力抗強敵，叢不棄劍招精妙，靈動變化，顯是遠在妻子之上。二人拆到十餘招後，岳夫人下盤呆滯，華山氣宗本來擅於內力克敵，但她受傷後氣息不勻，劍法上漸漸為叢不棄所制。岳不羣心中大急，見妻子劍招越使越快，更加擔憂：「他劍宗所長者在劍法，你卻以劍招與他相拆，以己之短，抗敵之長，非輸不可。」

這中間的關竅，岳夫人又何嘗不知，只是她腿上傷勢不輕，而且中刀之後，不久便給點中穴道，始終沒能緩出手來裹傷，此刻兀自流血不止，這時全仗著一股精神支持，劍招上雖絲毫不懈，勁力卻已迅速減弱。十餘招一過，叢不棄已覺察到對方弱點，心中大喜，當下並不急切求勝，只嚴密守住門戶。

令狐冲眼睜睜瞧著兩人相鬥，見叢不棄劍路縱橫，純是使招不使力的打法，與師父所授全然不同，心道：「怪不得本門分爲氣宗、劍宗，兩宗武功所尙，果然完全相反。」他慢慢支撐著站起，伸手摸到地下一柄長劍，心想：「今日我派一敗塗地，但師娘和師妹淸白的名聲決不能爲奸人所汚，看來師娘非此人之敵，待會我先殺了師娘、師妹，然後自刎，以全華山派的聲名。」

只見岳夫人劍法漸亂，突然之間長劍急轉，呼的一聲刺出，正是她那招「無雙無對，寧氏一劍」。這一劍勢道淩厲，雖然在重傷之餘，刺出時仍虎虎有威。

叢不棄吃了一驚，向後急縱，僥倖躲開。岳夫人若雙腿完好，乘勢追擊，敵人必難倖免，此刻卻臉上全無血色，以劍拄地，喘息不已。

叢不棄笑道：「怎麼？岳夫人，你力氣打完啦，可肯給我搜一搜麼？」說著左掌箕張，一步步逼近，岳夫人待要提劍而刺，但右臂便如有千斤之重，說甚麼也提不起來。

令狐冲叫道：「且慢！」邁步走到岳夫人身前，叫道：「師娘！」便欲出劍將她刺死，以保她淸白。

岳夫人目光中露出喜色，點頭道：「好孩子！」再也站立不住，一交坐入泥濘。

叢不棄喝道：「滾開！」挺劍向令狐冲咽喉挑去。

令狐冲眼見劍到，自知手上沒半分力氣，倘若伸劍相格，立時會給他將長劍擊飛，當下更不思索，提劍也向他喉頭刺去，那是個同歸於盡的打法，這一劍出招並不迅捷，但部位卻妙到顛毫，正是「獨孤九劍」中「破劍式」的絕招。

叢不棄大吃一驚，萬不料這個滿身泥污的少年突然會使出這麼一招，情急之下，著地打了個滾，直滾出丈許之外，才得避過，卻已驚險萬分。

旁觀眾人見他狼狽不堪，躍起身來時，頭上、臉上、手上、身上，全是泥水淋漓，有的人忍不住笑出聲來，但稍加思索，都覺除了這麼一滾之外，實無其他妙法可拆解此招。

叢不棄聽到笑聲，羞怒更甚，連人帶劍，向令狐冲直撲過去。

令狐冲已打定了主意：「我不可運動絲毫內息，只以太師叔所授的劍法與他拆招。」那「獨孤九劍」他本未練熟，原不敢貿然以之抗禦強敵，但當此生死繫於一線之際，腦筋突然清明異常，「破劍式」中種種繁複神奇的拆法，霎時間盡皆清清楚楚的湧現，眼見叢不棄勢如瘋虎的拚撲而前，早已看到他招式中的破綻，劍尖斜挑，指向他小腹。

叢不棄這般撲將過去，對方如不趨避，便須以兵刃擋架，因此自己小腹雖是空門，卻不必守禦。豈知令狐冲不避不格，只是劍尖斜指，候他自己將小腹撞到劍上去。叢不棄身子躍起，雙足尚未著地，已然看到自己陷入險境，忙揮劍往令狐冲長劍上斬去。令狐冲早料到此著，右臂輕提，長劍提起了兩尺，劍尖一抬，指向叢不棄胸前。

叢不棄這一劍斬出，原盼與令狐冲長劍相交，便能借勢躍避，萬不料對方突然會在這要緊關頭轉劍上指，他一劍斬空，身子在半空中無可迴旋，口中哇哇大叫，便向令狐冲劍尖上直撞過去。封不平縱身而起，伸手往叢不棄背心抓去，終於遲了一步，但聽得噗的一聲響，劍尖從叢不棄肩胛一穿而過。

封不平一抓不中，拔劍已斬向令狐冲後頸。按照劍理，令狐冲須得向後急躍，再乘機還招，但他體內眞氣雜沓，內息混亂，半分內勁也沒法運使，絕難後躍相避，無可奈何之中，長劍從叢不棄肩頭抽出，便又使出「獨孤九劍」中的招式，反劍刺出，指向封不平的肚臍。這一招似乎又是同歸於盡的拚命打法，但他的反手劍部位奇特，這一劍先刺入敵人肚臍，敵人的兵器才刺到他身上，相距雖不過瞬息之間，這中間畢竟有了先後之差。

封不平見自己這一劍敵人已絕難擋架，那知這少年隨手反劍，竟會刺向自己小腹，凶險之極，立即後退，吸一口氣，登時連環七劍，一劍快似一劍，如風如雷般攻上。

令狐冲早將生死置之度外，心中所想，只是風清揚所指點的種種劍法，有時腦中一閃，想到了後洞石壁上的劍招，也即順手使出，揮洒如意，與封不平片刻間便拆了七十餘招，兩人長劍始終沒相碰一下，攻擊守禦，全是精微奧妙之極的劍法。旁觀衆人瞧得目爲之眩，無不暗暗喝采，各人都聽到令狐冲喘息沉重，顯然力氣不支，但劍上的神妙招數始終層出不窮，變幻無方。封不平每逢招數上沒法抵擋，便以長劍硬砍硬劈，情知對方不會與自己鬥力而以劍擋劍，這麼一來，便得解脫窘境。

旁觀諸人中眼見封不平的打法跡近無賴，有的忍不住心中不滿。泰山派的一個道士說道：「氣宗的徒兒劍法高，劍宗的師叔內力強，這到底怎麼搞的？華山派的氣宗、劍宗，這可不是顛倒來玩了麼？」

封不平臉上一紅，一柄長劍更使得猶如疾風驟雨一般。他是當今華山派劍宗第一高手，劍術確是了得。令狐冲無力移動身子，勉強支撐，方能站立，失卻了不少可勝的良機，而初使「獨孤九劍」，便即遭逢大敵，不免心有怯意，劍法又不純熟，是以兩人酣鬥良久，一時仍勝敗難分。

再拆三十餘招後，令狐冲發覺自己倘若隨手亂使一劍，對方往往難以抵擋，手忙腳亂；但如在劍招中用上了本門華山派劍法，或是後洞石壁上所刻的嵩山、衡山、泰山等派劍法，封不平卻乘勢反擊，將自己劍招破去。有一次封不平長劍連劃三個弧形，險些將自己右臂齊肩斬落，委實凶險之極。危急之中，風清揚的一句話突然在腦海中響起：「你劍上無招，敵人便沒法可破，無招勝有招，乃劍法之極詣。」

其時他與封不平拚鬥已逾二百招，對「獨孤九劍」中的精妙招式領悟越來越多，不論封不平以如何凌厲狠辣的劍法攻來，總是一眼便看到他招式中的破綻所在，隨手出劍，便迫得他非迴劍自保不可，再鬥一會，信心漸增，待得想到風清揚所說「以無招破有招」的要訣，輕吁一口長氣，斜斜刺出一劍，這一劍不屬於任何招式，甚至也不是獨孤九劍中「破劍式」的劍法，出劍全然無力，但劍尖歪斜，連自己也不知指向何方。

封不平一呆，心想：「這是甚麼招式？」一時不知如何拆解才好，只得舞劍護住了上盤。令狐冲出劍原無定法，見對方護住上盤，劍尖輕顫，便刺向他腰間。封不平料不到他變招如此奇特，大驚之下，向後躍開三步。令狐冲無力跟他縱躍，適才鬥了良久，雖不曾動用半分眞氣內息，但提劍劈刺，畢竟頗耗力氣，不由得左手撫胸，喘息不已。

封不平見他並不追擊，如何肯就此罷手？隨即縱上，唰唰唰唰四劍，向令狐冲胸、腹、腰、肩四處連刺。令狐冲手腕一抖，挺劍向他左眼刺去。封不平驚叫一聲，又向後躍開了三步。

泰山派那道人又道：「奇怪，奇怪！這人的劍法，當眞令人好生佩服。」旁觀衆人均有同感，都知他所佩服的「這人的劍法」，自不是封不平的劍法，必是令狐冲的劍法。

封不平聽在耳裏，心道：「我以劍宗之長，圖入掌華山一派，倘若在劍法上竟輸了給氣宗的一個徒兒，做華山派掌門的雄圖固然從此成爲泡影，勢必又將入山隱居，再也沒臉在江湖上行走了。」言念及此，暗叫：「到這地步，我再能隱藏甚麼？」仰天一聲清嘯，斜行而前，長劍橫削直擊，迅捷無比，未到五六招，劍勢中已發出隱隱風聲。

他出劍越來越快，風聲也是漸響。這套「狂風快劍」，是封不平在中條山隱居十五年而創製出來的得意劍法，劍招一劍快似一劍，所激起的風聲也越來越強。他胸懷大志，不但要執掌華山一派，還想成了華山派掌門人之後，更進而爲五嶽劍派盟主，所憑持的便是這套一百零八式「狂風快劍」。這項看家本領本不願貿然顯露，一顯之後，便露了底，此後再和一流高手相鬥，對方先已有備，便難收出奇制勝之效。但此刻勢成騎虎，若不將令狐冲打敗，便即顏面無存，實逼處此，也只好施展了。

這套「狂風快劍」果然威力奇大，劍鋒上所發出的一股勁氣漸漸擴展，旁觀衆人只覺寒氣逼人，臉上、手上給疾風刮得隱隱生疼，不由自主的後退，圍在相鬥兩人身周的圈子漸漸擴大，竟有四五丈方圓。

此刻縱是嵩山、泰山、衡山諸派高手，以及岳不羣夫婦，對封不平也已不敢再稍存輕視之心，均覺他劍法不但招數精奇，且劍上氣勢凌厲，並非徒以劍招取勝，此人在江湖上無籍籍之名，不料劍法竟如此了得。

馬上衆人所持火把的火頭爲劍氣逼得向外飄揚，劍上所發的風聲尚有漸漸增大之勢。在旁觀衆人的眼中看來，令狐冲便似是百丈洪濤中的一葉小舟，狂風怒號，駭浪如山，一個又一個的滔天白浪向小舟撲去，小舟隨波上下，卻始終不讓波濤吞沒。

封不平攻得越急，令狐冲越領略到風清揚所指點的劍學精義，每鬥一刻，便多了幾分體會。他於劍法上種種招數明白得越透徹，自信越強，當下並不急於求勝，只凝神觀看對方劍招中的種種變化。

「狂風快劍」委實快極，一百零八招片刻間便已使完，封不平見始終奈何對方不得，心下焦躁，連聲怒喝，長劍斜劈直斫，猛攻過去，非要對方出劍擋架不可。令狐冲眼見他勢如拚命，倒也有些膽怯，不敢再行纏鬥，長劍抖動，嗤嗤嗤嗤四聲輕響，封不平左臂、右臂、左腿、右腿上各已中劍，噹的一聲，長劍落地。令狐冲手上無力，這四劍刺得甚輕。

封不平霎時間臉色蒼白，說道：「罷了，罷了！」回身向丁勉、陸柏、湯英鶚三人拱手道：「嵩山派三位師兄，請你們拜上左盟主，說在下對他老人家的盛意感激不盡。只是……只是技不如人，無顏……無顏……」又一拱手，向外疾走，奔出十餘步後，突然站定，叫道：「那位少年，你劍法好生了得，在下拜服。但這等劍法，諒來岳不羣也不如你。請教閣下尊姓大名，劍法是那一位高人所授？也好叫封不平輸得心服。」

令狐冲道：「在下令狐冲，是恩師岳先生座下大弟子。承蒙前輩相讓，僥倖勝得一招半式，何足道哉！」

封不平一聲長嘆，聲音中充滿了淒涼落魄的況味，緩步走入了黑暗之中。叢不棄右手按住肩胛傷口，跟隨其後。

丁勉、陸柏和湯英鶚三人對望了一眼，均想：「以劍法而論，自己多半及不上封不平，當然更非令狐冲之敵，倘若一擁而上，亂劍分屍，立即便可將他殺了。但此刻各派好手在場，說甚麼也不能幹這等事。」三人心意相同，都點了點頭。丁勉朗聲道：「令狐賢姪，你劍法高明，教人大開眼界，後會有期！」

湯英鶚道：「大夥兒這就走罷！」左手一揮，勒轉了馬頭，雙腿一夾，縱馬直馳而去，其餘各人也都跟隨其後，片刻間均已奔入黑暗之中，但聽得蹄聲漸遠漸輕。藥王廟外除了華山派衆人，便是那些蒙面客了。

那蒙面老者乾笑了兩聲，說道：「令狐少俠，你劍術高明，大家都是很佩服的。岳不羣的功夫和你差得太遠，照理說，早就該由你來當華山派掌門人才是。」他頓了一頓，續道：「今晚見識了閣下的精妙劍法，原當知難而退，只是我們得罪了貴派，日後禍患無窮，今日須得斬草除根，欺侮你身上有傷，只好以多爲勝了。」說著一聲呼嘯，其餘十四名蒙面人團團圍了上來。

當丁勉等一行人離去時，火把隨手拋在地下，一時未熄，但只照得各人下盤明亮，腰圍以上便瞧不清楚，十五個蒙面客的兵刃閃閃生光，一步步向令狐冲逼近。

令狐冲適才酣鬥封不平，雖未耗內力，亦已全身大汗淋漓。他所以得能勝過這華山派劍宗高手，全仗學過獨孤九劍，在招數上著著佔了先機。但這十五個蒙面客所持的是諸般不同兵刃，所使的是諸般不同招數，同時攻來，如何能一一拆解？他內力全無，便想直縱三尺，橫躍半丈，也已無能爲力，怎能在這十五名好手的分進合擊之下突圍而出？

他長嘆一聲，眼光向岳靈珊望去，知道這是臨死時最後一眼，只盼能從岳靈珊的神色中得到一些慰藉，果見她一雙妙目正凝視著自己，眼光中流露出十分焦慮關切之情。令狐冲心中一喜，火光中卻見她一隻纖纖素手垂在身邊，竟是和一隻男子的手相握，一瞥眼間，那男子正是林平之。令狐冲胸口一酸，更無鬥志，當下便想拋下長劍，聽由宰割。

那一十五名蒙面客憚於他適才惡鬥封不平的威勢，誰也不敢搶先發難，半步半步的慢慢逼近。

令狐冲緩緩轉身，只見這一十五人三十隻眼睛在面幕洞孔中炯炯生光，便如是一對對猛獸的眼睛，充滿了兇惡殘忍之意。突然之間，他心中如電光石火般閃過了一個念頭：「獨孤九劍第八劍『破箭式』專破暗器。任憑敵人千箭萬弩射將過來，或是數十人以各種各樣暗器同時攢射，只須使出這一招，便能將千百件暗器同時擊落。」

只聽得那蒙面老者喝道：「大夥兒齊上，亂刀分屍！」

令狐冲更無餘暇再想，長劍倏出，使出「獨孤九劍」的「破箭式」，劍尖顫動，向十五人的眼睛點去。

只聽得「啊！」「哎唷！」「啊喲！」慘呼聲不絕，跟著叮噹、嗆啷、乒乓，諸般兵刃紛紛墮地。十五名蒙面客的三十隻眼睛，在一瞬之間全讓令狐冲以迅捷無倫的手法盡數刺中。

獨孤九劍「破箭式」那一招擊打千百件暗器，千點萬點，本有先後之別，但出劍實在太快，便如同時發出一般。這路劍招須得每刺皆中，只消疏漏了一刺，敵人的暗器便射中了自己。令狐冲這一式本未練熟，但刺人緩緩移近的眼珠，畢竟遠較擊打紛飛急射的暗器爲易，刺出三十劍，三十劍便刺中了三十隻眼睛。

他一刺之後，立即從人叢中衝出，左手扶住了門框，臉色慘白，身子搖晃，跟著「噹」的一聲響，手中長劍落地。

但見那十五名蒙面客各以雙手按住眼睛，手指縫中不住滲出鮮血。有的蹲在地下，有的大聲號叫，更有的在泥濘中滾來滾去。

十五名蒙面客眼前突然漆黑，雙眼疼痛難當，驚駭之下，只知按住眼睛大聲呼號，若能稍一鎮定，繼續羣起而攻，令狐冲非給十五人的兵刃斬成肉醬不可。但任他武功再高，驀然間雙目爲人刺瞎，又如何鎮定得下來？又怎能繼續向敵人進攻？這一十五人便似沒頭蒼蠅一般，亂闖亂走，不知如何是好。

令狐冲在千鈞一髮之際，居然一擊成功，大喜過望，但看到這十五人的慘狀，卻不禁又感害怕，又惻然生憫。

岳不羣驚喜交集，大聲道：「冲兒，將他們挑斷了腳筋，慢慢拷問。」

令狐冲應道：「是……是……」俯身撿拾長劍，那知適才使這一招時牽動了內力，全身便只顫抖，說甚麼也沒法抓起長劍，雙腿一軟，坐倒在地。

那蒙面老者叫道：「大夥兒右手拾起兵刃，左手拉住同伴腰帶，跟著我去！」

十四名蒙面客正自手足無措，聽得那老者的呼喝，一齊俯身在地下摸索，不論碰到甚麼兵刃，便隨手拾起，也有人摸到兩件而有人一件也摸不到的，各人左手牽住同伴的腰帶，連成一串，跟著那老者，七高八低，在雨中踐踏泥濘而去。

華山派眾人除岳夫人和令狐冲外，個個給點中了穴道，動彈不得。岳夫人雙腿受傷，難以移步。令狐冲又全身脫力，軟癱在地。眾人眼睜睜瞧著這一十五名蒙面客明明已全無還手之力，卻沒法將之留住。

令狐冲依著綠竹翁所教，試奏琴曲〈碧霄吟〉，雖有數音不準，指法生澀，但琴韻中洋洋然自有青天一碧、萬里無雲的空闊氣象。

一三　學琴

一片寂靜中，惟聞衆男女弟子粗重的喘息之聲。岳不羣忽然冷冷的道：「令狐冲令狐大俠，你還不解開我的穴道，當眞要大夥兒向你哀求不成？」

令狐冲大吃一驚，顫聲道：「師父，你……你怎地跟弟子說笑？我……我立即給師父解穴。」掙扎著爬起，搖搖晃晃的走到岳不羣身前，問道：「師……師父，解甚麼穴？」

岳不羣惱怒之極，想起先前令狐冲在華山上裝腔作勢的自刺一劍，說甚麼也不肯殺田伯光，眼下自又是老戲重演，旣放走那十五名蒙面客，又故意拖延，不即爲自己解穴，怕自己去追殺那些蒙面惡徒，怒道：「不用你費心了！」繼續暗運紫霞神功，衝盪被封的諸處穴道。他自給敵人點了穴道後，一直以強勁內力衝擊不休，只是點他穴道之人所使勁力著實厲害，而受點的又是玉枕、膻中、巨椎、肩貞、志堂等幾處要緊大穴，經脈運行在這幾處要穴中受阻，紫霞神功威力大減，一時竟衝解不開。

令狐冲只想儘快爲師父解穴，卻半點力道也使不出來，數次勉力想提起手臂，總是眼前金星亂舞，耳中嗡嗡作響，差一點便即暈去，只得躺在岳不羣身畔，靜候他自解穴道。

岳夫人伏在地下，適才氣惱中岔了眞氣，全身脫力，竟抬不起手來按住腿上傷口。

眼見天色微明，雨也漸漸住了，各人面目慢慢由矇矓變爲淸楚。岳不羣頭頂白霧瀰漫，臉上紫氣大盛，忽然一聲長嘯，全身穴道盡解。他一躍而起，雙手或拍或打，或點或揑，頃刻間將各人被封的穴道全解開了，然後以內力輸入岳夫人體內，助她順氣。岳靈珊忙給母親包紮腿傷。

衆弟子回思昨晚死裏逃生的情景，當眞恍如隔世。施戴子、高根明等看到梁發身首異處的慘狀，都潸然落淚，幾名女弟子更放聲大哭。衆人均想：「幸虧大師哥擊敗了這批惡徒，否則委實不堪設想。」高根明見令狐冲兀自躺在泥濘之中，過去將他扶起。

岳不羣淡淡的道：「冲兒，那十五個蒙面人是甚麼來歷？」令狐冲道：「弟子……弟子不知。」岳不羣道：「你識得他們嗎？交情如何？」令狐冲駭然道：「弟子在此以前，從未見過其中任何一人。」岳不羣道：「既然如此，那爲甚麼我命你留他們下來仔細查問，你卻聽而不聞，置之不理？」令狐冲道：「弟子……弟子……實在全身乏力，半點力氣也沒有了，此刻……此刻……」說著身子搖晃，顯然單是站立也頗艱難。

岳不羣哼的一聲，道：「你做的好戲！」令狐冲額頭汗水涔涔而下，雙膝一曲，跪倒在地，說道：「弟子自幼孤苦，承蒙師父師娘大恩大德，收留撫養，看待弟子便如親生兒子一般。弟子雖不肖，也決不敢違背師父意旨，有意欺騙師父師娘。」岳不羣道：「你不敢欺騙我和你師娘？那你這些劍法，哼哼，是從那裏學來的？難道眞是夢中神人所授，突然從天上掉下來不成？」令狐冲叩頭道：「請師父恕罪，傳授劍法這位前輩曾要弟子答應，無論如何不可向人吐露劍法的來歷，即是對師父、師娘，也不得稟告。」

岳不羣冷笑道：「這個自然，你武功到了這地步，怎麼還會將師父、師娘瞧在眼裏？我們華山派這點點兒微末功力，如何能當你神劍之一擊？那蒙面老者不說過麼？華山派掌門一席，早該由你接掌才是。」

令狐冲不敢答話，只是磕頭，心中思潮起伏：「我若不吐露風太師叔傳授劍法的經過，師父師娘終究不能見諒。但男兒漢須當言而有信，田伯光一個採花淫賊，在身受桃谷六仙種種折磨之時，尚且決不洩漏風太師叔的行蹤。令狐冲受人大恩，決不能有負於他。我對師父師娘之心，天日可表，暫受一時委屈，又算得甚麼？」說道：「師父、師娘，不是弟子膽敢違抗師命，實是有難言的苦衷。日後弟子去求懇這位前輩，請他准許弟子向師父、師娘稟明經過，那時自然不敢有絲毫隱瞞。」

岳不羣道：「好，你起來罷！」令狐冲又叩兩個頭，待要站起，雙膝一軟，又即跪倒。林平之正在他身畔，伸手將他拉起。

岳不羣冷笑道：「你劍法高明，做戲的本事更加高明。」令狐冲不敢回答，心想：「師父待我恩重如山，今日錯怪了我，日後終究會水落石出。此事太也蹊蹺，那也難怪他老人家心中生疑。」他雖受委屈，倒無絲毫怨懟之意。

岳夫人溫言道：「昨晚若不是憑了冲兒的神妙劍法，華山派全軍覆沒，固然不用說了，我們娘兒們只怕還難免慘受凌辱。不管傳授冲兒劍法那位前輩是誰，咱們所受恩德，總之實在不淺。至於那一十五個惡徒的來歷，日後總能打聽得出。冲兒怎麼跟他們會有交情？他們不是要將冲兒亂刀分屍、冲兒又都刺瞎了他們眼睛麼？」

岳不羣抬起了頭呆呆出神，於岳夫人這番話似一句也沒聽進耳去。

衆弟子有的生火做飯，有的就地掘坑，掩埋了梁發的屍首。用過早飯後，各人從行李中取出乾衣，換了身上濕衣。大家眼望岳不羣，聽他示下，均想：「是不是還要到嵩山去跟左盟主評理？封不平既敗於大師哥劍底，該沒臉來爭這華山派掌門之位了。」

岳不羣向岳夫人道：「師妹，你說咱們到那裏去？」岳夫人道：「嵩山是不必去了。但既然出來了，也不必急急的就回華山。」她害怕桃谷六仙，不敢便即回山。岳不羣道：「左右無事，四下走走那也不錯，也好讓弟子們增長些閱歷見聞。」

岳靈珊大喜，拍手道：「好極，爹爹……」但隨即想到梁發師哥剛死，登時便如此歡喜，實是不合，只拍了一下手，便即停住。岳不羣微笑道：「提到遊山玩水，你最高興了。爹爹索性順你的性，珊兒，你說咱們到那裏去玩的好？」說著眼瞧林平之。

岳靈珊道：「爹爹，既然說玩，那就得玩個痛快，走得越遠越好。咱們大家到小林子家裏玩兒去。我跟二師哥去過福州，只可惜那次扮了個醜丫頭，不想在外面多走動，甚麼也沒見到。福建龍眼又大又甜，還有福橘、榕樹、水仙花……」

岳夫人搖搖頭，說道：「從這裏到福建，萬里迢迢，咱們那有這許多盤纏？莫不成華山派變了丐幫，一路乞食討飯？」

林平之道：「師父、師娘，咱們沒幾天便入河南省境，弟子外婆家是在洛陽。」岳夫人道：「嗯，你外祖父金刀無敵王元霸是洛陽人。」林平之道：「弟子父母雙亡，很想去拜見外公、外婆，稟告詳情。師父、師娘和衆位師哥、師姊如肯賞光，到弟子外祖家盤桓數日，我外公、外婆必定大感榮寵。然後咱們再慢慢遊山玩水，到福建舍下去走走。弟子在長沙分局中，從青城派手裏奪回了不少金銀珠寶，盤纏一節……倒不必掛懷。」

岳夫人自從刺了桃實仙一劍之後，每日裏只躭心給桃谷四仙抓住四肢，登時全身麻木，沒法動彈，更想到成不憂給撕成四塊、遍地臟腑的慘狀，當眞心膽俱裂，已不知做了多少惡夢。她見丈夫注目林平之後，林平之便邀請衆人赴閩，心想逃難自然逃得越遠越好，自己和丈夫生平從未去過南方，到福建一帶走走倒也不錯，便笑道：「師哥，小林子管吃管住，咱們去不去吃他的白食啊？」

岳不羣微笑道：「平之的外公金刀無敵王老爺子威震中原，我一直好生相敬，只緣慳一面。福建泉州是南少林所在地，自來便多武林高手。咱們便到洛陽、福建走一遭，如能結交到幾位說得來的朋友，也就不虛此行了。」

眾弟子聽得師父答應去福建遊玩，無不興高采烈。林平之和岳靈珊相視而笑，心花怒放。

這中間只令狐冲一人黯然神傷，尋思：「師父、師娘甚麼地方都不去，偏偏先要去洛陽會見林師弟的外祖父，再萬里迢迢的去福建作客，不言而喻，自是要將小師妹許配給他了。到洛陽是去見他家長輩，說定親事；到了福建，多半便在他林家完婚。我是個沒爹沒娘、無親無戚的孤兒，怎能和他分局遍天下的福威鏢局相比？林師弟去洛陽叩見外公、外婆，我跟了去卻又算甚麼？」見眾師弟、師妹個個笑逐顏開，將梁發慘死一事丟到了九霄雲外，更是不愉，尋思：「今晚投宿之後，我不如黑夜裏一個人悄悄走了。難道我竟能隨著大家，吃林師弟的飯，使林師弟的錢？再強顏歡笑，恭賀他和小師妹舉案齊眉，白頭偕老？」

眾人啓程後，令狐冲跟隨在後，神困力乏，越走越慢，和眾人相距也越來越遠。行到中午時分，他坐在路邊一塊石上喘氣，卻見勞德諾快步回來，道：「大師哥，你身子怎樣？走得很累罷？我等等你。」令狐冲道：「好，有勞你了。」勞德諾道：「師娘已在前邊鎮上僱了輛大車，這就來接你。」

令狐冲心中感到一陣暖意：「師父雖然對我起疑，師母仍待我極好。」過不多時，一輛大車由騾子拉著馳來。令狐冲上了大車，勞德諾在旁相陪。

這日晚上，投店住宿，勞德諾便和他同房。如此一連兩日，勞德諾竟跟他寸步不離。令狐冲見他顧念同門義氣，照料自己有病之身，頗爲感激，心想：「勞師弟是帶藝投師，年紀比我大得多，平時跟我話也不多說幾句，想不到我此番遭難，他竟如此盡心待我，當眞是路遙知馬力，日久見人心。別的師弟們見師父對我神色不善，便不敢來跟我多說話。唉，倘若六師弟尚在，那便大大不同了。」

第三日晚上，他正在炕上合眼養神，忽聽得小師弟舒奇在房門口輕聲說話：「二師哥，師父問你，今日大師哥有甚異動？」勞德諾噓的一聲，低聲道：「別作聲，出去！」只聽了這兩句話，令狐冲心下已一片冰涼，才知師父對自己的疑忌實是非同小可，竟然派了勞德諾在暗中監視自己。

只聽得舒奇躡手躡腳的走了開去。勞德諾來到炕前，察看他是否眞的睡著。令狐冲心下大怒，登時便欲跳起身來，直斥其非，但轉念一想：「此事跟他又有甚麼相干？他是奉師命辦事，身不由己。」當下強忍怒氣，假裝睡熟。勞德諾輕步出房。

令狐冲知他必是去向師父稟報自己動靜，暗自冷笑：「我又沒做絲毫虧心事，你們就有十個、一百個對我日夜監視，令狐冲光明磊落，又有何懼？」胸中憤激，牽動了內息，只感氣血翻湧，極是難受，伏在枕上大聲喘息，隔了好半天，這才漸漸平靜。坐起身來，披衣穿鞋，心道：「師父既已不當我弟子看待，便似防賊一般提防，我留在華山派中還有甚麼意味，不如一走了之。將來師父明白我也罷，不明白也罷，一切由他去罷。」

便在此時，忽聽得窗外有人低聲說道：「伏著別動！」另一人低聲道：「好像大師哥起身下地。」這二人說話聲音極低，但這時夜闌人靜，令狐冲耳音又好，竟聽得清清楚楚，認出是兩名年輕師弟，顯是伏在院子中，防備自己逃走。令狐冲雙手抓拳，只捏得骨節格格直響，心道：「我此刻一走，反顯得作賊心虛。好！我偏不走，任憑你們如何對付我便了。」突然大叫：「店小二，店小二，拿酒來。」

叫了好一會，店小二才答應了送上酒來。令狐冲喝得酩酊大醉，不省人事。次日早晨由勞德諾扶入大車，還兀自叫道：「拿酒來，我還要喝！」

數日後，華山派眾人到了洛陽，在一家大客店投宿了。林平之單身到外祖父家去。岳不羣等眾人都換了乾淨衣衫。

令狐冲自那日藥王廟外夜戰後，所穿那件泥濘長衫始終沒換，這日仍是滿身污穢，醉眼乜斜。岳靈珊拿了一件長袍，走到他身前，道：「大師哥，你換上這件袍子，好不好？」令狐冲道：「師父的袍子，幹麼給我穿？」岳靈珊道：「待會小林子請咱們到他家去，你換上爹爹的袍子罷。」令狐冲道：「到他家去，非穿漂亮衣服不可嗎？」說著向她上下打量。

只見她上身穿一件翠綢緞子薄皮襖，下面是淺綠緞裙，臉上薄施脂粉，一頭青絲梳得油光烏亮，鬢邊插著一朵珠花，令狐冲記得往日只過年之時她才如此刻意打扮，心中一酸，待要說幾句負氣話，又想：「男子漢大丈夫，何以如此小氣？」便忍住不說。

岳靈珊給他銳利的目光看得忸怩不安，說道：「你不愛著，那也不用換了。」令狐冲道：「我不慣穿新衣，還是別換了罷！」岳靈珊不再跟他多說，拿著長袍出房。

只聽得門外一個洪亮的聲音說道：「岳大掌門遠道光臨，在下未曾遠迎，可當眞失禮之極哪！」

岳不羣知是金刀無敵王元霸親自來客店相會，和夫人對視一笑，心下甚喜，當即雙雙迎了出去。

只見那王元霸已有七十來歲，滿面紅光，顎下一叢長長的白鬚飄在胸前，精神矍鑠，左手嗆啷啷的轉著兩枚鵝蛋大小的金膽。武林中人手玩鐵膽，甚是尋常，但均是鑌鐵或純鋼所鑄，王元霸手中所握的卻是兩枚黃澄澄的金膽，比之鐵膽固重了一倍有餘，而且大顯華貴之氣。他一見岳不羣，便哈哈大笑，說道：「幸會，幸會！岳大掌門名滿武林，小老兒十多年來無日不在思念，今日來到洛陽，當眞是中州武林的大喜事。」說著握住了岳不羣的右手連連搖晃，歡喜之情，甚是眞誠。

岳不羣笑道：「在下夫婦帶了徒兒出外遊歷訪友，以增見聞，第一位要拜訪的，便是中州大俠、金刀無敵王老爺子。咱們這幾十個不速之客，可來得鹵莽了。」

王元霸大聲道：「『金刀無敵』這四個字，在岳大掌門面前誰也不許提。誰要提到了，那不是捧我，而是損我王元霸來著。岳先生，你收容我的外孫，恩同再造，咱們華山派和金刀門從此便是一家，哥兒倆再也休分彼此。來來來，大家到我家去，不住他一年半載的，誰也不許離開洛陽一步。岳大掌門，我老兒親自給你背行李去。」

岳不羣忙道：「這個可不敢當。」

王元霸回頭向身後兩個兒子道：「伯奮、仲強，快向岳師叔、岳師母叩頭。」王伯奮、王仲強齊聲答應，屈膝下拜。岳不羣夫婦忙跪下還禮，說道：「咱們平輩相稱，『師叔』二字，如何克當？就從平之身上算來，咱們也是平輩。」王伯奮、王仲強二人在鄂豫一帶武林中名頭甚響，對岳不羣雖素來佩服，但向他叩頭終究不願，只是父命不可違，勉強跪倒，見岳不羣夫婦叩頭還禮，心下甚喜。四人交拜了站起。

岳不羣看二人時，見兄弟倆都身材甚高，只王仲強要肥胖得多。兩人太陽穴高高鼓起，手上筋骨突出，顯然內功外功造詣都甚了得。岳不羣向衆弟子道：「大家過來拜見王老爺子和二位師叔。金刀門武功威震中原，咱們華山派的上代祖師，向來對金刀門便極推崇。今後大家得王老爺子和二位師叔指點，一定大有進益。」

衆弟子齊聲應道：「是！」登時在客店的大堂中跪滿了一地。

王元霸笑道：「不敢當，不敢當！」王伯奮、王仲強各還了半禮。

林平之站在一旁，將華山羣弟子一一向外公通名。王元霸手面豪闊，早就備下每人一份四十兩銀子的見面禮，由王氏兄弟逐一分派。

林平之引見到岳靈珊時，王元霸笑嘻嘻的向岳不羣道：「岳老弟，你這位令愛眞是一表人才，可對了婆家沒有啊？」岳不羣笑道：「女孩兒年紀還小，再說，咱們學武功的人家，大姑娘家整日價也是動刀掄劍，甚麼女紅烹飪可都不會，又有誰家要她這樣的野丫頭？」王元霸笑道：「老弟說得太謙了，將門虎女，尋常人家的子弟自不敢高攀了。不過女孩兒家，學些閨門之事也是好的。」說到這裏，聲音放低了，頗爲喟然。岳不羣知他是想起了在湖南逝世的女兒，當即收起笑容，應道：「是！」

王元霸爲人爽朗，喪女之痛隨即克制，哈哈一笑，說道：「令愛這麼才貌雙全，要找一位少年英雄來配對兒，可還眞不容易。」

勞德諾到店房中扶了令狐冲出來。令狐冲腳步踉蹌，見了王元霸與王氏兄弟也不叩頭，只深深作揖，說道：「弟子令狐冲，拜見王老爺子、兩位師叔。」

岳不羣皺眉道：「怎麼不磕頭？」王元霸早聽得外孫稟告，知令狐冲身上有傷，笑道：「令狐賢姪身子不適，不用多禮了。岳老弟，你華山派內功向稱五嶽劍派中第一，酒量必定驚人，來，我和你喝十大碗去。」說著挽了岳不羣的手，走出客店。

岳夫人、王伯奮、王仲強以及華山衆弟子在後相隨。

一出店門，外邊車輛坐騎早已預備妥當。女眷坐車，男客乘馬，車輛帷幄華麗，牲口鞍轡鮮明。自林平之去報訊到王元霸客店迎賓，還不到一個時辰，倉卒之間，車馬便已齊備，單此一節，便知金刀王家在洛陽的聲勢。

到得王家，但見房舍高大，朱紅漆的大門，門上兩個大銅環，擦得晶光雪亮，八名壯漢垂手在大門外侍候。一進大門，見樑上懸著一塊黑漆大匾，寫著「見義勇爲」四個金字，下面落款是河南省的巡撫某人。

這一晚王元霸大排筵席，宴請岳不羣師徒，不但廣請洛陽武林中知名之士相陪，賓客之中還有不少的士紳名流、富商大賈。

令狐冲是華山派大弟子，遠來男賓之中，除岳不羣外便以他居長。衆人見他衣衫襤褸，神情委靡，均暗暗納罕。但武林中獨特異行之士甚多，丐幫的首領高手便個個穿得破破爛爛，衆賓客心想此人既是華山派首徒，自非尋常，都對他甚爲客氣。

令狐冲坐在第二席上，由王伯奮作主人相陪。酒過三巡，王伯奮見他神情冷漠，問他三句，往往只答一句，顯是對自己老大瞧不在眼裏，又想起先前在客店之中，這人對自己父子連頭也不曾磕一個，四十兩銀子的見面禮倒是老實不客氣的收了，不由得暗暗生氣，談到武功上頭，便旁敲側擊，提了幾個疑難向他請教考問。

令狐冲唯唯否否，全不置答。他倒不是對王伯奮有何惡感，只是見王家如此豪奢，自己一個窮小子和之相比，當眞是一個天上，一個地下。林平之一到外公家，便即換上蜀錦長袍，他本來相貌俊美，這一穿戴，越發顯得富貴都雅，丰神如玉。令狐冲一見之下，更不由得自慚形穢，尋思：「莫說小師妹在山上時便已跟他相好，就算她始終對我如昔，跟了我這窮光蛋，一世又有甚麼出息？」他一顆心來來回回，盡是在岳靈珊身上纏繞，不論王伯奮跟他說甚麼話，自然都聽而不聞了。

王伯奮在中州一帶武林之中，人人對他趨奉唯恐不及，這一晚卻連碰了令狐冲這年輕人幾個釘子，依著他平時心性，早就要發作，只是一來念著死去了的姊姊，二來見父親對華山派甚是尊重，當下強抑怒氣，接連向令狐冲敬酒。令狐冲酒到杯乾，不知不覺已喝了四十來杯。他本來酒量甚宏，便百杯以上也不會醉，但此時內力已失，大大打了個折扣，兼之酒入愁腸，加倍易醉，喝到四十餘杯時已大有醺醺之意。王伯奮心想：「你這小子太也不通人情世故，我外甥是你師弟，你就該當稱我一聲師叔或是世叔。你一聲不叫，那也罷了，對我竟不理不睬。你當我王伯奮是甚麼人？好，今日灌醉了你，叫你在衆人之前大大的出個醜。」

眼見令狐冲醉眼惺忪，酒意已有八分了，王伯奮笑道：「令狐老弟華山首徒，果然是英雄出在少年，武功高，酒量也高。來人哪，換上大碗，給令狐少爺倒酒。」

王家家人轟聲答應，上來倒酒。令狐冲一生之中，人家給他斟酒，那可從未拒卻過，當下酒到碗乾，又喝了五六大碗，酒氣湧將上來，將身前的杯筷都拂到了地下。同席的人都道：「令狐少俠醉了。喝杯熱茶醒醒酒。」王伯奮笑道：「人家華山派掌門弟子，那有這麼容易醉的？令狐老弟，乾了！」又跟他斟滿了一碗酒。

令狐冲道：「那……那裏醉了？乾了！」舉起酒碗，骨嘟骨嘟的喝下，倒有半碗酒倒在衣襟之上，突然間身子一晃，張嘴大嘔，腹中酒菜淋淋漓漓的吐滿了一桌，酒汁殘菜，四散熏人。同席之人一齊驚避，王伯奮卻不住冷笑。

令狐冲這麼一嘔，大廳上數百對眼光都向他射來。岳不羣夫婦皺起了眉頭，心想：「這孩子便是上不得枱盤，在這許多貴賓之前出醜。」

勞德諾和林平之同時搶過來扶住令狐冲。林平之道：「大師哥，我扶你歇歇去！」令狐冲道：「我……我沒醉，我還要喝酒，拿酒來。」林平之道：「是，是，快拿酒來。」令狐冲醉眼斜睨，道：「你……你……小林子，怎地不去陪小師妹？拉著我幹麼？多事！」勞德諾低聲道：「大師哥，咱們歇歇去，這裏人多，別亂說話！」令狐冲怒道：「我亂說甚麼了？師父派你來監視我、看牢我，你……你找到了甚麼憑據？就算沒有，也好假造些去討好師父啊！」勞德諾生怕他醉後更加口不擇言，和林平之二人左右扶持，硬生生將他架入後進廂房中休息。

岳不羣聽到他說「師父派你來監視我，你找到了甚麼憑據」這句話，饒是他修養極好，也忍不住變色。王元霸笑道：「岳老弟，後生家酒醉後胡言亂語，理他作甚？來來來，喝酒！」岳不羣強笑道：「鄉下孩子沒見過世面，倒教王老爺子見笑了。」

筵席散後，岳不羣囑咐勞德諾此後不可跟隨令狐冲，只暗中留神便是。

當晚王元霸叫來兩子，關上了書房門，與岳不羣夫婦談論福威鏢局給青城派挑散、女兒女婿爲余滄海及木高峯害死、今後如何報仇雪恨之事。岳不羣慨然直言，青城派人多勢衆，五嶽劍派內部又有紛爭，此刻起釁，未必能佔上風，日後如須出一份力，華山派上下義不容辭。王元霸父子和林平之齊向岳不羣夫婦道謝，兩家直說到深夜方散。

令狐冲這一醉，直到次日午後才醒，昨晚自己說過些甚麼，卻一句也不記得了。只覺頭痛欲裂，見自己獨睡一房，臥具甚是精潔。他踱出房來，衆師弟一個也不見，一問下人，原來是在後面講武廳上，和金刀門王家的子姪、弟子切磋武藝。令狐冲心道：「我跟他們混在一塊幹甚麼？不如到外面逛逛去。」當即揚長出門。

洛陽是數朝都城，規模宏偉，市肆卻不甚繁華。令狐沖識字不多，於古代史事所知有限，見到洛陽城內種種名勝古蹟，茫然不明來歷，看得毫無興味。信步走進一條小巷，見七八名無賴正在一家小酒店中賭骰子。他擠身進去，摸出王元霸昨日所給的見面禮封包，取出銀子，便和他們呼么喝六的賭了起來。到得傍晚，在這家小酒店中喝得醺醺而歸。

一連數日，他便和這羣無賴賭錢喝酒，頭幾日手氣不錯，贏了幾兩，第四日上卻一敗塗地，四十幾兩銀子輸得乾乾淨淨。那些無賴便不許他再賭。令狐沖怒火上衝，只管叫酒喝，喝得幾壺，店小二道：「小夥子，你輸光了錢，這酒帳怎麼還？」令狐沖道：「欠一欠，明日來還。」店小二搖頭道：「小店本小利薄，至親好友，概不賒欠！」令狐沖大怒，喝道：「你欺侮小爺沒錢麼？」店小二笑道：「不管你是小爺、老爺，有錢便賣，無錢不賒。」

令狐沖回顧自身，衣衫襤褸，原不似是個有錢人模樣，除了腰間一口長劍，更無他物，當即解下劍來，往桌上一拋，說道：「給我去當鋪裏當了。」

一名無賴還想贏他的錢，忙道：「好！我給你去當。」捧劍而去。

店小二便又端了兩壺酒上來。令狐沖喝乾了一壺，那無賴已拿了幾塊碎銀子回來，道：「一共當了三兩四錢銀子。」將銀子和當票都塞了給他。令狐沖一掂銀子，連三兩也不到，當下也不多說，又和眾無賴賭了起來。賭到傍晚，連喝酒帶輸，二兩餘銀子又不知去向。

令狐冲向身旁一名無賴陳歪嘴道：「借三兩銀子來，贏了加倍還你。」陳歪嘴笑道：「輸了呢？」令狐冲道：「輸了？明天還你。」陳歪嘴道：「諒你這小子家裏也沒銀子，輸了拿甚麼來還？賣老婆麼？賣妹子麼？」令狐冲大怒，反手便是一記耳光，這時酒意早有了八九分，順手便將他身前的幾兩銀子都搶了過來。陳歪嘴叫道：「反了，反了！這小子是強盜。」眾無賴本是一夥，一擁而上，七八個拳頭齊往令狐冲身上招呼。

令狐冲手中無劍，又力氣全失，給幾名無賴按在地下，拳打足踢，片刻間便給打得鼻青目腫。忽聽得馬蹄聲響，有幾騎馬經過身旁，馬上有人喝道：「閃開，閃開！」揮起馬鞭，將眾無賴趕散。令狐冲俯伏在地，再也爬不起來。

一個女子聲音突然叫道：「咦，這不是大師哥麼？」正是岳靈珊。另一人道：「我瞧瞧去！」卻是林平之。他翻身下馬，扳過令狐冲的身子，驚道：「大師哥，你怎麼啦？」令狐冲搖搖頭，苦笑道：「喝醉啦！賭輸啦！」林平之忙將他抱起，扶上馬背。

除了林平之、岳靈珊二人外，另有四騎馬，馬上騎的是王伯奮的兩個女兒和王仲強的兩個兒子，是林平之的表兄弟姊妹。他六人一早便出來在洛陽各處寺觀中遊玩，直到此刻才盡興而歸，那料到竟在這小巷之中見令狐冲給人打得如此狼狽。那四人都大爲訝異：「他華山派位列五嶽劍派，爺爺平日提起，好生讚揚，前數日和他們衆弟子切磋武功，也確各有不凡功夫。這令狐冲是華山派首徒，怎地連幾個流氓地痞也打不過？」眼見他給打得鼻孔流血，又不是假的，這可眞奇了？

令狐冲回到王元霸府中，將養了數日，這才漸漸康復。岳不羣夫婦聽說他跟無賴賭博，輸了錢打架，甚是氣惱，也不來看他。

到第五日上，王仲強的小兒子王家駒興沖沖的走進房來，說道：「令狐大哥，我今日給你出了一口惡氣。那日打你的七個無賴，我都已找了來，狠狠的給抽了一頓鞭子。」

令狐冲對這件事其實並不介懷，淡淡的道：「那也不必了。那日是我喝醉了酒，本來是我的不是。」王家駒道：「那怎麼成？你是我家的客人，不看僧面看佛面，我金刀王家的客人，怎能在洛陽城中教人打了不找回場子？這口氣倘若不出，人家還能把我金刀王家瞧在眼裏麼？」

令狐冲內心深處，對「金刀王家」本就頗有反感，又聽他左一個「金刀王家」，右一個「金刀王家」，倒似「金刀王家」乃武林中權勢薰天的大豪門一般，忍不住脫口而出：「對付幾個流氓混混，原用得著金刀王家。」他話一出口，已然後悔，正想致歉，王家駒臉色已沉了下來，道：「令狐兄，你這是甚麼話？那日若不是我和哥哥趕散了這七個流氓混混，你今日還有命在麼？」令狐冲淡淡一笑，道：「是啊！原要多謝兩位的救命之恩。」

王家駒聽他語氣，知他說的乃是反話，更加有氣，大聲道：「你是華山派掌門大弟子，連洛陽城中幾個流氓混混也對付不了，嘿嘿，旁人不知，豈不是要說你浪得虛名？」

令狐冲百無聊賴，甚麼事都不放在心上，說道：「我本就連虛名也沒有，『浪得虛名』四字，卻也談不上了。」

便在這時，房門外有人說道：「兄弟，你跟令狐兄在說甚麼？」門帷一掀，走進一個人來，卻是王仲強的長子王家駿。

王家駒氣憤憤的道：「大哥，我好意爲他出氣，將那七個痞子找齊了，每個人都狠狠給抽了一頓鞭子，不料這位令狐大俠卻怪我多事呢。」王家駿道：「兄弟，你有所不知，適才我聽得岳師妹說道，這位令狐兄眞人不露相，那日在陝西藥王廟前，以一柄長劍，只一招便刺瞎了一十五位一流高手的雙眼，當眞是劍術如神，天下罕有，哈哈！」他這一笑神氣間頗爲輕浮，顯然對岳靈珊之言全然不信。王家駒跟著也哈哈一笑，說道：「想來那一十五位一流高手，比之咱們洛陽城中的流氓，武藝卻還差了這麼老大一截，哈哈，哈哈！」

令狐冲也不動怒，嘻嘻一笑，坐在椅上抱住了右膝，輕輕搖晃。

王家駿這一次奉了伯父和父親之命，前來盤問令狐冲。王伯奮、仲強兄弟本來叫他善言套問，不可得罪了客人，但他見令狐冲神情傲慢，全不將自己兄弟瞧在眼裏，漸漸的氣往上衝，說道：「令狐兄，小弟有一事請教。」聲音說得甚響。令狐冲道：「不敢。」王家駿道：「聽平之表弟言道，我姑丈姑母逝世之時，就只令狐兄一人在他二位身畔送終。」令狐冲道：「正是。」王家駿道：「我姑丈姑母的遺言，是令狐兄帶給了我平之表弟？」令狐冲道：「不錯。」王家駿道：「那麼我姑丈的辟邪劍譜呢？」

令狐冲一聽，霍地站起，大聲道：「你說甚麼？」

王家駿防他暴起動手，退了一步，道：「我姑丈有一部辟邪劍譜，託你交給平之表弟，怎地你至今仍未交出？」令狐冲聽他信口誣衊，只氣得全身發抖，顫聲道：「誰……誰說有一部辟……辟邪劍譜，託……託……託我交給林師弟？」王家駿笑道：「倘若並無其事，你又何必作賊心虛，說起話來也膽戰心驚？」令狐冲強抑怒氣，說道：「兩位王兄，令狐冲在府上是客，你說這等話，是令祖、令尊之意，還是兩位自己的意思？」

王家駿道：「我不過隨口問問，又有甚麼大不了的事？跟我爺爺、爹爹可全不相干。不過福州林家的辟邪劍法威震天下，武林中衆所知聞，林姑丈突然之間逝世，他隨身珍藏的辟邪劍譜又不知去向，我們既是至親，自不免要查問查問。」

令狐冲道：「是小林子叫你問的，是不是？他自己爲甚麼不來問我？」

王家駒嘿嘿嘿的笑了三聲，說道：「平之表弟是你師弟，他又怎敢開口問你？」令狐冲冷笑道：「既有你洛陽金刀王家撐腰，嘿嘿，你們現下可以一起逼問我啦。那麼去叫林平之來罷。」王家駿道：「閣下是我家客人，『逼問』二字，可擔當不起。我兄弟不過心懷好奇，這麼問上一句，令狐兄肯答當然甚好，不肯答呢，我們自也無法可施。」

令狐冲點頭道：「我不肯答！你們無法可施，這就請罷！」

王氏兄弟面面相覷，沒料到他乾淨爽快，一句話就將門封住了。

王家駿咳嗽一聲，另找話頭，說道：「令狐兄，你一劍刺瞎了一十五位高手的雙眼，這手劍招如此神奇，多半是從辟邪劍譜中學來的罷？」

令狐冲大吃一驚，全身出了一陣冷汗，雙手忍不住發顫，登時心下一片雪亮：「師父、師娘和衆師弟、師妹不感激我救了他們性命，反而人人大有疑忌之意，我始終不明白是甚麼緣故。原來如此，原來如此！原來他們都認定我吞沒了林震南的辟邪劍譜。他們既從來沒見過獨孤九劍，我又不肯洩露風太師叔傳劍的祕密，眼見我在思過崖上住了數月，突然之間劍術大進，連劍宗封不平那樣的高手都敵我不過，若不是從辟邪劍譜中學到了奇妙高招，這劍法又從何處學來？風太師叔傳劍之事太過突兀，沒人能料想得到，而林震南夫婦逝世之時又只我一人在側，人人自然都會猜想，那部武林高手大生覬覦之心的辟邪劍譜，必定是落入了我手中。旁人這般猜想，並不希奇。但師父師母撫養我長大，師妹和我情若兄妹，我令狐冲是何等樣人，居然也信我不過？嘿嘿，可眞將人瞧得小了！」思念及此，臉上自然而然露出了憤慨不平之意。

王家駿甚爲得意，微笑道：「我這句話猜對了，是不是？那辟邪劍譜呢？我們也不想瞧你的，只是物歸原主，你將劍譜還了給林家表弟，也就是啦。」令狐冲搖頭道：「我從來沒見過甚麼辟邪劍譜。林總鏢頭夫婦曾先後爲青城派和塞北明駝木高峯所擒，他身上倘若有甚麼劍譜，旁人早已搜了出來。」王家駿道：「照啊，那辟邪劍譜何等寶貴，我姑丈姑母怎會隨身攜帶？自然是藏在一個萬分隱秘的所在。他們臨死之時，這才請你轉告平之表弟，那知道……那知道……嘿嘿！」王家駒道：「那知道你悄悄去找了出來，就此吞沒！」

令狐冲越聽越怒，本來不願多辯，但此事關連太過重大，不能蒙此污名，說道：「林總鏢頭要是眞有這麼一部神妙劍譜，他自己該當無敵於世了，怎麼連幾個青城派的弟子也敵不過，竟然爲他們所擒？」

王家駒道：「這個……這個……」一時張口結舌，無言以對。王家駿卻能言善辯，說道：「天下之事，無獨有偶。令狐兄學會了辟邪劍法，劍術通神，可是連幾個流氓地痞也敵不過，竟然爲他們所擒，那是甚麼緣故？哈哈，這叫做眞人不露相。可惜哪，令狐兄，你做得未免也太過份了些，堂堂華山派掌門大弟子，給洛陽城幾個流氓打得全無招架之力。這番做作，任誰也難以相信。既是絕不可信，其中自然有詐。令狐兄，我勸你還是認了罷！」

按著令狐冲平日的性子，早就反唇相稽，只是此事太也湊巧，自己身處嫌疑之地，甚麼「金刀王家」，甚麼王氏兄弟，他半點也沒放在心上，卻不能讓師父、師娘、師妹三人對自己起了疑忌之心，當即莊容道：「令狐冲生平從沒見過甚麼辟邪劍譜。福州林總鏢頭的遺言，我也已一字不漏的傳給了林師弟知曉。令狐冲若有欺騙隱瞞之事，罪該萬死，不容於天地之間。」說著叉手而立，神色凜然。

王家駿微笑道：「這等關涉武林祕笈的大事，假使隨口發了一個誓，便能混蒙了過去，令狐兄未免把天下人都當作傻子啦。」令狐冲強忍怒氣，道：「依你說該當如何？」王家駒道：「我兄弟斗膽，要在令狐兄身邊搜上一搜。」他頓了一頓，笑嘻嘻的道：「就算那日令狐兄給那七個流氓擒住了，動彈不得，他們也會在你身上裏裏外外的大搜一陣。」令狐冲冷笑道：「你們要在我身上搜檢，哼，當我令狐冲是小賊麼？」

王家駿道：「不敢！令狐兄既說沒取辟邪劍譜，又何必怕人搜檢？搜上一搜，倘若身上並無劍譜，從此洗脫了嫌疑，豈不是好？」令狐冲點頭道：「好！你去叫林師弟和岳師妹來，好讓他二人作個證人。」

王家駿生怕自己一走開，兄弟落了單，立刻便爲令狐冲所乘，倘若二人同去，他自然會將辟邪劍譜收了起來，再也搜檢不到，說道：「要搜便搜，令狐兄若不是心虛，又何必這般諸多推搪？」

令狐冲心想：「我容你們搜查身子，只不過要在師父、師娘、師妹三人面前證明自己清白，你二人信得過我也好，信不過也好，令狐冲理會作甚？小師妹若不在場，豈容你二人的獸爪子碰一碰我身子？」當下緩緩搖頭，說道：「憑你二位，只怕還不配搜我！」

王氏兄弟越是見他不讓搜檢，越認定他身上藏了辟邪劍譜，一來要在伯父與父親面前領功，二來素聞辟邪劍法好生厲害，這劍譜既是自己兄弟搜查出來，林表弟不能不借給自己兄弟閱看。王家駿日前眼見他給幾個無賴按在地下毆打，無力抗拒，料想他只不過劍法了得，拳腳功夫卻甚平常，此刻他手中無劍，正好乘機動手，當下向兄弟使個眼色，說道：「令狐兄，你可別敬酒不吃吃罰酒，大家破了臉，卻沒甚麼好看。」兩兄弟說著便逼將過來。

王家駒挺起胸膛，直撞過去。令狐冲伸手一擋。王家駒大聲道：「啊喲，你打人麼？」刁住他手腕，往下便是一壓。他想令狐冲是華山派首徒，終究不可小覷了，這一刁一壓，使上了家傳的擒拿手法，更運上了十成力道。

令狐冲臨敵應變經驗極爲豐富，見他挺胸上前，便知他不懷好意，右手這一擋原本藏了不少後著，給對方刁住了手腕，本當轉臂斜切，轉守爲攻，豈知自己內力全失之後，雖照式轉臂，卻發不出半點力道，只聽得喀喇一聲響，右臂一麻，手肘關節已給他扭脫了臼，這才覺到徹骨之痛。

王家駒下手極是狠辣，一壓脫令狐冲右臂，跟著一抓一扭，將他左臂齊肩的關節也扭脫了臼，說道：「哥哥，快搜！」王家駿伸出左腿，攔在令狐冲雙腿之前，防他飛腿傷人，伸手到他懷中，將各種零星物事一件件掏了出來，突然摸到一本薄薄的書冊，當即取出。二人同聲歡叫：「在這裏啦，在這裏啦，搜到了林姑丈的辟邪劍譜！」

王氏兄弟忙不迭的揭開那本册子，只見第一頁上寫著「笑傲江湖之曲」六個篆字。王氏兄弟只粗通文墨，這六個字如是楷書，倒也認得，既作篆體，那便一個也不識得了。再翻過一頁，但見一個個均是奇文怪字，他二人不知這是琴簫曲譜，心中既已認定是辟邪劍譜，自然更無懷疑，齊聲大叫：「辟邪劍譜，辟邪劍譜！」

王家駿道：「給爹爹瞧去。」拿了那部琴簫曲譜，急奔出房。王家駒在令狐冲腰裏重重踢了一腳，罵道：「不要臉的小賊！」又在他臉上吐了口唾沫。

令狐冲初時氣得幾乎胸膛也要炸了，但轉念一想：「這兩個小子無知無識，他祖父和父親卻不致如此粗鄙，待會得知這是琴譜簫譜，非來向我賠罪不可。」只是雙臂脫臼，一陣陣疼痛難當，又想：「我內功全失，遇到街上的流氓無賴也毫無抵抗之力，已成廢人一個，活在世上，更有何用？」他躺在床上，額頭不住冒汗，傷心之際，忍不住眼淚簌簌流下，但想王氏兄弟定然轉眼便回，不可示弱於人，當即拭乾了眼淚。

過了好一會，聽得腳步聲響，王氏兄弟快步回來。王家駿冷笑道：「去見我爺爺！」

令狐冲怒道：「不去！你爺爺不來向我賠罪，我去見他幹麼？」王氏兄弟哈哈大笑。王家駒道：「我爺爺向你這小賊賠罪？發你的春秋大夢了！去，去！」兩人抓住令狐冲腰間衣服，將他從床上提了起來，走出房外。令狐冲罵道：「金刀王家還自誇俠義道呢，卻如此狂妄欺人，當真卑鄙之極。」王家駿反手一掌，打得他滿口是血。

令狐冲仍然罵聲不絕，給王氏兄弟提到後面花廳之中。

只見岳不羣夫婦和王元霸分賓主而坐，王伯奮、仲強二人坐在王元霸下首。令狐冲兀自大罵：「金刀王家，卑鄙無恥，武林中從未見過這等污穢骯髒的人家！」

岳不羣臉一沉，喝道：「冲兒，住口！」

令狐冲聽到師父喝斥，這才止聲不罵，向著王元霸怒目而視。

王元霸手中拿著那部琴簫曲譜，淡淡的道：「令狐賢姪，這部辟邪劍譜，你是從何處得來的？」

令狐冲仰天大笑，笑聲半晌不止。岳不羣斥道：「冲兒，尊長問你，便當據實稟告，何以膽敢如此無禮？甚麼規矩？」令狐冲道：「師父，弟子重傷之後，全身無力，你瞧這兩個小子怎生對付我，嘿嘿，這是江湖上待客的規矩嗎？」

王仲強道：「倘若是朋友佳客，我們王家說甚麼也不敢得罪。但你負人所託，將這部辟邪劍譜據爲己有，這是盜賊之行，我洛陽金刀王家是淸白人家，豈能再當他是朋友？」令狐冲道：「你祖孫三代口口聲聲的說這是辟邪劍譜。你們見過辟邪劍譜沒有？怎知這便是辟邪劍譜？」王仲強一怔，道：「這部册子從你身上搜了出來，岳師兄又說這不是華山派的武功書譜，卻不是辟邪劍譜是甚麼？」

令狐冲氣極反笑，說道：「你既說是辟邪劍譜，便算是辟邪劍譜好了。但願你金刀王家依樣照式，練成天下無敵的劍法，從此洛陽王家在武林中號稱刀劍雙絕，哈哈！」

王元霸道：「令狐賢姪，小孫一時得罪，你也不必介意。人孰無過，知過能改，善莫大焉。你既把劍譜交了出來，衝著你師父面子，咱們還能追究麼？這件事，大家此後誰也別提。我先給你接上了手膀再說。」說著下座走向令狐冲，伸手去抓他左掌。

令狐冲退後兩步，厲聲道：「且慢！令狐冲可不受你買好。」

王元霸愕然道：「我向你買甚麼好？」

令狐冲怒道：「我令狐冲又不是木頭人，我的手臂你們愛折便折，愛接便接！」向左兩步，走到岳夫人面前，叫道：「師娘！」

岳夫人嘆了口氣，將他雙臂給扭脫的關節都給接上了。

令狐冲道：「師娘，這明明是一本七絃琴的琴譜、洞簫的簫譜，他王家目不識丁，硬說是辟邪劍譜，天下居然有這等大笑話。」

岳夫人道：「王老爺子，這本譜兒，給我瞧瞧成不成？」王元霸道：「岳夫人請看。」將曲譜遞了過去。岳夫人翻了幾頁，也不明所以，說道：「琴譜簫譜我是不懂，劍譜卻曾見過一些，這部册子卻不像是劍譜。王老爺子，府上可有甚麼人會奏琴吹簫？不妨請他來看看，便知端的。」

王元霸心下猶豫，只怕這眞是琴譜簫譜，這個人可丟得夠瞧的，一時沉吟不答。王家駒卻是個草包，大聲道：「爺爺，咱們帳房裏的易師爺會吹簫，去叫他來瞧瞧便是。這明明是辟邪劍譜，怎麼會是甚麼琴譜簫譜？」王元霸道：「武學秘笈的種類極多，有人爲了守秘，怕人偷窺，故意將武功圖譜寫成曲譜模樣，那也是有的。這並不足爲奇。」

岳夫人道：「府上既有一位師爺會得吹簫，那麼這到底是劍譜，還是簫譜，請他來一看便知。」王元霸無奈，只得命王家駒去請易師爺來。

那易師爺是個瘦瘦小小、五十來歲的漢子，頦下留著一部稀稀疏疏的鬍子，衣履甚是整潔。王元霸道：「易師爺，請你瞧瞧，這是不是尋常的琴譜簫譜？」

易師爺打開琴譜，看了幾頁，搖頭道：「這個，晚生可不大懂了。」再看到後面的簫譜時，雙目登時一亮，口中低聲哼了起來，左手兩根手指不住在桌上輕打節拍。哼了一會，卻又搖頭，道：「不對，不對！」跟著又哼了下去，突然之間，聲音拔高，忽又變啞，皺起了眉頭，道：「世上決無此事，這個……這個……晚生實在難以明白。」

王元霸臉有喜色，問道：「這部書中是否大有可疑之處？是否與尋常簫譜大不相同？」

易師爺指著簫譜，說道：「東翁請看，此處宮調，突轉變徵，實在大違樂理，而且簫中也吹不出來。這裏忽然又轉爲角調，再轉羽調，那也是從所未見的曲調。洞簫之中，無論如何是奏不出這等曲子的。」

令狐冲冷笑道：「是你不會吹，未見得別人也不會吹奏！」

易師爺點頭道：「那也說得是，不過世上如果當眞有人能吹奏這樣的調子，晚生佩服得五體投地，佩服得五體投地！除非是……除非是東城……」

王元霸打斷他話頭，問道：「你說這不是尋常的簫譜？其中有些調子，壓根兒沒法在簫中吹奏出來？」易師爺點頭道：「是啊，大非尋常，大非尋常，晚生是決計吹不出。除非是東城……」

岳夫人問道：「東城有那一位名師高手，能夠吹這曲譜？」

易師爺道：「這個……晚生可也不能擔保，只是……只是東城的綠竹翁，他既會撫琴，又會吹簫，或許能吹得出也不一定。他吹奏的洞簫，可比晚生要高明得多，實在是高明得太多，不可同日而語，不可同日而語！」

王元霸道：「既然不是尋常簫譜，這中間當然大有文章了。」

王伯奮在旁一直靜聽不語，忽然插口道：「爹，鄭州八卦刀的那套四門六合刀法，不也是記在一部曲譜之中麼？」

王元霸一怔，隨即會意，便知兒子是在信口開河，鄭州八卦刀的掌門人莫星與洛陽金刀王家是數代姻親，他八卦刀門中可並沒甚麼四門六合刀法，但料想華山派只專研劍法，別派中有沒有這樣一門刀法，岳不羣縱然淵博，也未必能盡曉，當即點頭道：「不錯，不錯，幾年前莫親家還提起過這件事。曲譜中記以刀法劍法，那是常有之事，一點也不足爲奇。」

令狐冲冷笑道：「既然不足爲奇，那麼請教王老爺子，這兩部曲譜中所記的劍法，卻是怎麼一副樣子？」

王元霸長嘆一聲，說道：「這個……唉，我女婿既已逝世，這曲譜中的秘奥，世上除了老弟一人之外，只怕再也沒第二人明白了。」

令狐冲若要辯白，原可說明〈笑傲江湖〉一曲的來歷，但這一來可牽涉重大，不得不說到衡山派莫大先生如何殺死大嵩陽手費彬，師父若知此曲與魔教長老曲洋有關，勢必將之毀去，那麼自己受人所託，便不能忠人之事了，當下強忍怒氣，說道：「這位易師爺說道，東城有一位綠竹翁精於音律，何不拿這曲譜去請他品評一番。」

王元霸搖頭道：「這綠竹翁爲人古怪之極，瘋瘋顛顛的，這種人的話，怎能信得？」

岳夫人道：「此事終須問個水落石出，冲兒是我們弟子，平之也是我們弟子，我們不能有所偏袒，到底誰是誰非，不妨去請那位綠竹翁評評這個道理。」她不便說這是令狐冲和金刀王家的爭執，而將爭端的一造換作了林平之，又道：「易師爺，煩你派人用轎子去接了這位綠竹翁來如何？」

易師爺道：「這老人家脾氣古怪得緊，別人有事求他，倘若他不願過問的，便上門磕頭，也休想得他理睬，但如他要插手，便推也推不開。」

岳夫人點頭道：「這倒是我輩中人，想來這位綠竹翁是武林中的前輩了。師哥，咱們可孤陋寡聞得緊。」

王元霸笑道：「那綠竹翁是個篾匠，只會編竹籃，打篾席，那裏是武林中人了？只是他彈得好琴，吹得好簫，又會畫竹，很多人出錢來買他的畫兒，算是個附庸風雅的老匠人，因此地方上對他倒也有幾分看重。」

岳夫人道：「如此人物，來到洛陽可不能不見。王老爺子，便請勞動你大駕，咱們同去拜訪一下這位風雅的篾匠如何？」

眼見岳夫人之意甚堅，王元霸不能不允，只得帶同兒孫，和岳不羣夫婦、令狐冲、林平之、岳靈珊等人同赴東城。

易師爺在前領路，經過幾條小街，來到一條窄窄的巷子之中。巷子盡頭，好大一片綠竹叢，迎風搖曳，雅致天然。

衆人剛踏進巷子，便聽得琴韻丁冬，有人正在撫琴，小巷中一片清涼寧靜，和外面的洛陽城宛然是兩個世界。岳夫人低聲道：「這位綠竹翁好會享清福啊！」

便在此時，錚的一聲，一根琴絃忽爾斷絕，琴聲也便止歇。一個蒼老的聲音說道：「貴客枉顧蝸居，不知有何見教。」易師爺道：「竹翁，有一本奇怪的琴譜簫譜，要請你老人家的法眼鑒定鑒定。」綠竹翁道：「有琴譜簫譜要我鑒定？嘿嘿，可太瞧得起老篾匠啦。」

易師爺還未答話，王家駒搶著朗聲說道：「金刀王家王老爺子過訪。」他抬了爺爺的招牌出來，料想爺爺是洛陽城中響噹噹的腳色，一個老篾匠非立即出來迎接不可。那知綠竹翁冷笑道：「哼，金刀銀刀，不如我老篾匠的爛鐵刀有用。老篾匠不去拜訪王老爺，王老爺也不用來拜訪老篾匠。」王家駒大怒，大聲道：「爺爺，這老篾匠是個不明事理的渾人，見他作甚？咱們不如回去罷！」

岳夫人道：「既然來了，請綠竹翁瞧瞧這部琴譜簫譜，卻也不妨。」

王元霸「嘿」了一聲，將曲譜遞給易師爺。易師爺接過，走入了綠竹叢中。

只聽綠竹翁道：「好，你放下罷！」易師爺道：「請問竹翁，這眞的是曲譜，還是甚麼武功秘訣，故意寫成了曲譜模樣？」綠竹翁道：「武功秘訣？虧你想得出！這當然是琴譜了。嗯……」接著只聽得琴聲響起，幽雅動聽。

令狐冲聽了片刻，記得這正是當日劉正風與曲洋所奏的曲子，人亡曲在，不禁淒然。彈不多久，突然間琴音高了上去，越響越高，聲音尖銳之極，錚的一聲響，斷了一根琴絃，再高了幾個音，錚的一聲，琴絃又斷了一根。綠竹翁「咦」的一聲，道：「這琴譜好生古怪，令人難以明白。」

王元霸祖孫五人你瞧瞧我，我瞧瞧你，臉上均有得色。

只聽綠竹翁道：「我試試這簫譜。」跟著簫聲便從綠竹叢中傳了出來，初時悠揚動聽，情致纏綿，但後來簫聲愈轉愈低，幾不可聞，再吹得幾個音，簫聲便即啞了，波波波的十分難聽。綠竹翁嘆了口氣，說道：「易老弟，你是會吹簫的，這樣的低音如何能吹奏出來？這琴譜、簫譜未必是假，但撰曲之人卻在故弄玄虛，跟人開玩笑。你且回去，讓我仔細推敲推敲。」易師爺道：「是。」從綠竹叢中退了出來。

王仲強道：「那劍譜呢？」易師爺道：「劍譜？啊！綠竹翁要留著，說是要仔細推敲推敲。」王仲強急道：「快去拿回來，這是珍貴無比的劍譜，武林中不知有多少人想要搶奪，如何能留在不相干之人手中？」易師爺應道：「是！」正要轉身再入竹叢，忽聽得綠竹翁叫道：「姑姑，怎麼你出來了？」

王元霸低聲問道：「綠竹翁多大年紀？」易師爺道：「七十幾歲，快八十了罷！」眾人心想：「一個八十老翁居然還有姑姑，這位老婆婆怕沒一百多歲？」

只聽得一個女子聲音低低應了一聲。綠竹翁道：「姑姑請看，這部琴譜可有些古怪。」那女子又嗯了一聲，琴音響起，調了調絃，停了一會，似是在將斷了的琴絃換去，又調了調絃，便奏了起來。初時所奏和綠竹翁相同，到後來越轉越高，那琴韻竟然履險如夷，舉重若輕，毫不費力的便轉了上去。

令狐冲又驚又喜，依稀記得便是那天晚上所聽到曲洋所奏的琴韻。

這一曲時而慷慨激昂，時而溫柔雅致，令狐冲雖不明樂理，但覺這位婆婆所奏，和曲洋所奏的曲調雖同，意趣卻大有差別。這婆婆所奏的曲調平和中正，令人聽著只覺音樂之美，卻無曲洋所奏熱血如沸的激奮。奏了良久，琴韻漸緩，似乎樂音在不住遠去，倒像奏琴之人走出了數十丈之遙，又走到數里之外，細微幾不可再聞。

琴音似止未止之際，卻有一二下極低極細的簫聲在琴音旁響了起來。迴旋婉轉，簫聲漸響，恰似吹簫人一面吹，一面慢慢走近。簫聲清麗，忽高忽低，忽輕忽響，低到極處之際，幾個盤旋之後，又再低沉下去，雖極低極細，每個音節仍清晰可聞。漸漸低音中偶有珠玉跳躍，清脆短促，此伏彼起，繁音漸增，先如鳴泉飛濺，繼而如羣卉爭艷，花團錦簇，更夾著間關鳥語，彼鳴我和，漸漸的百鳥離去，春殘花落，但聞雨聲蕭蕭，一片淒涼肅殺之象，細雨綿綿，若有若無，終於萬籟俱寂。

簫聲停頓良久，衆人這才如夢初醒。王元霸、岳不羣等雖都不懂音律，卻也不禁心馳神醉。易師爺更猶如喪魂落魄一般。

岳夫人嘆了口氣，衷心讚佩，道：「佩服，佩服！冲兒，這是甚麼曲子？」令狐冲道：「這叫做〈笑傲江湖之曲〉，這位婆婆當眞神乎其技，難得是琴簫盡皆精通。」岳夫人道：「這曲子譜得固然奇妙，但也須有這位婆婆那樣的琴簫絕技，才奏得出來。如此美妙的音樂，想來你也是生平首次聽見。」令狐冲道：「不！弟子當日所聞，卻比今日更爲精采。」岳夫人奇道：「那怎麼會？難道世上更有比這位婆婆撫琴吹簫還要高明之人？」令狐冲道：「比這位婆婆更加高明，倒不見得。只不過弟子聽到的是兩個人琴簫合奏，一人撫琴，一人吹簫，奏的便是這〈笑傲江湖之曲〉……」

他這句話未說完，綠竹叢中傳出錚錚錚三響琴音，那婆婆的語音極低極低，隱隱約約似乎聽得她說：「琴簫合奏，世上那裏找這一個人去？」

只聽綠竹翁朗聲道：「易師爺，這確是琴譜、簫譜，我姑姑適才奏過了，你拿回去罷！」易師爺應道：「是！」走入竹叢，雙手捧著曲譜出來。綠竹翁又道：「這曲譜中所記樂曲之妙，世所罕有，此乃神物，不可落入俗人手中。你不會吹奏，千萬不得痴心妄想的硬學，否則於你無益有損。」易師爺道：「是，是！在下萬萬不敢！」將曲譜交給王元霸。

王元霸親耳聽了琴韻簫聲，知道更無虛假，當即將曲譜還給令狐冲，訕訕的道：「令狐賢姪，這可得罪了！」

令狐冲冷笑一聲接過，待要說幾句譏刺的言語，岳夫人向他搖了搖頭，令狐冲便忍住不說。王元霸祖孫五人面目無光，首先離去。岳不羣等跟著也去。

令狐冲卻捧著曲譜，呆呆的站著不動。

岳夫人道：「冲兒，你不回去嗎？」令狐冲道：「弟子多躭一會便回去。」岳夫人道：「早些回去休息。你手臂剛脫過臼，不可使力。」令狐冲應道：「是。」

一行人去後，小巷中靜悄悄地一無聲息，偶然間風動竹葉，發出沙沙之聲。令狐冲看著手中那部曲譜，想起那日晚上劉正風和曲洋琴簫合奏，他二人得遇知音，創了這部神妙的曲譜出來。綠竹叢中這位婆婆雖能撫琴吹簫，曲盡其妙，可惜她只能分別吹奏，那綠竹翁便不能和她合奏，只怕這琴簫合奏的〈笑傲江湖之曲〉從此便音斷響絕，更無第二次得聞了。

又想：「劉正風師叔和曲長老，一是正派高手，一是魔教長老，兩人正邪殊途，勢如水火，但論到音韻，卻心意相通，結成知交，合創了這曲神妙絕倫的〈笑傲江湖〉。

他二人攜手同死之時，顯是心中絕無遺憾，遠勝於我孤另另的在這世上，爲師父所疑，爲師妹所棄，而一個敬我愛我的師弟，卻又爲我親手所殺。」不由得悲從中來，眼淚一滴滴的落在曲譜之上，忍不住哽咽出聲。

綠竹翁的聲音又從竹叢中傳了出來：「這位朋友，爲何哭泣？」令狐冲道：「晚輩自傷身世，又想起撰作此曲的兩位前輩之死，不禁失態，打擾老先生了。」說著轉身便行。綠竹翁道：「小朋友，我有幾句話請教，請進來談談如何？」

令狐冲適才聽他對王元霸說話時傲慢無禮，不料對自己一個無名小卒卻這等客氣，倒大出意料之外，便道：「不敢，前輩有何垂詢，晚輩自當奉告。」緩步走進竹林。

只見前面有五間小舍，左二右三，均以粗竹子架成。一個老翁從右邊小舍中走出來，笑道：「小朋友，請進來喝茶。」

令狐冲見這綠竹翁身子略形佝僂，頭頂稀稀疏疏的已無多少頭髮，大手大腳，精神卻十分矍鑠，當即躬身行禮，道：「晚輩令狐冲，拜見前輩。」

綠竹翁呵呵笑道：「老朽不過痴長幾歲，不用多禮，請進來，請進來！」

令狐冲隨著他走進小舍，見桌椅几榻無一而非竹製，牆上懸著一幅墨竹，筆勢縱橫，墨跡淋漓，頗有森森之意。桌上放著一具瑤琴，一管洞簫。

綠竹翁從一把陶茶壺中倒出一碗碧綠清茶，說道：「請用茶。」令狐冲雙手接過，躬身謝了。綠竹翁道：「小朋友，這部曲譜，不知你從何處得來？是否可以見告？」

令狐冲一怔，心想這部曲譜的來歷之中包含著許多隱秘，是以連師父、師娘也未稟告。但當日劉正風和曲洋將曲譜交給自己，用意是要使此曲傳之後世，不致湮沒，這綠竹翁和他姑姑妙解音律，他姑姑更將這一曲奏得如此神韻俱顯，他二人年紀雖老，但除他二人之外，世上又怎再找得到第三個人來傳授此曲？就算世上另有精通音律的解人，自己命不久長，未必能有機緣遇到。他微一沉吟，便道：「撰寫此曲的兩位前輩，一位精於撫琴，一位善於吹簫，這二人結成知交，共撰此曲，可惜遭逢大難，同時逝世。二位前輩臨死之時，將此曲交於弟子，命弟子訪覓傳人，免致此曲湮沒無聞，從此散失。」頓了一頓，又道：「適才弟子得聆前輩這位姑姑的琴簫妙技，深慶此曲已逢眞主，便請前輩將此曲譜收下，奉交婆婆，弟子得以不負撰作此曲者的付託，完償了一番心願。」說著雙手恭恭敬敬的將曲譜呈上。

綠竹翁卻不便接，說道：「我得先行請示姑姑，不知她肯不肯收。」

只聽得左邊小舍中傳來那位婆婆的聲音道：「令狐先生高義，慨以妙曲見惠，咱們卻之不恭，受之有愧。只不知那兩位撰曲前輩的大名，可能見告否？」聲音卻也並不如何蒼老。令狐冲道：「前輩垂詢，自當稟告。撰曲的兩位前輩，一位是劉正風劉師叔，一位是曲洋曲長老。」那婆婆「啊」的一聲，顯得十分驚異，說道：「原來是他二人。」

令狐冲道：「前輩認得劉曲二位麼？」那婆婆並不逕答，沉吟半晌，說道：「劉正風是衡山派中高手，曲洋卻是魔教長老，雙方乃是世仇，如何會合撰此曲？此中原因，令人好生難以索解。」

令狐冲雖未見過那婆婆之面，但聽了她彈琴吹簫之後，只覺她是位淸雅慈和的前輩高人，決不會欺騙出賣了自己，聽她言及劉曲來歷，顯是武林同道，當即源源本本的將劉正風如何金盆洗手，嵩山派左盟主如何下旗令阻止，劉曲二人如何中了嵩山派高手的掌力，如何荒郊合奏，二人臨死時如何委託自己尋覓知音傳曲等情，一一照實說了，只略去了莫大先生殺死費彬一節。那婆婆一言不發的傾聽。

令狐冲說完，那婆婆問道：「這明明是曲譜，那金刀王元霸卻何以說是武功秘笈？」令狐冲當下又將林震南夫婦如何爲靑城派及木高峯所傷致命，如何臨終時請其轉囑林平之，王氏兄弟如何起疑等情說了。

那婆婆道：「原來如此。」她頓了一頓，說道：「此中情由，你只消跟你師父師娘說了，豈不免去許多無謂的疑忌？我是個素不相識的陌生人，何以你反而對我直言無隱？」

令狐冲道：「弟子自己也不明白其中原因。想是聽了前輩雅奏之後，對前輩高風大爲傾慕，更無絲毫猜疑之意。」那婆婆道：「那麼你對你師父師娘，反有猜疑之意麼？」令狐冲心中一驚，道：「弟子萬萬不敢。只是……恩師心中，對弟子卻大有疑意，唉，這也怪恩師不得。」那婆婆道：「我聽你說話，中氣大是不足，少年人不該如此，卻是何故？最近是生了大病呢，還是曾受重傷？」令狐冲道：「是受了極重的內傷。」

那婆婆道：「竹賢姪，你帶這位少年到我窗下，待我搭一搭脈。」綠竹翁道：「是。」引令狐冲走到左邊小舍窗邊，命他將左手從細竹窗簾下伸將進去。那竹簾之內，又障了一層輕紗，令狐冲只隱隱約約的見到有個人影，五官面貌卻一點也沒法見到，只覺有三根冷冰冰的手指搭上了自己腕脈。

那婆婆只搭得片刻，便驚噫了一聲，道：「奇怪之極！」過了半晌，才道：「請換右手。」她搭完兩手脈搏後，良久無語。

令狐冲微微一笑，說道：「前輩不必爲弟子生死擔憂。弟子自知命不久長，一切早已置之度外。」那婆婆道：「你何以自知命不久長？」令狐冲道：「弟子誤殺師弟，遺失了師門的紫霞秘笈，我只盼早日找回秘笈，繳奉師父，便當自殺以謝師弟。」那婆婆道：「紫霞秘笈？那也未必是甚麼了不起的物事。你又怎地誤殺了師弟？」令狐冲當下又將桃谷六仙如何爲自己治傷，如何六道眞氣在體內交戰，如何師妹盜了師門秘笈來爲自己治傷，如何自己拒絕而師弟陸大有強自誦讀，如何自己將之點倒，如何下手太重而致其死命等情一一說了。

那婆婆聽完，說道：「你師弟不是你殺的。」令狐冲吃了一驚，道：「不是我殺的？」那婆婆道：「你眞氣不純，點那處穴道，決計殺不了他。你師弟是旁人殺的。」令狐冲喃喃的道：「那是誰殺了陸師弟？」那婆婆道：「偷盜秘笈之人，雖然不一定便是害你師弟的兇手，但兩者多少會有些牽連。」

令狐冲吁了口長氣，胸口登時移去了一塊大石。他當時原也已經想到，自己輕輕點了陸大有的膻中穴，怎能制其死命？只內心深處隱隱覺得，就算陸大有不是自己點死，卻也是爲了自己而死，男子漢大丈夫豈可推卸罪責，尋些藉口來爲自己開脫？這些日子來岳靈珊和林平之親密異常，他傷心失望之餘，早感全無生趣，一心只往一個「死」字上去想，此刻經那婆婆一提，立時心生莫大憤慨：「報仇！報仇！必當爲陸師弟報仇！」

那婆婆又道：「你說體內有六道眞氣相互交迸，可是我覺你脈象之中，卻有八道眞氣，那是何故？」令狐冲哈哈大笑，將不戒和尚爲自己治病的情由說了。

那婆婆微微一笑，說道：「閣下性情開朗，脈息雖亂，並無衰歇之象。我再彈琴一曲，請閣下品評如何？」令狐冲道：「前輩眷顧，弟子衷心銘感。」

那婆婆嗯了一聲，琴韻又再響起。這一次的曲調卻柔和之至，宛如一人輕輕歎息，又似是朝露暗潤花瓣，曉風低拂柳梢。

令狐冲聽不多時，眼皮便越來越沉重，心中只道：「睡不得，我在聆聽前輩撫琴，倘若睡著了，豈非大大不敬？」但雖竭力凝神，卻終於難以抗拒睡魔，不久眼皮合攏，再也睜不開來，身子軟倒在地，便即睡著了。睡夢之中，仍隱隱約約聽到柔和的琴聲，似有一隻溫柔的手在撫摸自己頭髮，像是回到了童年，在師娘的懷抱之中，受她親熱憐惜一般。

過了良久良久，琴聲止歇，令狐冲便即驚醒，忙爬起身來，不禁大是慚愧，說道：「弟子該死，不專心聆聽前輩雅奏，卻竟爾睡著了，當眞好生惶恐。」

那婆婆道：「你不用自責。我適才奏曲，原有催眠之意，盼能爲你調理體內眞氣。你倒試試自運內息，煩惡之情，可減少了些麼？」

令狐冲大喜，道：「多謝前輩。」當即盤膝坐地，潛運內息，只覺那八股眞氣仍相互衝突，但以前那股胸口立時熱血上湧、嘔吐難忍的情景卻已大減，可是只運息片刻，又已頭暈腦脹，身子一側，倒在地下。綠竹翁忙趨前扶起，將他扶入房中。

那婆婆道：「桃谷六仙和不戒大師功力深厚，所種下的眞氣，非我淺薄琴音所能調理，反令閣下多受痛楚，甚是過意不去。」

令狐冲忙道：「前輩說那裏話來？得聞此曲，弟子已大爲受益。」

綠竹翁提起筆來，在硯池中蘸了些墨，在紙上寫道：「懇請傳授此曲，終身受益。」令狐冲登時省悟，說道：「弟子斗膽求請前輩傳授此曲，以便弟子自行慢慢調理。」綠竹翁臉現喜色，連連點頭。

那婆婆並不即答，過了片刻，才道：「你琴藝如何？可否撫奏一曲？」

令狐冲臉上一紅，說道：「弟子從未學過，一竅不通，要從前輩學此高深琴技，實深冒昧，還請恕過弟子狂妄。」當下向綠竹翁長揖到地，說道：「弟子這便告辭。」

那婆婆道：「閣下慢走。承你慨贈妙曲，愧無以報，閣下傷重難愈，亦令人思之不安。竹姪，你明日以奏琴之法傳授令狐少君，倘若他有耐心，能在洛陽久留，那麼……那麼我這一曲〈清心普善咒〉便傳了給他，亦自不妨。」最後兩句話語聲細微，幾不可聞。

次日清晨，令狐冲便來小巷竹舍中學琴。綠竹翁取出一張焦尾桐琴，授以音律，說道：「樂律十二律，是爲黃鐘、大呂、太簇、夾鐘、姑洗、中呂、蕤賓、林鐘、夷則、南呂、無射、應鐘。此是自古已有，據說當年黃帝命伶倫爲律，聞鳳凰之鳴而製十二律。瑤琴七絃，具宮、商、角、徵、羽五音，一絃爲黃鐘，三絃爲宮調。五調爲慢角、清商、宮調、慢宮、及蕤賓調。」當下依次詳加解釋。

令狐冲雖於音律一竅不通，但天資聰明，一點便透。綠竹翁甚是歡喜，當即授以指法，教他試奏一曲極短的〈碧霄吟〉。令狐冲學得幾遍，彈奏出來，雖有數音不準，指法生澀，但心中想著「碧霄」二字，卻洋洋然自有青天一碧、萬里無雲的空闊氣象。

一曲既終，那婆婆在隔舍聽了，輕嘆一聲，道：「令狐少君，你學琴如此聰明，多半不久便能學〈清心普善咒〉了。」綠竹翁道：「姑姑，令狐兄弟今日初學，但彈奏這曲〈碧霄吟〉，琴中意象已比姪兒爲高。琴爲心聲，想是因他胸襟豁達之故。」

令狐冲謙謝道：「前輩過獎了，不知要到何年何月，弟子才能如前輩這般彈奏那〈笑傲江湖之曲〉。」

那婆婆失聲道：「你……你也想彈奏那〈笑傲江湖之曲〉麼？」

令狐冲臉上一紅，道：「弟子昨日得聆前輩琴簫雅奏，心下甚是羨慕，那當然是痴心妄想，連綠竹前輩尚且不能彈奏，弟子又怎夠得上？」

那婆婆不語，過了半晌，低聲道：「倘若你能彈琴，自是大佳……」語音漸低，隨後是輕輕的一聲嘆息。

如此一連二十餘日，令狐冲一早便到小巷竹舍中來學琴，直至傍晚始歸，中飯也在綠竹翁處吃，雖是青菜豆腐，卻比王家的大魚大肉吃得更有滋味，更妙在每餐都有好酒。綠竹翁酒量雖不甚高，備的酒卻是上佳精品。他於酒道所知極多，於天下美酒不但深明來歷，而且年份產地，一嘗即辨。令狐冲聽來聞所未聞，不但跟他學琴，更向他學酒，深覺酒中學問，比之劍道琴理，似也不遑多讓。

有幾日綠竹翁出去販賣竹器，便由那婆婆隔著竹簾教導。到得後來，令狐冲於琴中所提的種種疑難，綠竹翁常自無法解答，須得那婆婆親自指點。

但令狐冲始終未見過那婆婆一面，只是聽她語音輕柔，倒似是位大家的千金小姐，那像陋巷貧居的一個老婦？料想她雅善音樂，自幼深受薰冶，因之連說話的聲音也好聽了，至老不變。

一日令狐冲問道：「婆婆，我曾聽曲前輩言道，那一曲〈笑傲江湖〉，是從嵇康所彈的〈廣陵散〉中變化出來，而〈廣陵散〉則是抒寫聶政刺韓王之事。之前聽婆婆奏這〈笑傲江湖曲〉，卻多溫雅輕快之情，似與聶政慷慨決死的情景頗不相同，請婆婆指點。」

那婆婆道：「曲中溫雅之情，是寫聶政之姊的心情。他二人姊弟情深，聶政死後，他姊姊前去收屍，使其弟名垂後世。你能體會到琴韻中的差別，足見於音律頗有天份。」頓了一頓，聲音低了下來，說道：「你我如能相處時日多些，少君日後當能學得會這首〈笑傲江湖之曲〉，不過……那要瞧緣份了。」

令狐冲這些日子在綠竹巷中學琴，常聽著那婆婆溫雅親切的言談，想到婆婆年老，自己壽命也不久長，這等緣份不知何日便盡，心中一酸，說道：「但願婆婆健康長壽，弟子性命亦得多延時日，便可多得婆婆教誨。」

那婆婆嘆了口氣，溫言道：「人生無常，機緣難言。這〈笑傲江湖之曲〉，跟〈廣陵散〉的確略有不同。聶政奮刀前刺之時，音轉肅殺，聶政刺死韓王，其後爲武士所殺，琴調轉到極高，再轉上去琴絃便斷；簫聲沉到極低，低到我那竹姪吹不出來，那便是聶政的終結。此後琴簫更有大段輕快跳躍的樂調，意思是說：俠士雖死，豪氣長存，花開花落，年年有俠士俠女笑傲江湖。人間俠氣不絕，也因此後段的樂調便繁花似錦。據史事云，聶政所刺的不是韓王，而是俠累，那便不足深究了。」

令狐冲一拍大腿，說道：「婆婆，您說得眞好。弟子能得婆婆這般開導，再受十倍冤屈挫折，也不算甚麼。」

那婆婆不再言語，琴韻響起，又是奔放跳盪的樂音。

又過數日，那婆婆傳授了一曲〈有所思〉，這是漢時古曲，節奏宛轉。令狐冲聽了幾遍，依法撫琴。他不知不覺想起當日和岳靈珊兩小無猜、同遊共樂的情景，又想到瀑布中練劍，思過崖上送飯，小師妹對自己的柔情密意，後來無端來了個林平之，小師妹對待自己竟一日冷淡過一日。他心中淒楚，突然之間，琴調一變，竟爾出現了幾下福建山歌的曲調，正是岳靈珊那日下崖時所唱。他一驚之下，立時住手不彈。

那婆婆溫言道：「這一曲〈有所思〉，你本來奏得極好，意與情融，深得曲理，想必你心中想到了往昔之事。只是忽然出現閩音，曲調似是俚歌，令人大為不解，卻是何故？」

令狐冲生性本來開朗，這番心事在胸中鬱積已久，那婆婆這二十多天來又對他極好，忍不住便吐露自己苦戀岳靈珊的心情。他只說了個開頭，便再難抑止，竟原原本本的將種種情由盡行說了，便將那婆婆當作自己的祖母、母親，或是親姊姊、妹妹一般，待得說完，這才大感慚愧，說道：「婆婆，弟子的無聊心事，嘮嘮叨叨的說了這半天，眞是……眞是……」

那婆婆輕聲道：「『緣』之一事，不能強求。古人道得好：『各有因緣莫羨人』。令狐少君，你今日雖然失意，他日未始不能另有佳耦。」

令狐冲大聲道：「弟子也不知能再活得幾日，室家之想，那是永遠不會有的了。」那婆婆不再說話，琴音輕輕，奏了起來，卻是那曲〈清心普善咒〉。令狐冲聽得片刻，便已昏昏欲睡。那婆婆止了琴音，說道：「現下我起始授你此曲，大概有十日之功，便可學完。此後每日彈奏，往時功力雖不能盡復，多少總會有些好處。」

令狐冲應道：「是。」那婆婆當即傳了曲譜指法，令狐冲用心記憶。

如此學了四日，第五日令狐冲又要到小巷去學琴，勞德諾忽然匆匆過來，說道：「大師哥，師父吩咐，咱們明日要走了。」令狐冲一怔，道：「明日便走了？我……我……」想要說「我的琴曲還沒學全呢」，話到口邊，卻又縮回。勞德諾道：「師娘叫你收拾收拾，明兒一早動身。」

令狐冲答應了，當下快步來到綠竹小舍，向婆婆道：「弟子明日要告辭了。」那婆婆一怔，半晌不語，隔了良久，才輕輕道：「去得這麼急！你……你這一曲還沒學全呢。」

令狐冲道：「弟子也這麼想。只是師命難違。再說，我們異鄉為客，也不能在人家家中久居。」那婆婆道：「那也說得是。」當下傳授曲調指法，與往日無異。

令狐冲與那婆婆相處多日，雖然從未見過她一面，但從琴音說話之中，知她對自己頗爲關懷，無異親人。只是她性子淡泊，偶然說了一句關切的話，立即雜以他語，顯是不想讓他知道心意。這世上對令狐冲最關心的，本來是岳不羣夫婦、岳靈珊與陸大有四人，現今陸大有已死，岳靈珊全心全意放在林平之身上，師父師母對他又有了疑忌之意，他覺得眞正的親人，倒只有綠竹翁和那婆婆二人了。這一日中，他幾次三番想跟綠竹翁陳說，要在這小巷中留居，既學琴簫，又學竹匠之藝，不再回歸華山派，但一想到岳靈珊的倩影，終究割捨不下，心想：「小師妹就算不理睬我，我每日只見她一面，縱然只見到她的背影，聽到一句她的說話聲音，也是好的。何況她又沒不睬我？」

傍晚臨別之際，對綠竹翁和那婆婆甚有依戀之情，走到婆婆窗下，跪倒拜了幾拜，依稀見竹簾之中，那婆婆卻也跪倒還禮，聽她說道：「我傳你琴技，乃是報答你贈曲之德，令狐少君爲何行此大禮？」令狐冲道：「前輩眷顧，豈僅傳琴而已？弟子中心銘感，永不敢忘。今日一別，不知何日得能再聆前輩雅奏。」令狐冲但敎不死，定當再來拜訪婆婆和竹翁。」心中忽想：「他二人年紀老邁，不知還有幾年可活，下次我來洛陽，未必再能見到。」言下想到人生如夢如露，不由得聲音便哽咽了。

那婆婆道：「令狐少君，臨別之際，我有一言相勸。」

令狐冲道：「是，前輩教誨，令狐冲不敢或忘。」但那婆婆始終不說話，過了良久良久，才輕聲說道：「江湖風波險惡，少君性情仁厚，多多保重。」

令狐冲道：「是。」心中一酸，躬身向綠竹翁告別。只聽得左首小舍中琴聲響起，奏的正是那〈有所思〉古曲。

次日岳不羣等一行向王元霸父子告別，坐舟沿洛水北上。王元霸祖孫五人直送到船上，盤纏酒菜，致送得十分豐盛。

自從那日王家駿、王家駒兄弟折斷了令狐冲的手臂，令狐冲和王家祖孫三代不再交言，此刻臨別，他也是翻起了一雙白眼，對他五人漠然而視，似乎眼前壓根兒便沒這個「金刀王家」一般。岳不羣對這個大弟子甚感頭痛，知他生性倔強，倘若硬要他向王元霸行禮告別，他當時師命難違，勉強順從，事後多半會去向王家尋仇搗蛋，反而多生事端，是以他自行向王元霸一再稱謝，於令狐冲的無禮神態只作不見。

令狐冲冷眼旁觀，見王家大箱小箱，大包小包，送給岳靈珊的禮物極多。一名名僕婦走上船來，呈上禮物，說道這是老太太送給岳姑娘路上吃的，又說這是大奶奶送給姑娘路上穿的，二奶奶送給姑娘船中戴的，簡直便將岳靈珊當作了親戚一般。岳靈珊歡然道謝，說道：「啊喲，我怎穿得了這許多，吃得了這許多？」

正熱鬧間，忽然一名敝衣老者走上船頭，叫道：「令狐少君！」令狐冲見是綠竹翁，不由得一怔，忙迎上躬身行禮。綠竹翁道：「我姑姑命我將這件薄禮送給令狐少君。」說著雙手奉上一個長長的包裹，包袱布是印以白花的藍色粗布。令狐冲躬身接過，說道：「前輩厚賜，弟子拜領。」說著連連作揖。

王家駿、王家駒兄弟見他對一個身穿粗布衣衫的老頭兒如此恭敬，而對名滿江湖的金刀無敵王家爺爺卻連正眼也不瞧上一眼，自是十分有氣，若非礙著岳不羣夫婦和華山派衆師兄弟姊妹的面子，二人又要將令狐冲拉了出來，狠狠打他一頓，方出胸中惡氣。

眼見綠竹翁交了那包裹後，從船頭踏上跳板，要回到岸上，兩兄弟使個眼色，分從左右向綠竹翁擠了過去。二人一挺左肩，一挺右肩，只消輕輕一撞，這糟老頭兒還不摔下洛水之中？雖然岸邊水淺淹不死他，卻也大大削了令狐冲的面子。令狐冲見了，忙叫：「小心！」正要伸手去抓二人，陡然想起自己功力全失，別說這一下抓不住王氏兄弟，就算抓上了也全無用處。他只一怔之間，眼見王氏兄弟已撞到了綠竹翁身上。

王元霸叫道：「不可！」他在洛陽是有家有業之人，與尋常武人大不相同。他兩個孫兒年輕力壯，若將這個衰翁一下子撞死了，官府查究起來那可後患無窮。偏生他坐在船艙之中，正和岳不羣說話，來不及出手阻止。

但聽得波的一聲響，兩兄弟的肩頭已撞上了綠竹翁，驀地裏兩條人影飛起，撲通撲通兩響，王氏兄弟分從左右摔入洛水。那老翁便如是個鼓足了氣的大皮囊一般，王氏兄弟撞將上去，立即彈出。老翁自己卻渾若無事，仍顫巍巍的一步步從跳板走到岸上。

王氏兄弟一落水，船上登時一陣大亂，立時便有水手跳下水去，救了二人上來。此時方當春寒，洛水中雖已解凍，河水卻仍極冷。王氏兄弟不識水性，早已喝了好幾口河水，只凍得牙齒打戰，狼狽之極。王元霸正驚奇間，一看之下，更大吃一驚，只見兩兄弟的四條胳臂，都在左臂肩關節和右臂肘關節處脫了臼，便如當日二人折斷令狐冲的胳臂一模一樣。兩人一面呼痛，一面破口大罵，四條手臂卻軟垂垂的懸在身邊。

王仲強見二子吃虧，縱身躍上岸去，搶在綠竹翁面前，攔住了他去路。

綠竹翁仍弓腰曲背，低著頭慢慢走去。王仲強喝道：「何方高人，到洛陽王家顯身手來著？」綠竹翁便如不聞，繼續前行，慢慢走到王仲強身前。

舟中眾人的眼光都射在二人身上。但見綠竹翁一步步上前，王仲強微張雙臂，擋在路心。漸漸二人越來越近，相距自一丈而五尺，自五尺而至三尺，綠竹翁又踏前一步，王仲強喝道：「去罷！」伸出雙手，往他背上猛力抓落。

眼見他雙手手指剛要碰到綠竹翁背脊，突然之間，他一個高大的身形騰空而起，飛出數丈。眾人驚呼聲中，他在半空中翻了半個觔斗，穩穩落地。倘若二人分從遠處急速奔至，相撞時有一人如此飛了出去，倒也不奇，奇在王仲強站著不動，而綠竹翁緩緩走近，卻陡然間將他震飛，即連岳不羣、王元霸這等高手，也瞧不出這老翁使了甚麼手法，竟這般將人震得飛出數丈之外。王仲強落下時身形穩實，絕無半分狼狽之態，不會武功之人還道他是自行躍起，顯了一手輕功。衆家丁轎夫拍手喝采，大讚王家二老爺武功了得。但跟著便見他臉色一變，額頭冒汗，雙臂顯然軟軟的下垂，便不敢再叫好了。

王元霸初見綠竹翁不動聲色的將兩個孫兒震得四條手臂脫臼，心下已十分驚訝，自忖這等本事自己雖然也有，但使出之時定然十分威猛霸道，決不能如這老頭兒那麼舉重若輕，也決不能如此迅捷，待見他又將兒子震飛卸臂，心下已非驚異，而是大爲駭然。他知次子已得自己武功眞傳，一手單刀固然使得沉穩狠辣，而拳腳上功夫和內功修爲，也已不弱於自己壯年之時，但二人一招未交，便給對方震飛，更不知不覺間給卸脫了雙臂關節，那是生平從所未見之事，眼見兒子吃了虧，忙叫道：「仲強，過來！」

王仲強忍住疼痛，勉力躍上船頭，吐了口唾沫，倖倖罵道：「這臭老兒，多半會使妖法！」王元霸喀喀兩聲，給兒子接上了關節，低聲問道：「身上覺得怎樣？沒受內傷麼？」王仲強搖了搖頭。王元霸心下盤算，憑自己本事，恐怕對付不了這老人，若要岳不羣出手相助，勝了也不光采，索性不提此事，含糊過去。眼見綠竹翁緩緩遠去，心頭一股說不出的滋味，尋思：「這老兒自是令狐冲的朋友，只因孫兒折斷了令狐冲兩條胳臂，他便來震斷他父子三人的胳臂還帳，再加上些利息。我在洛陽稱雄一世，難道到得老來，反要摔個大觔斗麼？」

這時王伯奮已將兩個姪兒關節脫臼處接上。兩乘轎子將兩個濕淋淋的少年抬回府去。王元霸眼望岳不羣，說道：「岳先生，這人是甚麼來歷？老朽老眼昏花，可認不出這位高人。」岳不羣道：「冲兒，他是誰？」令狐冲道：「他便是綠竹翁。」

王元霸和岳不羣同時「哦」的一聲。那日他們雖曾同赴小巷，卻未見綠竹翁之面，而唯一識得綠竹翁的易師爺，在府門口送別後沒到碼頭來送行，是以誰都不識此人。

岳不羣指著那藍布包裹，問道：「他給了你些甚麼？」令狐冲道：「弟子不知。」打開包裹，露出一具短琴，琴身陳舊，顯是古物，琴尾刻著兩個篆字「燕語」；另有一本冊子，封面上寫著「清心普善咒」五字。令狐冲胸口一熱，「啊」的一聲，叫了出來。

岳不羣凝視著他，問道：「怎麼？」令狐冲道：「這位前輩不但給了我一張瑤琴，還抄了琴譜給我。」翻開琴譜，但見每一頁都寫滿了簪花小楷，除了以琴字書明曲調之外，還詳細列明指法、絃法，以及撫琴的種種關竅，紙張墨色，均是全新，顯是那婆婆剛寫就的。令狐冲想到這位前輩對自己如此眷顧，心下感動，眼中淚光瑩然，差點便掉下淚來。

王元霸和岳不羣見這冊子上所書確然全是撫琴之法，其中有些怪字，顯然也與那本

《笑傲江湖之曲》中的怪字相似，雖然心下疑竇不解，卻也無話可說。岳不羣道：「這位綠竹翁眞人不露相，原來是武林中一位高手。冲兒，你可知他是那一家那一派的？」他料想令狐冲縱然知道，也不會據實以答，只是這人武功太高，若不問明底細，心下終究不安。果然令狐冲說道：「弟子只跟隨這位前輩學琴，實不知他身負武功。」

當下岳不羣夫婦向王元霸和王伯奮、仲強兄弟拱手作別，起篙解纜，大船北駛。王元霸意興索然，心下惴惴，惟恐綠竹翁再來尋釁。

坐船駛出十餘丈，華山派衆弟子便紛紛議論。有的說那綠竹翁武功深不可測，有的爲了討好林平之和岳靈珊，卻說這老兒未必有甚麼本領，王氏兄弟自己不小心才摔入洛水之中，王仲強只是不願跟這又老又貧的老頭子一般見識，這才躍起相避。但他爲何在半空中自卸雙臂關節，可就難以解釋了。

令狐冲坐在後梢，也不去聽衆師弟師妹談論，自行翻閱琴譜，按照書上所示，以指按捺琴絃，生怕驚吵了師父師娘，只虛指作勢，不敢彈奏出聲。

岳夫人眼見坐船順風，行駛甚速，想到綠竹翁的詭異形貌、高強武功，心中思潮起伏，走到船頭，觀賞風景。看了一會，忽聽得丈夫的聲音在耳畔說道：「你瞧那綠竹翁是甚麼門道？」這句話正是她要問丈夫的，他雖先行問起，岳夫人仍然問道：「你瞧他是甚麼門道？」岳不羣道：「這老兒行動詭異，手不動，足不抬，便將王家父子三人震得離身數丈，多半不是正派武功。他將王家父子的雙臂關節卸脫，跟那日冲兒被卸關節的部位全然相同，擺明是爲冲兒報仇來著。」

岳夫人點了點頭，道：「他對冲兒似乎甚好，不過也不像眞的要對金刀王家生事。」岳不羣嘆了口氣，道：「但願此事就此了結，否則王老爺子一生英名，只怕未必有好結果呢。」隔了半晌，又道：「咱們雖然走的是水道，大家仍小心點的好。」

岳夫人道：「你說會有人上船來生事？」

岳不羣搖了搖頭，說道：「咱們一直給蒙在鼓裏，到底那晚這一十五名蒙面客是甚麼路道，還是不明所以。咱們在明，而敵人在暗，前途未必會很太平呢。」他自執掌華山一派以來，從未遇到過甚麼重大挫折，近月來卻深覺前途多艱，但到底敵人是誰，有甚麼圖謀，卻半點摸不著底細，正因爲愈是無著力處，愈是心事重重。

他夫婦倆叮囑弟子日夜嚴加提防，但坐船自鞏縣附近入河，順流東下，竟沒半點意外。離洛陽越遠，衆人越放心，提防之心也漸漸懈了。

祖千秋伸手入懷，掏了一隻酒杯出來，光潤柔和，竟是一隻羊脂白玉杯，只見他一隻又一隻，不斷從懷中取出酒杯。

一四　論杯

這一日將到開封，岳不羣夫婦和衆弟子談起開封府的武林人物。岳不羣道：「開封府雖是大都，但武風不盛，像華老鏢頭、海老拳師、豫中三英這些人，武功和聲望都並沒甚麼了不起。咱們在開封看看名勝古蹟便是，不必拜客訪友，免得驚動人家。」

岳夫人微笑道：「開封府有一位大大有名的人物，師哥怎地忘了？」岳不羣道：「大大有名？你說是……是誰？」岳夫人笑道：「『醫一人，殺一人。殺一人，醫一人。醫人殺人一樣多，賺錢蝕本都不做。』那是誰啊？」岳不羣微笑道：「『殺人名醫』平一指，那自是大大有名。不過這人脾氣太怪，咱們便去拜訪，他也未必肯見。」岳夫人道：「是啊，否則冲兒一直內傷難愈，咱們又來到了開封，該當去求這位殺人名醫瞧瞧才是。」

岳靈珊奇道：「媽，甚麼叫做『殺人名醫』？既會殺人，又怎會是名醫？」

岳夫人微笑道：「這位平老先生，是武林中的一個怪……一位奇人，醫道高明之極，當眞是著手成春，據說不論多麼重的疾病傷勢，只要他肯醫治，便決沒治不好的。不過他有個古怪脾氣。他說世上人多人少，老天爺和閻羅王心中自然有數。如他醫好許多人的傷病，死的人少了，難免活人太多而死人太少，對不起閻羅王。日後他自己死了之後，就算閻羅王不加理會，判官小鬼定要跟他爲難，只怕在陰間日子很不好過。」衆弟子聽著都笑了起來。

岳夫人續道：「因此他立下誓願，只要救活了一個人，便須殺一個人來抵數。又如他殺了一人，必定要救活一個人來補數。聽說他醫寓中掛著一幅大中堂，寫明：『醫一人，殺一人。殺一人，醫一人。醫人殺人一樣多，賺錢蝕本都不做。』他說這麼一來，老天爺不會怪他殺傷人命，閻羅王也不會怨他搶了陰世地府的生意。」衆弟子又都大笑。

岳靈珊道：「這位平一指大夫倒有趣得緊。怎麼他又取了這樣一個奇怪名字？他只有一根手指麼？」岳夫人道：「好像不是一根手指的。師哥，你可知他爲甚麼取這名字？」

岳不羣道：「平大夫十指俱全，他自稱『一指』，意思說：殺人醫人，俱只一指。要殺人，點人一指便死了，要醫人，也只用一根手指搭脈。」岳夫人道：「啊，原來如此。那麼他的點穴功夫定然厲害得很了？」岳不羣道：「那就不大淸楚了，當眞和這位平大夫動過手的，只怕也沒幾個。武林中的好手都知他醫道高明之極，人生在世，誰也難保沒三長兩短，說不定有一天會上門去求他，因此誰也不敢得罪了他。但若非迫不得已，也不敢貿然請他治病。」岳靈珊道：「為甚麼？」岳不羣道：「武林中人請他治病療傷，他定要那人先行立下重誓，病好傷愈之後，須得依他吩咐，去殺一個他所指定之人，這叫做一命抵一命。倘若他要殺的是個不相干之人，倒也罷了，要是他指定去殺的，竟是求治者的至親好友，甚或是父兄妻兒，那豈不是為難之極？」

衆弟子均道：「這位平大夫，可邪門得緊了。」

岳靈珊道：「大師哥，這麼說來，你的傷是不能去求他治的了。」

令狐冲一直倚在後梢艙門邊，聽師父師娘述說「殺人名醫」平一指的怪癖，聽小師妹這麼說，淡淡一笑，道：「是啊！只怕他治好我傷之後，叫我來殺了我的小師妹。」

華山羣弟子都笑了起來。

岳靈珊笑道：「這位平大夫跟我無冤無仇，為甚麼要你殺我？」她轉過頭去，問父親道：「爹，這平大夫到底是好人呢還是壞人？」岳不羣道：「聽說他行事喜怒無常，亦正亦邪，說不上是好人，也不能算壞人。說得好些，是個奇人，說得壞些，便是個怪人了。」

岳靈珊道：「只怕江湖上傳言，誇大其事，也是有的。到得開封府，我倒想去拜訪拜訪這位平大夫。」岳不羣和岳夫人齊聲喝道：「千萬不可胡鬧！」岳靈珊見父親和母親的臉色都十分鄭重，微微一驚，問道：「爲甚麼？」岳不羣道：「你想惹禍上身麼？這種人都見得的？」岳靈珊道：「見上一見，也會惹禍上身了？我又不是去求他治病，怕甚麼？」岳不羣臉一沉，說道：「咱們出來是遊山玩水，可不是惹事生非。」岳靈珊見父親動怒，便不敢再說了，但對這「殺人名醫平一指」卻充滿了好奇之心。

次日辰牌時分，舟至開封，但到府城尙有一段路程。

岳不羣笑道：「離這裏不遠有個地方，是咱岳家當年大出風頭之所，倒不可不去。」岳靈珊拍手笑道：「好啊，知道啦，那是朱仙鎭，是岳鵬擧岳爺爺大破金兀朮的地方。」凡學武之人，對抗金衞國的岳飛無不極爲敬仰，朱仙鎭是昔年岳飛大破金兵之地，自是誰都想去瞧瞧。

岳靈珊第一個躍上碼頭，叫道：「咱們快去朱仙鎭，再趕到開封城中吃中飯。」

衆人紛紛上岸，令狐冲卻坐在後梢不動。岳靈珊叫道：「大師哥，你不去麼？」

令狐冲自失了內力之後，一直倦怠困乏，懶於走動，心想各人上岸遊玩，自己正好乘機學彈〈淸心普善咒〉，又見林平之站在岳靈珊身畔，神態親熱，更是心冷，便道：「我沒力氣，走不動。」岳靈珊道：「好罷，你就在船裏歇歇。我到開封給你打幾斤好酒來。」

令狐冲見她和林平之並肩而行，快步走在衆人前頭，心中一酸，只覺那〈淸心普善咒〉學會之後，即使眞能治好自己內傷，卻又何必去治？這琴又何必去學？望著黃河中濁流滾滾東去，一霎時間，只覺人生悲苦，亦如流水滔滔無盡，這一牽動內力，丹田中立時大痛。

岳靈珊和林平之並肩而行，指點風物，細語喁喁，卻另是一般心情。

岳夫人扯了扯丈夫的衣袖，低聲道：「珊兒和平兒年輕，這般男女同行，在山野間渾沒要緊，到了大城市中卻是不妥，咱們二老陪陪他們罷。」岳不羣一笑，道：「你我年紀已經不輕，男女同行便渾沒要緊了。」岳夫人哈哈一笑，搶上幾步，走到女兒身畔。四人向行人問明途逕，逕向朱仙鎭而去。

將到鎭上，只見路旁有座大廟，廟額上寫著「楊將軍廟」四個金字。岳靈珊道：「爹，我知道啦，這是楊再興楊將軍的廟，他誤走小商河，給金兵射死的。」岳不羣點頭道：「正是。楊將軍爲國捐軀，令人好生敬仰，咱們進廟去瞻仰遺容，叩拜英靈。」見其餘衆弟子相距尙遠，四人不待等齊，先行進廟。

只見楊再興的神像粉面銀鎧，英氣勃勃，岳靈珊心道：「這位楊將軍生得好俊！」轉頭向林平之瞧了一眼，心下暗生比較之意。

便在此時，忽聽得廟外有人說道：「我說楊將軍廟供的一定是楊再興。」岳不羣夫婦聽得聲音，臉色均是一變，同時伸手按住劍柄。卻聽得另一人道：「天下姓楊的將軍甚多，怎麼一定是楊再興？說不定是後山金刀楊老令公，又說不定是楊六郎、楊七郎？」又有一人道：「單是楊家將，也未必是楊令公、楊六郎、楊七郎，或許是楊宗保、楊文廣呢？」另一人道：「爲甚麼不能是楊四郎？」先一人道：「楊四郎投降番邦，決不會起一座廟來供他。」另一人道：「你譏刺我排行第四，就會投降番邦，是不是？」先一人道：「你排行第四，跟楊四郎有甚相干？」另一人道：「你排行第五，楊五郎五台山出家，你又爲甚麼不去做和尚？」先一人道：「我如做和尚，你便得投降番邦。」

岳不羣夫婦聽到最初一人說話，便知是桃谷諸怪到了，當即打個手勢，和女兒及林平之一齊躲入神像之後。他夫婦躲在左首，岳靈珊和林平之躲在右首。

只聽得桃谷諸怪在廟外不住口的爭辯，卻不進來看個明白。岳靈珊暗暗好笑：「那有甚麼好爭的，到底是楊再興還是楊四郎，進來瞧瞧不就是了？」

岳夫人仔細分辨外面話聲，只是五人，心想餘下那人果然是給自己刺死了，自己和丈夫遠離華山躲避這五個怪物，防他們上山報仇，不料狹路相逢，還是在這裏碰上了，雖然尚未見到，但別的弟子轉眼便到，如何能逃得過？心下好生擔憂。

只聽五怪愈爭愈烈，終於有一人道：「咱們進去瞧瞧，到底這廟供的是甚麼臭菩薩？」五人一擁而進。一人大聲叫了起來：「啊哈，你瞧，這裏不明明寫著『楊公再興之神』，這當然是楊再興了。」說話的是桃枝仙。

桃幹仙搔了搔頭，說道：「這裏寫的是『楊公再』，又不是『楊再興』。原來這個楊將軍姓楊，名字叫公再。唔，楊公再，楊公再，好名字啊，好名字。」桃枝仙大怒，大聲道：「這明明是楊再興，你胡說八道，怎麼叫做楊公再？」桃幹仙道：「這裏寫的明明是『楊公再』，可不是『楊再興』。」桃根仙道：「那麼『興之神』三個字是甚麼意思？」桃葉仙道：「興，就是高興，興之神，是精神很高興的意思。楊公再這姓楊的小子，死了有人供他，精神當然很高興了。」桃幹仙道：「很是，很是！」

桃花仙道：「我說這裏供的是楊七郎，果然不錯，我桃花仙大有先見之明。」桃枝仙怒道：「是楊再興，怎麼是楊七郎了？」桃幹仙也怒道：「是楊公再，又怎麼是楊七郎了？」

桃花仙道：「三哥，楊再興排行第幾？」桃枝仙搖頭道：「我不知道。」桃花仙道：「楊再興排行第七，是楊七郎。二哥，楊公再排行第幾？」桃幹仙道：「從前我知道的，現下忘了。」桃花仙道：「我倒記得，他排行也是第七，因此是楊七郎。」桃根仙道：「這神像倘若是楊再興，便不是楊公再；如果是楊公再，便不是楊再興。怎麼又是楊再興，又是楊公再？」桃葉仙道：「大哥你有所不知。這個『再』字，是甚麼意思？『再』，便是再來一個之意，一定是兩個人而不是一個，因此既是楊公再，又是楊再興。」餘下四人都道：「此言有理。」

突然之間，桃枝仙說道：「你說名字中有個『再』字，便要再來一個，那麼楊七郎有七個兒子，那是衆所周知之事！」桃根仙道：「然則名字中有個千字，便生一千個兒子，有個萬字，便生一萬個兒子？」五人越扯越遠。岳靈珊幾次要笑出聲來，卻都強自忍住。

桃谷五怪又爭了一會，桃幹仙忽道：「楊七郎啊楊七郎，你只要保祐咱們六弟不死，老子向你磕幾個頭也是不妨。我這裏先磕頭了。」說著跪下磕頭。

岳不羣夫婦一聽，互視一眼，臉上均有喜色，心想：「聽他言下之意，那怪人雖中了一劍，卻並沒死。」這桃谷六仙莫名奇妙，他夫婦實不願結上這不知所云的冤家。

桃枝仙道：「倘若六弟死了呢？」桃幹仙道：「我便把神像打得稀巴爛，再在爛泥上撒泡尿。」桃花仙道：「就算你把楊七郎的神像打得稀巴爛，又撒上一泡尿，就算再拉上一堆屎，卻又怎地？六弟死都死了，你磕了頭，總之是吃了虧啦！」桃枝仙道：「言之有理，這頭且不忙磕，咱們去問個清楚，到底六弟的傷治得好呢，還是治不好。治得好再來磕頭，治不好便來拉屎。」桃根仙道：「倘若治得好，不磕頭也治得好，這頭便不用磕了。倘若治不好，不拉屎也治不好，這屎便不用拉了。」桃葉仙道：「六弟治不好，咱們大家便不拉尿？不拉尿，豈不是要脹死？」桃幹仙突然放聲大哭，道：「六弟要是活不成，大夥兒不拉尿便不拉尿，脹死便脹死。」其餘四人也都大哭起來。

桃枝仙忽然哈哈大笑，道：「六弟倘若不死，咱們白哭一場，豈不吃虧？去去去，問個明白，再哭不遲。」桃花仙道：「這句話大有語病。六弟倘若不死，『再哭不遲』這四字，便用不著了。」五人一面爭辯，快步出廟。

岳不羣見五怪離去，向岳夫人道：「那人到底死活如何，事關重大，我去探個虛實。師妹，你和珊兒他們在這裏等我回來。」岳夫人道：「你孤身犯險，沒有救應，我和你同去。」說著搶先出廟。岳不羣過去每逢大事，總是夫婦聯手，此刻聽妻子這麼說，知道拗不過她，也不多言。

兩人出廟後，遙遙望見桃谷五怪從一條小路轉入一個山坳。兩人不敢太過逼近，只遠遠跟著，好在五人爭辯之聲甚響，雖相隔甚遠，仍聽到五人的所在。沿著那條山路，經過十幾株大柳樹，只見一條小溪畔有幾間瓦屋，五怪的爭辯聲直響入瓦屋之中。

岳不羣輕聲道：「從屋後繞過去。」夫婦倆展開輕功，遠遠向右首奔出，又從里許之外兜了轉來。瓦屋後又是一排柳樹，兩人隱身柳樹之後。

猛聽得桃谷五怪齊聲怒叫：「你殺了六弟啦！」「怎……怎地剖開了他胸膛？」「要你這狗賊抵命。」「把你胸膛也剖了開來。」「啊喲，六弟，你死得這麼慘，我……我們永遠不拉尿，跟著你一起脹死。」

岳不羣夫婦大驚：「怎麼有人剖了他們六弟的胸膛？」兩人打個手勢，彎腰走到窗下，從窗縫向屋內望去。

只見屋內明晃晃的點了七八盞燈，屋子中間放著一張大床。床上仰臥著一個全身赤裸的男子，胸口已讓人剖開，鮮血直流，雙目緊閉，似已死去多時，瞧他面容，正是那日在華山頂上身中岳夫人一劍的桃實仙。桃谷五怪圍在床邊，指著一個矮胖子大叫大嚷。

這矮胖子腦袋極大，生一撇鼠鬚，搖頭晃腦，形相滑稽。他雙手都是鮮血，右手持著一柄雪亮的短刀，刀上也染滿了鮮血。他雙目直瞪桃谷五怪，過了一會，才沉聲道：「放屁放完了沒有？」桃谷五怪齊聲道：「放完了，你有甚麼屁放？臭不臭？」那矮胖子道：「這個活死人胸口中劍，你們給他敷了金創藥，千里迢迢的抬來求我救命。你們路上走得太慢，創口結疤，經脈都對錯了。要救他性命是可以的，不過經脈錯亂，救活後武功全失，而且下半身癱瘓，沒法行動。這樣的廢人，醫好了又有甚麼用處？」

桃根仙道：「雖是廢人，總比死人好些。」那矮胖子怒道：「我要就不醫，要就全部醫好。醫成一個廢人，老子顏面何在？不醫了，不醫了！你們把這死屍抬去罷，老子決心不醫了。氣死我也，氣死我也！」

桃根仙道：「你說『氣死我也』，怎麼又不氣死？」那矮胖子雙目直瞪著他，冷冷的道：「我早就給你氣死了。你怎知我沒死？」桃幹仙道：「你既沒醫好我六弟的本事，幹麼又剖開了他胸膛？」那矮胖子冷冷的道：「我的外號叫作甚麼？」桃幹仙道：「你的狗屁外號有道是『殺人名醫』！」

岳不羣夫婦心中一凜，對望了一眼，均想：「原來這個形相古怪的矮胖子，居然便是大名鼎鼎的『殺人名醫』。不錯，普天下醫道之精，江湖上都說以這平一指爲第一，那怪人身受重傷，他們來求他醫治，原在情理之中。」

只聽平一指冷冷的道：「我既號稱『殺人名醫』，殺個把人，又有甚麼希奇？」桃花仙道：「殺人有甚麼難？我難道不會？你只會殺人，不會醫人，枉稱了這『名醫』二字。」平一指道：「誰說我不會醫人？我將這活死人的胸膛剖開，經脈重行接過，醫好之後，內外武功和沒受傷時一模一樣，這才是殺人名醫的手段。」

桃谷五怪大喜，齊聲道：「原來你能救活我們六弟，那可錯怪你了。」桃根仙道：「你怎……怎麼還不動手醫治？六弟的胸膛給你剖開了，一直流血不止，再不趕緊醫治，便來不及了。」平一指道：「殺人名醫是你還是我？」桃根仙道：「自然是你，那還用問？」平一指道：「既然是我，你怎知來得及來不及？再說，我剖開他胸膛後，本來早就在醫治，你們五個討厭鬼來囉唆不休，我怎麼醫法？我叫你們去楊將軍廟玩上半天，再到牛將軍廟、張將軍廟去玩玩，爲甚麼這麼快便回來了？」桃幹仙道：「快動手治傷罷，是你自己在囉唆，還說我們囉唆呢。」

平一指又瞪目向他凝視，突然大喝一聲：「拿針線來！」

他這麼突如其來的一聲大喝，桃谷五仙和岳不羣夫婦都吃了一驚，只見一個高高瘦瘦的婦人走進房來，端著一隻木盤，一言不發的放在桌上。這婦人四十來歲年紀，方面大耳，眼睛深陷，臉上全無血色。

平一指道：「你們求我救活這人，我的規矩，早跟你們說過了，是不是？」桃根仙道：「是啊。我們也早答允了，誓也發過了。不論要殺甚麼人，你吩咐下來好了，我們六兄弟無不遵命。」平一指道：「那就是了，現下我還沒想到要殺那一個人，等得想到了，再跟你們說。你們通統給我站在一旁，不許出一句聲，只要發出半點聲息，我立即停手，這人是死是活，我可再也不管了。」

桃谷六兄弟自幼同房而睡，同桌而食，從沒片刻停嘴，在睡夢中也常自爭辯不休。這時你看看我，我看看你，個個都滿腹言語，須得一吐方快，但想到只須說一個字，便送了六弟性命，唯有竭力忍住，連大氣也不敢透一口，又唯恐一不小心，放一個屁。

平一指從盤裏取過一口大針，穿上了透明的粗線，將桃實仙胸口的剖開處縫了起來。他十根手指又粗又短，便似十根胡蘿蔔一般，豈知動作竟靈巧之極，運針如飛，片刻間將一條九寸來長的傷口縫上了，隨即反手從許多磁瓶中取出藥粉、藥水，紛紛敷上傷口，又撬開桃實仙的牙根，灌下幾種藥水，然後用濕布抹去他身上鮮血。那高瘦婦人一直在旁相助，遞針遞藥，動作也極熟練。

平一指向桃谷五仙瞧了瞧，見五人唇動舌搖，個個急欲說話，便道：「此人還沒活，等他活了過來，你們再說話罷。」五人張口結舌，神情尷尬之極。平一指「哼」了一聲，坐在一旁。那婦人將針線刀圭等物移了出去。

岳不羣夫婦躲在窗外，屏息凝氣，此刻屋內鴉雀無聲，窗外只須稍有動靜，屋內諸人立時便會察覺。

過了良久，平一指站起身來，走到桃實仙身旁，突然伸掌在桃實仙頭頂「百會穴」上重重一擊。六個人「啊」的一聲，同時驚呼出來。這六個人中五個是桃谷五仙，另一個竟是躺臥在床、一直昏迷不醒的桃實仙。

桃實仙一聲呼叫，便即坐起，罵道：「你奶奶的，你爲甚麼打我頭頂？」平一指罵道：「你奶奶的，老子不用眞氣通你百會穴，你能好得這麼快麼？」桃實仙道：「你奶奶的，老子好得快好得慢，跟你又有甚麼相干？」平一指道：「你奶奶的，你好得慢了，豈非顯得我『殺人名醫』的手段不夠高明？你老是躺在我屋裏，豈不討厭？」桃實仙道：「你奶奶的，你討厭我，老子走好了，希罕麼？」一骨碌站起身來，邁步便行。

桃谷五仙見他說走就走，好得如此迅速，都又驚又喜，跟隨其後，出門而去。

岳不羣夫婦心下駭然，均想：「平一指醫術果然驚人，而他內力也非同小可，適才在桃實仙頭頂百會穴上這一拍，定是以渾厚內力注入其體，這才能令他立時甦醒。」二人微一猶豫，見桃谷六仙已去得遠了，平一指站起身來，走向另一間屋中。

岳不羣向妻子打個手勢，兩人立即輕手輕腳的走開，直到離那屋子數十丈處，這才快步疾行。岳夫人道：「那殺人名醫內功好生了得，瞧他行事，又委實邪門。」岳不羣道：「桃谷六怪既在這裏，這開封府就勢必是非甚多，咱們儘早離去罷，不用跟他們歪纏了。」岳夫人哼的一聲，畢生之中，近幾個月來所受委屈特多，丈夫以五嶽劍派一派掌門之尊，居然不得不東躲西避，天下雖大，竟似無容身之所。他夫婦間無話不談，話題一涉及此事，卻都避了開去，以免同感尷尬。此刻想到桃實仙終得不死，心頭都如放下了一塊大石。

兩人回到楊將軍廟，只見岳靈珊、林平之和勞德諾等諸弟子均在後殿相候。岳不羣道：「回船去罷！」衆人均已得知桃谷五怪便在當地，誰也沒多問，便即匆匆回舟。

正要吩咐船家開船，忽聽得桃谷五仙齊聲大叫：「令狐冲，令狐冲，你在那裏？」岳不羣夫婦及華山羣弟子臉色一齊大變，只見六個人匆匆奔到碼頭邊，桃谷五仙之外，另一個便是平一指。桃谷五仙認得岳不羣夫婦，遠遠望見，便即大聲歡呼，五人縱身躍起，齊向船上跳來。

岳夫人立即拔出長劍，運勁向桃根仙胸口刺去。岳不羣也已長劍出手，噹的一聲，將妻子的劍刃壓下，低聲囑咐：「不可魯莽！」只覺船身微微一沉，桃谷五仙已站在船頭。

桃根仙大聲道：「令狐冲，你躲在那裏？怎地不出來？」

令狐冲大怒，叫道：「我怕你們麼？爲甚麼要躲？」

便在這時，船身微晃，船頭又多了一人，正是殺人名醫平一指。岳不羣暗自吃驚：「我和師妹剛回舟中，這矮子跟著也來了，莫非發現了我二人在窗外偷窺的蹤跡？桃谷五怪已極難對付，再加上這個厲害人物，岳不羣夫婦的性命，今日只怕要送在開封了。」

只聽平一指問道：「那一位是令狐兄弟？」言辭居然甚爲客氣。令狐冲慢慢走到船頭，道：「在下令狐冲，不知閣下尊姓大名，有何見教。」

平一指向他上下打量，說道：「有人託我來治你之傷。」伸手抓住他手腕，一根食指搭上他脈搏，突然雙眉一軒，「咦」的一聲，過了一會，眉頭慢慢皺了攏來，又是「啊」的一聲，仰頭向天，左手不住搔頭，喃喃的道：「奇怪，奇怪！」隔了良久，伸手去搭令狐冲另一隻手的脈搏，突然打了個噴嚏，說道：「古怪得緊，老夫生平從所未遇。」

桃根仙忍不住道：「那有甚麼奇怪？他心經受傷，我早已用內力眞氣給他治過了。」

桃幹仙道：「你還在說他心經受傷，明明是肺經不妥，若不是我用眞氣通他肺經諸穴，這小子又怎活得到今日？」桃枝仙、桃葉仙、桃花仙三人也紛紛大發謬論，各執一辭，自居大功。

平一指突然大喝：「放屁，放屁！」桃根仙怒道：「是你放屁，還是我五兄弟放屁？」平一指道：「自然是你們六兄弟放屁！令狐兄弟體內，有兩道較強眞氣，似乎是不戒和尚所注，另有六道較弱眞氣，多半是你們六個大傻瓜的了。」

岳不羣夫婦對望了一眼，均想：「這平一指果然了不起，他一搭脈搏，察覺冲兒體內有八道不同眞氣，那倒不奇，奇在他居然說得出來歷，知道其中兩道來自不戒和尚。」

桃幹仙怒道：「爲甚麼我們六人的較弱，不戒賊禿的較強？明明是我們的強，他的弱！」平一指冷笑道：「好不要臉！他一個人的兩道眞氣，壓住了你們六個人的，難道還是你們較強？不戒和尚這老混蛋，武功雖強，卻毫無見識，他媽的，老混蛋！」

桃花仙伸出一根手指，假意也去搭令狐冲右手的脈搏，道：「以我搭脈所知，乃是桃谷六仙的眞氣，將不戒和尚的眞氣壓得沒法動……」突然間大叫一聲，那根手指猶如給人咬了一口，急縮不迭，叫道：「哎唷，他媽的！」

平一指哈哈大笑，十分得意。衆人均知他是以上乘內功借著令狐冲的身子傳力，狠狠的將桃花仙震了一下。

平一指笑了一會，臉色一沉，道：「你們都給我在船艙裏等著，誰都不許出聲！」

桃葉仙道：「我是我，你是你，我們爲甚麼要聽你的話？」平一指道：「你們立過誓，要給我殺一個人，是不是？」桃枝仙道：「是啊，我們只答允替你殺一個人，卻沒答允聽你的話。」平一指道：「聽不聽話，原在你們。但如我叫你們去殺了桃谷六仙中的桃實仙，你們意下如何？」桃谷五仙齊聲大叫：「豈有此理！你剛救活了他，怎麼又叫我們去殺他？」

平一指道：「你們五人，向我立過甚麼誓？」桃根仙道：「我們答允了你，倘若你救活了我們的兄弟桃實仙，你吩咐我們去殺一個人，不論要殺的是誰，都須照辦，不得推托。」平一指道：「不錯。我救活了你們的兄弟沒有？」桃花仙道：「救活了！」平一指道：「桃實仙是不是人？」桃葉仙道：「他當然是人，難道還是鬼？」平一指道：「好了，我叫你們去殺一個人，這個人便是桃實仙！」

桃谷五仙你瞧瞧我，我瞧瞧你，均覺此事太也匪夷所思，卻又難以辯駁。

平一指道：「你們倘若真的不願去殺桃實仙，那也可以通融。你們到底聽不聽我的話？我叫你們到船艙裏去乖乖的坐著，誰都不許亂說亂動。」桃谷五仙連聲答應，一晃眼間，五人均已雙手按膝，端莊而坐，要有多規矩便有多規矩。

令狐冲道：「平前輩，聽說你給人治病救命，有個規矩，救活之後，要那人去爲你殺一人。」平一指道：「不錯，確是有這規矩。」令狐冲道：「晚輩不願爲你殺人，因此你也不用給我治病。」

平一指聽了這話，「哈」的一聲，又自頭至腳的向令狐冲打量了一番，似在察看一件希奇古怪的物事一般，隔了半晌，才道：「第一，你的病很重，我治不好。第二，就算治好了，自有人答應給我殺人，不用你親自出手。」

令狐冲自從岳靈珊移情別戀之後，雖已覺了無生趣，但忽然聽得這位號稱有再生之能的名醫斷定自己傷病已沒法治愈，心中卻也不禁感到一陣淒涼。

岳不羣夫婦又對望一眼，均想：「甚麼人這麼大的面子，居然請得動『殺人名醫』到病人處來出診？這人跟冲兒又有甚麼交情？」

平一指道：「令狐兄弟，你體內有八道異種眞氣，驅不出、化不掉、降不服、壓不住，是以爲難。我受人之託，給你治病，不是我不願盡力，實在你的病因與眞氣有關，非針灸藥石所能奏效，在下行醫以來，從未遇到過這等病象，無能爲力，十分慚愧。」說著從懷中取出一個瓷瓶，倒出十粒朱紅色的丸藥，說道：「這十粒『鎭心理氣丸』，多含名貴藥材，製煉不易，你每十天服食一粒，可延百日之命。」

令狐冲雙手接過，說道：「多謝。」平一指轉過身來，正欲上岸，忽然又回頭道：「瓶裏還有兩粒，索性都給了你罷。」令狐冲不接，說道：「前輩如此珍視，這藥丸自有奇效，不如留著救人。晚輩多活十日八日，於人於己，都沒甚麼好處。」

平一指側頭又瞧了令狐冲一會，說道：「生死置之度外，確是大丈夫本色。原來如此，怪不得，怪不得！唉，可惜，可惜！慚愧，慚愧！」一顆大頭搖了幾搖，一躍上岸，快步而去。

他說來便來，說去便去，竟對華山派掌門人岳不羣全不理睬，視若無物。岳不羣好生有氣，只船艙中還坐著五個要命的瘟神，如何打發，可煞費周章。只見桃谷五仙坐著一動也不動，眼觀鼻，鼻觀心，便如老僧入定一般。若命船家開船，勢必將五個瘟神一齊帶走，若不開船，不知他五人坐到甚麼時候，又不知是否會暴起傷人，以報岳夫人刺傷桃實仙的一劍之仇？

勞德諾、岳靈珊等都親眼見過他們撕裂成不憂的兇狀，此刻思之猶有餘悸，各人面面相覷，誰都不敢向五人瞧去。

令狐冲回身走進船艙，說道：「喂，你們在這裏幹甚麼？」桃根仙道：「乖乖的坐著，甚麼也不幹。」令狐冲道：「我們要開船了，你們請上岸罷。」桃幹仙道：「平一指叫我們在船艙中乖乖的坐著，不許亂說亂動，否則便要我們去殺了我們兄弟。因此我們便乖乖的坐著，不敢亂說亂動。」令狐冲忍不住好笑，說道：「平大夫早就上岸去了，你們可以亂說亂動了！」桃花仙搖頭道：「不行，不行！萬一他瞧見我們亂說亂動，那可大事不妙。」

忽聽得岸上有個嘶嗄的聲音叫道：「五個人不像人、鬼不像鬼的東西在那裏？」

桃根仙道：「他是在叫我們。」桃幹仙道：「爲甚麼是叫我們？我們怎會是人不像人、鬼不像鬼？」那人又叫道：「這裏又有一個人不像人、鬼不像鬼的東西，平大夫剛給他治好了傷，你們要不要？如果不要，我就丟下黃河去餵大王八了。」

桃谷五仙一聽，呼的一聲，五個人並排從船艙中縱了出去，站在岸邊。只見那個相助平一指縫傷的中年婦人筆挺站著，左手平伸，提著個擔架，桃實仙便躺在架上。這婦人滿臉病容，力氣卻也眞大，一隻手提了個百來斤的桃實仙再加上木製擔架，竟全沒當一回事。

桃根仙忙道：「當然要的，爲甚麼不要？」桃幹仙道：「你爲甚麼要說我們人不像人、鬼不像鬼？」桃實仙躺在擔架之上，說道：「瞧你相貌，比我們更加人不像人、鬼不像鬼。」原來桃實仙經平一指縫好了傷口，服下靈丹妙藥，又給他在頂門一拍，輸入眞氣，立時起身行走，但畢竟失血太多，行不多時，便又暈倒，給那中年婦人提了轉去。他受傷雖重，嘴頭上仍決不讓人，忍不住要和那婦人頂撞幾句。

那婦人冷冷的道：「你們可知平大夫生平最怕的是甚麼？」桃谷六仙齊道：「不知道，他怕甚麼？」那婦人道：「他最怕老婆！」桃谷六仙哈哈大笑，齊聲道：「他這麼一個天不怕、地不怕的人，居然怕老婆，哈哈，可笑啊可笑！」那婦人冷冷的道：「有甚麼可笑？我就是他老婆！」桃谷六仙立時不作一聲。那婦人道：「我有甚麼吩咐，他不敢不聽。我要殺甚麼人，他便會叫你們去殺。」桃谷六仙齊道：「是，是！不知平夫人要殺甚麼人？」

那婦人的眼光向船艙中射去，從岳不羣看到岳夫人，又從岳夫人看到岳靈珊，逐一瞧向華山派羣弟子，每個人都給她看得心中發毛，各人都知道，只要這個形容醜陋、全無血色的婦人向誰一指，桃谷五仙立時便會將這人撕了，縱是岳不羣這樣的高手，只怕也難逃毒手。

那婦人的眼光慢慢收了回來，又轉向桃谷六仙臉上瞧去，六兄弟也是心中怦怦亂跳。那婦人「哈」的一聲，桃谷六仙齊道：「是，是！」那婦人又「哼」的一聲，桃谷六仙又一齊應道：「是，是！」

那婦人道：「此刻我還沒想到要殺之人。不過平大夫說道，這船中有一位令狐冲令狐公子，是他十分敬重的。你們須得好好服侍他，直到他死為止。他說甚麼，你們便聽甚麼，不得有違！」桃谷六仙皺眉道：「服侍到他死為止？」平夫人道：「不錯，服侍他到死為止。不過他已不過百日之命，在這一百天中，你們須得事事聽他吩咐。」

桃谷六仙聽說令狐冲已不過再活一百日，登時都高興起來，都道：「服侍他一百天，倒也不是難事。」

令狐冲道：「平前輩一番美意，晚輩感激不盡。只是晚輩不敢勞動桃谷六仙照顧，便請他們上岸，晚輩這可要告辭了。」

平夫人臉上冷冰冰的沒半點喜怒之色，說道：「平大夫言道，令狐公子的內傷，是這六個混蛋害的，不但送了令狐公子一條性命，而且使得平大夫沒法醫治，大失面子，不能向囑託他的人交代，非重重責罰這六個混蛋不可。平大夫本來要他們依據誓言，殺死自己一個兄弟，現下從寬處罰，要他們服侍令狐公子。」她頓了一頓，又道：「這六個混蛋若不聽令狐公子的話，平大夫知道了，立即取他六人中一人的性命。」

桃花仙道：「令狐兄的傷既是由我們而起，我們服侍他一下，何足道哉？這叫做大丈夫恩怨分明。」桃枝仙道：「男兒漢爲朋友雙脅插刀，尚且不辭，何況照料一下他的傷勢？」桃實仙道：「我的傷勢本來需人照料，我照料他，他照料我，有來有往，大家便宜。」桃幹仙道：「何況只服侍一百日，時日甚是有限。」桃根仙一拍大腿，說道：「古人聽得朋友有難，千里赴義，我六兄弟路見不平，拔刀相助……」平夫人白了白眼，逕自去了。

桃枝仙和桃幹仙抬了擔架，躍入船中。桃根仙等跟著躍入，叫道：「開船，開船！」

令狐冲見其勢無論如何不能拒卻他六人同行，便道：「六位桃兄，你們要隨我同行，那也未始不可，但對我師父師母必須恭敬有禮，這是我第一句吩咐。你們如不聽，我便不要你們服侍了。」桃葉仙道：「桃谷六仙本來便是彬彬君子，天下知名，別說是你的師父師母，就算是你的徒子徒孫，我們也一般的禮敬有加。」

令狐冲聽他居然自稱是「彬彬君子」，忍不住好笑，向岳不羣道：「師父，這六位桃兄想乘咱們坐船東行，師父意下如何？」

岳不羣心想，這六人目前已不致向華山派爲難，雖同處一舟，不免是心腹之患，但瞧情形也沒法將他們攆走，好在這六人武功雖強，爲人卻瘋瘋顛顛，若以智取，未始不能對付，便點頭道：「好，他們要乘船，那也不妨，只是我生性愛靜，不喜聽他們爭辯不休。」

桃幹仙道：「岳先生此言錯矣，人生在世，幹甚麼有一張嘴巴？這張嘴除了吃飯之外，是還須說話的。又幹甚麼有兩隻耳朶？那自是聽人說話之用。你如生性愛靜，便辜負了老天爺造你一張嘴巴、兩隻耳朶的美意。」

岳不羣知道只須和他一接上口，他五兄弟的五張嘴巴一齊加入，不知要嘈到甚麼地步，打架固然打他們不過，辯論也辯他們不贏，當即微微一笑，提聲說道：「船家，開船！」

桃葉仙道：「岳先生，你要船家開船，便須張口出聲，倘若當眞生性愛靜，該當打手勢叫他開船才是。」桃幹仙道：「船家在後梢，岳先生在中艙，他打手勢，船家看不見，那也枉然。」桃根仙道：「他難道不能到後梢去打手勢麼？」桃花仙道：「倘若船家不懂他的手勢，將『開船』誤作『翻船』，豈不糟糕？」

桃谷六仙爭辯聲中，船家已拔錨開船。

岳不羣夫婦不約而同的向令狐冲望了一眼，向桃谷六仙瞧了一眼，又互相你瞧我，我瞧你，心中所想的是同一件事：「平一指說受人之託來給冲兒治病，從他話中聽來，那個託他之人在武林中地位甚高，以致他雖將華山派掌門人沒瞧在眼裏，對華山派的一個弟子卻偏偏十分客氣。到底是誰託了他給冲兒治病？他罵不戒和尚爲『他媽的老混蛋』，自不會是受了不戒和尚之託。」

若在往日，他夫婦早就將令狐冲叫了過來，細問端詳，但此刻師徒間不知不覺已生出許多隔閡，二人均知還不是向令狐冲探問的時候。岳夫人想到江湖上第一名醫平一指也治不了令狐冲的傷，說他已只有百日之命，心下難過，禁不住掉下淚來。

順風順水，舟行甚速，這晚停泊處離蘭封已不甚遠。船家做了飯菜，各人正要就食，忽聽得岸上有人朗聲說道：「借問一聲，華山派諸位英雄，是乘這艘船的麼？」

岳不羣還沒答話，桃枝仙已搶著說道：「桃谷六仙和華山派的諸位英雄好漢都在船上，有甚麼事？」

那人歡然道：「這就好了，我們在這裏已等了一日一夜。快，快，拿過來。」

十多名大漢分成兩行，從岸旁的一個茅棚中走出，每人手中都捧著一隻朱漆匣子。一個空手的藍衫漢子走到船前，躬身說道：「敝上得悉令狐少俠身子欠安，甚是掛念，本當親來探候，只是實在來不及趕回，飛鴿傳書，特命小人奉上一些菲禮，請令狐少俠賞收。」一眾大漢走上船頭，將十餘隻匣子放在船上。

令狐冲奇道：「貴上不知是那一位？如此厚賜，令狐冲愧不敢當。」那漢子道：「令狐少俠福澤深厚，定可早日康復，還請多多保重。」說著躬身行禮，率領一眾大漢逕自去了。

令狐冲心想：「也不知是誰給我送禮，可眞希奇古怪。」

桃谷五仙早就忍耐不住，齊聲道：「先打開瞧瞧。」五人七手八腳，將一隻隻朱漆匣子的匣蓋揭開，只見有的匣中裝滿了精致點心，有的是薰鷄火腿之類的下酒物，更有人參、鹿茸、燕窩、銀耳一類珍貴滋補的藥材。最後兩盒卻裝滿了小小的金錠銀錠，顯是以備令狐冲路上花用，說是「菲禮」，爲數可著實不菲。

桃谷五仙見到糖果蜜餞、水果點心，便抓起來塞入口中，大叫：「好吃，好吃！」

令狐冲翻遍了十幾隻匣子，既無信件名刺，亦無花紋表記，到底送禮之人是誰，實無半分線索可尋，向岳不羣道：「師父，這件事弟子可眞摸不著半點頭腦。這送禮之人既不像是有惡意，也不似是開玩笑。」說著捧了點心，先敬師父師娘，再分給眾師弟師妹。

岳不羣見桃谷六仙吃了食物，一無異狀，瞧模樣這些食物也不似下了毒藥，問令狐冲道：「你有江湖上的朋友是住在這一帶的麼？」令狐冲沉吟半晌，搖頭道：「沒有。」

只聽得馬蹄聲響，八乘馬沿河馳來，有人叫道：「華山派令狐少俠是在這裏麼？」

桃谷六仙歡然大叫：「在這裏，在這裏！有甚麼好東西送來？」

那人叫道：「敝幫幫主得知令狐少俠來到蘭封，又聽說令狐少俠喜歡喝上幾杯，命小人物色到十六罈陳年美酒，專程趕來，請令狐少俠船中飲用。」八乘馬奔到近處，果見每一匹馬的鞍上都掛著兩罈酒。酒罈上有的寫著「極品貢酒」，有的寫著「陳年佳汾」，更有的寫著「紹興狀元紅」，十六罈酒竟似各不相同。

令狐冲見了這許多美酒，那比送甚麼給他都要歡喜，忙走上船頭，拱手說道：「恕在下眼拙，不知貴幫是那一幫？兄台尊姓大名？」

那漢子笑道：「敝幫幫主再三囑咐，不得向令狐少俠提及敝幫之名。他老人家言道，這一點小小禮物實在太過菲薄，再提敝幫的名字，實在不好意思。」他左手一揮，馬上乘客便將一罈罈美酒搬下，放上船頭。

岳不羣在船艙中凝神看這八名漢子，見個個身手矯捷，一手提一隻酒罈，輕輕一躍便上了船頭，這八人都沒甚麼了不起的武功，但顯然八人並非同一門派，看來同是一幫的幫衆，倒是不假。八人將十六罈酒送上船頭後，躬身向令狐沖行禮，便即上馬而去。

令狐沖笑道：「師父，這件事可眞奇怪了，不知是誰跟弟子開這個玩笑，送了這許多罈酒來。」岳不羣沉吟道：「莫非是田伯光？又莫非是不戒和尙？」

令狐沖道：「不錯，這兩人行事古裏古怪，或許是他們也未可知。喂！桃谷六仙，有大批好酒在此，你們喝不喝？」桃谷六仙笑道：「喝啊！喝啊！豈有不喝之理？」桃根仙、桃幹仙二人捧起兩罈酒來，拍去泥封，倒在碗中，果然香氣撲鼻。六人也不和令狐沖客氣，便即骨嘟嘟的喝酒。

令狐沖也去倒了一碗，捧到岳不羣面前，道：「師父，你請嘗嘗，這酒著實不錯。」岳不羣微微皺眉，「嗯」的一聲。勞德諾道：「師父，防人之心不可無。這酒不知是誰送來，焉知酒中沒古怪。」岳不羣點點頭，道：「沖兒，還是小心些兒的好。」

令狐沖一聞到醇美的酒香，那裏還忍耐得住，笑道：「弟子已命不久長，這酒中有毒無毒，也沒多大分別。」雙手捧碗，幾口喝了個乾淨，讚道：「好酒，好酒！」

只聽得岸上也有人大聲讚道：「好酒，好酒！」令狐沖舉目往聲音來處望去，只見柳樹下有個衣衫襤褸的落魄書生，右手搖著一柄破扇，仰頭用力嗅著從船上飄去的酒香，說道：「果然是好酒！」

令狐沖笑道：「這位兄台，你並沒品嘗，怎知此酒美惡？」那書生道：「你一聞酒氣，便該知道這是藏了六十二年的三鍋頭汾酒，豈有不好之理？」

令狐冲自得綠竹翁悉心指點，於酒道上的學問已著實不凡，早知這是六十年左右的三鍋頭汾酒，但要辨出不多不少恰好是六十二年，卻所難能，料想這書生多半是誇張其辭，笑道：「兄台若是不嫌，便請過來喝幾杯如何？」

那書生搖頭晃腦的道：「你我素不相識，萍水相逢，一聞酒香，已是干擾，如何再敢叨兄美酒，那是萬萬不可，萬萬不可！」令狐冲笑道：「四海之內，皆兄弟也。聞兄之言，知是酒國前輩，在下正要請教，便請下舟，不必客氣。我師父岳先生、師娘岳夫人也都在舟中。」

那書生慢慢踱將過來，深深一揖，說道：「原來是華山派眾位英傑，請了！晚生姓祖，祖宗之祖。當年祖逖聞鷄起舞，那便是晚生的遠祖了。晚生雙名千秋，千秋者，百歲千秋之意。不敢請教兄台尊姓大名。」令狐冲道：「在下複姓令狐，單名一個冲字。」那祖千秋道：「姓得好，姓得好，這名字也好！當年唐朝令狐楚、令狐綯，都是做過宰相的大人物！」一面說，一面從跳板走上船頭。

令狐冲微微一笑，心想：「我請你喝酒，便甚麼都好了。」當即斟了一碗酒，遞給祖千秋，道：「請喝酒！」只見他五十來歲年紀，焦黃面皮，一個酒糟鼻，雙眼無神，疏疏落落的幾根鬍子，衣襟上一片油光，兩隻手伸了出來，十根手指甲中都是黑黑的污泥。他身材瘦削，卻挺著個大肚子。

祖千秋見令狐冲遞過酒碗，卻不便接，說道：「令狐兄雖有好酒，卻無好器皿，可惜啊可惜。」令狐冲道：「旅途之中，只有些粗碗粗盞，祖先生將就著喝些。」祖千秋搖頭道：「萬萬不可，萬萬不可！你對酒具如此馬虎，於飲酒之道，顯是未明其中三昧。飲酒須得講究酒具，喝甚麼酒，便用甚麼酒杯。喝汾酒當用玉杯，唐人有詩云：『玉碗盛來琥珀光。』可見玉碗玉杯，能增酒色。」令狐冲道：「正是。」

祖千秋指著一罈酒，說道：「這一罈關外白酒，酒味是極好的，只可惜少了一股芳冽之氣，最好是用犀角杯盛之而飲，那就醇美無比，須知玉杯增酒之色，犀角杯增酒之香，古人誠不我欺。」

令狐冲在洛陽曾聽綠竹翁談論講解，於天下美酒的來歷、氣味、釀酒之道、窖藏之法，已十知八九，但對酒具卻一竅不通，此刻聽祖千秋侃侃而談，大有茅塞頓開之感。只聽他又道：「至於飲葡萄酒嘛，當然要用夜光杯了。古人詩云：『葡萄美酒夜光杯，欲飲琵琶馬上催。』要知葡萄美酒作艷紅之色，我輩鬚眉男兒飲之，未免豪氣不足。葡萄美酒盛入夜光杯之後，酒色便與鮮血一般無異，飲酒有如飲血。岳武穆詞云：『壯志飢餐胡虜肉，笑談渴飲匈奴血』，豈不壯哉！」

令狐冲連連點頭，他讀書甚少，聽得祖千秋引證詩詞，於文義不甚了了，只是「笑談渴飲匈奴血」一句，確是豪氣干雲，令人胸懷大暢。

祖千秋指著一罈酒道：「至於這高粱美酒，乃是最古之酒。夏禹時儀狄作酒，禹飲而甘之，那便是高粱酒了。令狐兄，世人眼光短淺，只道大禹治水，造福後世，殊不知治水甚麼的，那也罷了，大禹眞正的大功，你可知道麼？」

令狐冲和桃谷六仙齊聲道：「造酒！」祖千秋道：「正是！」八人一齊大笑。

祖千秋又道：「飲這高粱酒，須用青銅酒爵，始有古意。至於那米酒呢，上佳米酒，其味雖美，失之於甘，略稍淡薄，當用大斗飲之，方顯氣概。」

令狐冲道：「在下草莽之人，少了學問。不明白這酒漿和酒具之間，竟有這許多講究。」

祖千秋拍著一隻寫著「百草美酒」字樣的酒罈，說道：「這百草美酒，乃採集百草，浸入美酒，故酒氣清香，如行春郊，令人未飲先醉。飲這百草酒須用古藤杯。百年古藤彫而成杯，以飲百草酒則大增芳香之氣。」令狐冲道：「百年古藤，倒是很難得的。」祖千秋正色道：「令狐兄言之差矣，百年美酒比之百年古藤，可就更爲難得。你想，百年古藤，儘可求之於深山野嶺，但百年美酒，人人想飲，一飲之後，便沒有了。一隻古藤杯，就算飲上千次萬次，還是好端端的一隻古藤杯。」令狐冲道：「正是。在下無知，承先生指教。」

岳不羣一直在留神聽那祖千秋說話，聽他言辭誇張，卻又非無理，眼見桃枝仙、桃幹仙等捧起了那罈百草美酒，倒得滿桌淋漓，全沒當是十分珍貴的美酒。岳不羣雖不嗜飲，卻聞到酒香撲鼻，甚是醇美，情知那確是上佳好酒，桃谷六仙如此糟蹋，未免可惜。

祖千秋又道：「飲這紹興狀元紅須用古瓷杯，最好是北宋瓷杯，五代瓷杯當然更好，吳越國龍泉哥窯弟窯青瓷最佳，不過那太難得。南宋瓷杯勉強可用，但已有衰敗氣象，至於元瓷，則不免粗俗了。飲這罈梨花酒呢？那該當用翡翠杯。白樂天杭州春望詩云：『紅袖織綾誇柿蒂，青旗沽酒趁梨花。』你想，杭州酒家在西湖邊上賣這梨花酒，酒家旁一株柿樹，花蒂垂謝，有如胭脂，酒家女穿著綾衫，紅袖當爐，玉顏勝雪，映著酒家所懸滴翠也似的青旗，這嫣紅翠綠的顏色，映得那梨花酒分外精神。至於飲這玉露酒，當用琉璃杯。玉露酒中有如珠細泡，盛在透明的琉璃杯中而飲，方可見其佳處。」

忽聽得一個女子聲音說道：「嘟嘟嘟，吹法螺！」說話之人正是岳靈珊，她伸著右手食指，刮自己右頰。岳不羣道：「珊兒不可無理，這位祖先生說的大有道理。」岳靈珊道：「甚麼大有道理？喝幾杯酒助助興，那也罷了，成日成晚的喝酒，又有這許多講究，豈是英雄好漢之所爲？」

祖千秋搖頭晃腦的道：「這位姑娘言之差矣。漢高祖劉邦，是不是英雄？當年他若不是大醉之後劍斬白蛇，如何能成漢家數百年基業？樊噲是不是好漢？那日鴻門宴上，樊將軍盾上割肉，大斗喝酒，豈非壯士哉？」

令狐冲笑道：「先生既知此是美酒，又說英雄好漢，非酒不歡，卻何以不飲？」

祖千秋道：「我早說過，若無佳器，徒然糟蹋了美酒。」

桃幹仙道：「你胡吹大氣，說甚麼翡翠杯、夜光杯，世上那有這等酒杯？就算眞的有，也不過一兩隻，又有誰能一起齊備了的？」祖千秋道：「講究品酒的雅士，當然具備。似你們這等牛飲驢飲，自然甚麼粗杯粗碗都能用了。」桃葉仙道：「你是不是雅士？」祖千秋道：「說多不多，說少不少，三分風雅是有的。」桃葉仙哈哈大笑，問道：「那麼喝這八種美酒的酒杯，你身上帶了幾隻？」祖千秋道：「說多不多，說少不少，每樣一隻是有的。」

桃谷六仙齊聲叫嚷：「牛皮大王，牛皮大王！」

桃根仙道：「我跟你打個賭，你如身上有這八隻酒杯，我一隻一隻都吃下肚去。你要是沒有，那又如何？」祖千秋道：「就罰我將這些酒杯酒碗，也一隻隻都吃下肚去！」

桃谷六仙齊道：「妙極，妙極！且看他怎生……」

一句話沒說完，只見祖千秋伸手入懷，掏了一隻酒杯出來，光潤柔和，竟是一隻羊脂白玉杯。桃谷六仙吃了一驚，便不敢再說下去，只見他一隻又一隻，不斷從懷中取出酒杯，果然是翡翠杯、犀角杯、古藤杯、青銅爵、夜光杯、琉璃杯、古瓷杯無不具備。他取出八隻酒杯後，還繼續不斷取出，金光燦爛的金杯、鏤刻精致的銀杯、花紋斑爛的石杯，此外更有象牙杯、虎齒杯、牛皮杯、竹筒杯、紫檀杯等等，或大或小，種種不一。

眾人只瞧得目瞪口呆，誰也料想不到這窮酸懷中，竟然藏了這許多珍貴酒杯。

祖千秋得意洋洋的向桃根仙道：「怎樣？」

桃根仙臉色慘然，道：「我輸了，我吃八隻酒杯便是。」拿起那隻古藤杯，格的一聲，咬成兩截，將小半截塞入口中，咭咭咯咯的一陣咀嚼，便吞下肚中。

眾人見他說吃當眞便吃，將半隻古藤杯嚼得稀爛，吞下肚去，無不駭然。

桃根仙一伸手，又去拿那隻犀角杯，祖千秋左手撩出，去切他脈門。桃根仙右手一沉，反拿他手腕，祖千秋中指彈向他掌心，桃根仙愕然縮手，道：「你不給我吃了？」祖千秋道：「在下服了你啦，我這八隻酒杯，就算你都已吃下了肚去便是。你有這股狠勁，我可捨不得了。」眾人又都大笑。

岳靈珊初時對桃谷六仙甚是害怕，但相處時刻既久，見他們不露兇悍之氣，而行事說話滑稽可親，便大著膽子向桃根仙道：「喂，這隻古藤杯的味道好不好？」

桃根仙舐唇咂舌，嗒嗒有聲，說道：「苦極了，有甚麼好吃？」

祖千秋皺起了眉頭，道：「給你吃了一隻古藤杯，可壞了我的大事。唉，沒了古藤杯，這百草酒用甚麼杯來喝才是？只好用一隻木杯來將就將就了。」他從懷中掏出一塊手巾，拿起半截給桃根仙咬斷的古藤杯抹了一會，又取過檀木杯，裏裏外外的拭抹不已，只是那塊手巾又黑又濕，不抹倒也罷了，這麼一抹，顯然越抹越髒。他抹了半天，才將木杯放在桌上，八隻一列，將其餘金杯、銀杯等都收入懷中，然後將汾酒、葡萄酒、紹興酒等八種美酒，分別斟入八隻杯裏，吁了一口長氣，向令狐冲道：「令狐仁兄，這八杯酒，你逐一喝下，然後我陪你喝八杯。咱們再來細細品評，且看和你以前所喝之酒，有何不同？」

令狐冲道：「好！」端起木杯，將酒一口喝下，只覺一股辛辣之氣直鑽入腹中，不由得心中一驚，尋思道：「這酒味怎地如此古怪？」

祖千秋道：「我這些酒杯，實是飲者至寶。只是膽小之徒，嘗到酒味有異，喝了第一杯後，第二杯便不敢再喝了。古往今來，能連飲八杯者，絕無僅有。」

令狐冲心想：「就算酒中有毒，令狐冲早就命不久長，給他毒死便毒死便了，何必輸這口氣？」當即端起酒杯，又連飲兩杯，只覺一杯極苦而另一杯甚澀，決非美酒之味，再拿起第四杯酒時，桃根仙忽然叫道：「啊喲，不好，我肚中發燒，有團炭火。」

祖千秋笑道：「你將我半隻古藤酒杯吃下肚中，豈有不肚痛之理？這古藤堅硬如鐵，在肚子裏是化不掉的，快些多吃瀉藥，瀉了出來，倘若瀉不出，只好去請殺人名醫平大夫開肚剖腸取出來了。」

令狐冲心念一動：「他這八隻酒杯之中必有怪異。桃根仙吃了那隻古藤杯，就算古藤堅硬不化，也不過肚中疼痛，那有發燒之理？嘿，大丈夫視死如歸，他的毒藥越毒越好。」一仰頭，又喝了一杯。

岳靈珊忽道：「大師哥，這酒別喝了，酒杯之中說不定有毒。你刺瞎了那些人的眼睛，可須防人暗算報仇。」

令狐冲淒然一笑，說道：「這位祖先生是個豪爽漢子，諒他也不會暗算於我。」內心深處，似乎反盼望酒中有毒，自己飲下即死，屍身躺在岳靈珊眼前，也不知她是否有點兒傷心？當即又喝了兩杯。這第六杯酒又酸又鹹，更有些臭味，別說當不得「美酒」兩字，便連這「酒」字，也加不上去。他吞下肚中之時，不由得眉頭微微一皺。

桃幹仙見他喝了一杯又一杯，忍不住也要試試，說道：「這兩杯給我喝罷。」伸手去取第七杯酒。祖千秋揮扇往他手背擊落，笑道：「慢慢來，輪著喝，每個人須得連喝八杯，方知酒中眞味。」桃幹仙見他扇子一擊之勢極是沉重，若給擊中了，只怕手骨也得折斷，一翻手便去抓他扇子，喝道：「我偏要先喝這杯，你待怎地？」

祖千秋的扇子本來摺成一條短棍，爲桃幹仙手指抓到之時，突然間呼的一聲張開，扇緣便往他食指上彈去。這一下出其不意，桃幹仙險遭彈中，急忙縮手，食指上已微微一麻，啊啊大叫，向後退開。祖千秋道：「令狐兄，你快些將這兩杯酒喝了……」

令狐冲更不多想，將餘下的兩杯酒喝了。這兩杯酒臭倒不臭，卻是一杯刺喉有如刀割，一杯藥氣沖鼻，這那裏是酒，比之最濃冽的草藥，藥氣還更重了三分。

桃谷六仙見他臉色怪異，都極感好奇，問道：「八杯酒喝下之後，味道怎樣？」

祖千秋搶著道：「八杯齊飲，甘美無窮。古書上是有得說的。」

桃幹仙道：「胡說八道，甚麼古書？」突然之間，也不知他使了甚麼古怪暗號，四人同時搶上，分別抓住了祖千秋的四肢。桃谷六仙抓人手足的手法既怪且快，突如其來，似鬼似魅，饒是祖千秋武功了得，還是給桃谷四仙抓住手足，提將起來。

華山派眾人見過桃谷四仙手撕成不憂的慘狀，忍不住齊聲驚呼。

祖千秋心念電閃，立即大呼：「酒中有毒，要不要解藥？」

抓住祖千秋手足的桃谷四仙都已喝了不少酒，聽得「酒中有毒」四字，都是一怔。

祖千秋所爭的正是四人這片刻之間的猶豫，突然大叫：「放臭屁，放臭屁了！」桃谷四仙只覺手中一滑，登時便抓了個空，跟著「砰」的一聲巨響，船篷頂上穿了個大孔，祖千秋破篷而遁，不知去向。桃根仙和桃枝仙兩手空空，桃花仙和桃葉仙手中，卻分別多了一隻臭襪，一隻沾滿了爛泥的臭鞋。

桃谷五仙身法也是快極，一晃之下，齊到岸上，祖千秋卻已影蹤不見。五人正要展開輕功去追，忽聽得長街盡頭有人呼道：「祖千秋你這壞蛋臭東西，快還我藥丸來，少了一粒，我抽你的筋，剝你的皮！」那人大聲呼叫，迅速奔來。桃谷五仙聽到有人大罵祖千秋，深合我意，都要瞧瞧這位如此夠朋友之人是怎樣一號人物，當即停步不追，往那人瞧去。

但見一個肉球氣喘吁吁的滾來，越滾越近，才看清楚這肉球居然是個活人。此人極矮極胖，說他是人，實在頗爲勉強。此人頭頸是決計沒有，一顆既扁且闊的腦袋安在雙肩之上，便似初生下地之時，給人重重當頭一鎚，打得他腦袋擠下，臉頰口鼻全都向橫裏扯了開去。衆人一見，無不暗暗好笑，均想：「那平一指也是矮胖子，但和此人相比，卻是全然小巫見大巫了。」平一指不過矮而橫闊，此人卻腹背俱厚，兼之手足短到了極處，似乎只有前臂而無上臂，只有大腹而無小腹。

此人來到船前，雙手一張，老氣橫秋的問道：「祖千秋這臭賊躲到那裏去了？」桃根仙笑道：「這臭賊逃走了，他腳程好快，你這麼慢慢滾啊滾的，定然追他不上。」

那人睁著圓溜溜的小眼向他一瞪，哼了一聲，突然大叫：「我的藥丸，我的藥丸！」雙足一彈，一個肉球衝入船艙，嗅了幾嗅，抓起桌上一隻空著的酒杯，移近鼻端聞了一下，登時臉色大變。他臉容本就十分難看，這一變臉，更是奇形怪狀，難以形容，委實是傷心到了極處。他將餘下七杯逐一拿起，嗅一下，說一句：「我的藥丸！」說了八句「我的藥丸」，哀苦之情更是不忍卒睹，忽然往地下一坐，放聲大哭。

桃谷五仙更加好奇，一齊圍在身旁，問道：「你爲甚麼哭？」「是祖千秋欺侮你嗎？」「不用難過，咱們找到這臭賊，把他撕成四塊，給你出氣。」

那人哭道：「我的藥丸給他和酒喝了，便殺……殺了這臭賊，也……也……沒用啦。」令狐冲心念一動，問道：「那是甚麼藥丸？」

那人垂淚道：「我前後足足花了一十二年時光，採集千年人參、伏苓、靈芝、鹿茸、首烏、靈脂、熊膽、三七、麝香種種珍貴之極的藥物，九蒸九晒，製成八顆起死回生的『續命八丸』，卻給祖千秋這天殺的偷了去，混酒喝了。」

令狐冲大驚，問道：「你這八顆藥丸，味道可是相同？」那人道：「當然不同。有的極臭，有的極苦，有的入口如刀割，有的辛辣如火炙。只要吞服了這『續命八丸』，不論多大的內傷外傷，定然起死回生。」

令狐冲一拍大腿，叫道：「糟了，糟了！這祖千秋將你的續命八丸偷了來，不是自己吃了，而是……而是……」那人問道：「而是怎樣？」令狐冲道：「而是混在酒裏，騙我吞下了肚中。我不知酒中有珍貴藥丸，還道他是下毒呢。」

那人怒不可遏，罵道：「下毒，下毒！下你奶奶個毒！當眞是你吃了我這續命八丸？」令狐冲道：「那祖千秋在八隻酒杯之中，裝了美酒給我飲下，確是有的極苦，有的甚臭，有的猶似刀割，有的好似火炙。甚麼藥丸，我可沒瞧見。」那人瞪眼向令狐冲凝視，一張胖臉上的肥肉不住跳動，突然一聲大叫，身子彈起，便向令狐冲撲去。

桃谷五仙見他神色不善，早有提防，他身子剛縱起，桃谷四仙出手如電，已分別拉住他四肢。

令狐冲忙叫：「別傷他性命！」

可是說也奇怪，那人雙手雙足給桃谷四仙拉住了，四肢反而縮攏，更似一個圓球。桃谷四仙大奇，一聲呼喝，將他四肢拉了開來，但見這人的四肢越拉越長，手臂大腿，都從身體中伸展出來，便如一隻烏龜的四隻腳給人從殼裏拉了出來一般。

令狐冲又叫：「別傷他性命！」

桃谷四仙手勁稍鬆，那人四肢立時縮攏，又成了一個圓球。桃實仙躺在擔架之上，大叫：「有趣，有趣！這是甚麼功夫？」桃谷四仙使勁向外一拉，那人的手足又長了尺許。岳靈珊等女弟子瞧著，無不失笑。

桃根仙道：「喂，我們將你身子手足拉長，可俊得多啦。」

那人大叫：「啊喲，不好！」桃谷四仙一怔，齊道：「怎麼？」手上勁力略鬆。那人四肢猛地一縮，從桃谷四仙手中滑了出來，砰的一聲響，船底已給他撞破一個大洞，從黃河中逃走了。

眾人齊聲驚呼，只見河水不絕從破洞中冒將上來。

岳不羣叫道：「各人取了行李物件，躍上岸去。」

船底撞破的大洞有四尺方圓，河水湧進極快，過不多時，船艙中水已齊膝。好在那船泊在岸邊，各人都上了岸。船家愁眉苦臉，不知如何是好。

令狐冲道：「你不用發愁，這船值得多少銀子，加倍賠你便是。」心中好生奇怪：「我和那祖千秋素不相識，爲甚麼他要盜了如此珍貴的藥物來騙我服下？」微一運氣，只覺丹田中一團火熱，但體內的八道眞氣仍衝突來去，不能聚集。

枕上躺著一張更沒半點血色的臉蛋，一頭三尺來長的頭髮散在布被之上，稀疏淡黃。那姑娘約莫十七八歲年紀，面貌倒也清秀，低聲叫道：「爹！」卻不睜眼。

一五　灌藥

當下勞德諾去另僱一船，將各物搬了上去。令狐冲拿了幾錠不知是誰所送的銀子，賠給那撞穿了船底的船家。岳不羣覺當地異人甚多，來意不明，希奇古怪之事層出不窮，當以儘早離開這是非之地爲宜，只天色已黑，河水急湍，不便夜航，只得在船中歇了。

桃谷五仙兩次失手，先後給祖千秋和那肉球人逃走，實是生平罕有之事，六兄弟自吹自擂，拚命往自己臉上貼金，但不論如何自圓其說，必有人挑眼。六人喝了一會悶酒，也就睡了。

岳不羣躺在船艙中，耳聽河水拍岸，思湧如潮。過了良久，迷迷糊糊中忽聽得岸上腳步聲響，由遠而近，當即翻身坐起，從船窗縫中向外望去。月光下見兩個人影迅速奔來，其中一人突然右手一舉，兩人都在數丈外站定。

岳不羣知這二人倘若說話，語音必低，當即運起「紫霞神功」，登時耳目加倍靈敏，聽覺視力均可及遠，只聽一人道：「就是這艘船，稍早華山派那老兒僱了船後，我已在船篷上做了記號，不會弄錯的。」另一人道：「好，咱們就去回報諸師伯。師哥，咱們『百藥門』幾時跟華山派結上了樑子啊？為甚麼諸師伯要這般大張旗鼓的截攔他們？」

岳不羣聽到「百藥門」三字，吃了一驚，微微打個寒噤，略一疏神，紫霞神功的效力便減，只聽得先一人說道：「……不是截攔……諸師伯是受人之託，欠了人家的情，打聽一個人……倒不是……」那人說話的語音極低，斷斷續續的聽不明白，待得再運神功，卻聽得腳步聲漸遠，二人已然走了。

岳不羣尋思：「我華山派怎地會跟『百藥門』結下了樑子？那個甚麼諸師伯，多半便是『百藥門』的掌門人諸草仙了。此人外號『毒不死人』，據說他下毒的本領高明之極，下毒而毒死人，人人都會，毫不希奇，這人下毒之後，遭毒者卻並不斃命，只是身上或如千刀萬剮，或如蟲鑽蟻嚙，總之是生不如死，卻又是求死不得，除了受他擺布之外，更無別條道路可走。江湖上將『百藥門』與雲南『五仙教』並稱為武林中兩大毒門，雖然『百藥門』比之『五仙教』聽說還頗不如，究竟也非同小可。這姓諸的要大張旗鼓的來跟我為難，『受人之託』，受了誰的託啊？」想來想去，只有兩個緣由：其一，百藥門是由劍宗封不平等人邀了來和自己過不去；其二，令狐沖所刺瞎的一十五人之中，有百藥門的朋友在內。

忽聽得岸上有一個女子聲音低聲問道：「到底你家有沒有甚麼辟邪劍譜啊？」正是女兒岳靈珊，不必聽第二人說話，另一人自然是林平之了，不知何時，他二人竟爾到了岸上。岳不羣心下恍然，女兒和林平之近來情愫日增，白天爲防旁人恥笑，不敢太露形跡，卻在深宵中到岸上相聚。只因發覺岸上來了敵人，這才運功偵查，否則運這紫霞功頗耗內力，等閒不輕運用，不料除了查知敵人來歷之外，還發覺了女兒的秘密。

只聽林平之道：「辟邪劍法是有的，我早練給你瞧過了幾次，劍譜卻眞的沒有。」岳靈珊道：「那爲甚麼你外公和兩位舅舅，總疑心大師哥吞沒了你的劍譜？」林平之道：「這是他們疑心，我可沒疑心。」岳靈珊道：「哼，你倒是好人，讓人家代你疑心，你自己卻一點也不疑心。」林平之嘆道：「倘若我家眞有甚麼神妙劍譜，我福威鏢局也不致給青城派如此欺侮，鬧得家破人亡了。」岳靈珊道：「這話也有道理。那麼你外公、舅舅對大師哥起疑，你怎麼又不爲他分辯？」林平之道：「到底爹爹媽媽說了甚麼遺言，我沒親耳聽見，要分辯也無從辯起。」

岳靈珊道：「如此說來，你心裏畢竟是有點疑心了。」林平之道：「千萬別說這等話，要是給大師哥知道了，豈不傷了同門義氣？」岳靈珊冷笑一聲，道：「偏你便有這許多做作！疑心便疑心，不疑心便不疑心，換作是我，早就當面去問大師哥了。」她頓了一頓，又道：「你的脾氣和爹爹倒也真像，兩人心中都對大師哥犯疑，猜想他暗中拿了你家的劍譜……」林平之插口問道：「師父也在犯疑？」岳靈珊嗤的一笑，道：「你自己若不犯疑，何以用上這個『也』字？我說你和爹爹的性格兒一模一樣，就只管肚子裏做功夫，嘴上卻一句不提。」

突然之間，華山派坐船旁的一艘船中傳出一個破鑼般的聲音喝道：「不要臉的狗男女！胡說八道。令狐冲是英雄好漢，要你們甚麼狗屁劍譜？你們背後說他壞話，老子第一個容不得！」他這幾句話聲聞十數丈外，不但河上各船乘客均從夢中驚醒，連岸上樹頂宿鳥也都紛紛叫噪。跟著那船中躍起一個巨大人影，疾向林平之和岳靈珊處撲去。

林岳二人上岸時並未帶劍，忙展開拳腳架式，以備抵禦。

岳不羣一聽那人呼喝，便知此人內功了得，而他這一撲一躍，更顯得外功也頗為深厚，眼見他向女兒攻去，情急之下，大叫：「手下容情！」縱身破窗而出，也向岸上躍去，身在半空之時，見那巨人一手一個，已抓住林平之和岳靈珊後領，向前奔出。岳不羣大驚，右足一落地，立即提氣縱前，手中長劍一招「白虹貫日」，向那人背心刺去。

那人身材既極魁梧，腳步自也奇大，邁了一步，岳不羣這劍便刺了個空，當即又一招「中平劍」向前遞出。那巨人正好大步向前，這一劍又刺了個空。岳不羣一聲清嘯，叫道：「留神了！」一招「清風送爽」，急刺而出。眼見劍尖離他背心已不過一尺，突然間勁風起處，有人自身旁搶近，兩根手指向他雙眼揷到。

此處正是河街盡頭，一排房屋遮住了月光，岳不羣立即側身避過，斜揮長劍削出，未見敵人，先已還招。敵人一低頭，欺身直進，舉手扣他肚腹的「中脘穴」。岳不羣飛腳踢出，那人的溜溜打個轉，攻他背心。岳不羣更不回身，反手劍疾刺而出。那人又已避開，縱身拳打胸膛。岳不羣見這人好生無禮，竟敢以一雙肉掌對他長劍，而且招招進攻，心下惱怒，長劍圈轉，倏地挑上，刺向對方額頭。那人急忙伸指在劍身上一彈。岳不羣長劍微歪，乘勢改刺爲削，嗤的一聲響，將那人頭上帽子削落，露出個光頭。那人竟是個和尚。他頭頂鮮血直冒，已然受傷。

那和尚雙足力登，向後疾射而出。岳不羣見他去路恰和那擄去岳靈珊的巨人相反，便不追趕。岳夫人提劍趕到，忙問：「珊兒呢？」岳不羣左手一指，道：「追！」夫婦二人向那巨人去路追了出去，不多時便見道路交叉，不知敵人走的是那一條路。

岳夫人大急，連叫：「怎麼辦？」岳不羣道：「擄劫珊兒那人是冲兒的朋友，想來不至於……不至於加害珊兒。咱們去問冲兒，便知端的。」岳夫人點頭道：「不錯，那人大聲叫嚷，說珊兒、平兒污衊冲兒，不知是甚麼緣故？」岳不羣道：「還是跟辟邪劍譜有關。」

夫婦倆回到船邊，見令狐冲和衆弟子都站在岸上，神情甚是關切。岳不羣和岳夫人走進中艙，正要叫令狐冲來問，只聽得岸上遠處有人叫道：「有封信送給岳不羣。」

勞德諾等幾名男弟子拔劍上岸，過了一會，勞德諾回入艙中，說道：「師父，這塊布用石頭壓在地下，送信的人早走了。」說著呈上一塊布片。岳不羣接過一看，見是從衣衫上撕下的一片碎布，用手指蘸了鮮血歪歪斜斜的寫著：「五霸岡上，還你的臭女兒。」

岳不羣將布片交給夫人，淡淡的道：「是那和尚寫的。」岳夫人急問：「他……他用誰的血寫字？」岳不羣道：「別躭心，是我削傷了他頭皮。」問船家道：「這裏去五霸岡，有多少路？」那船家道：「明兒一早開船，過銅瓦廂、九赫集，便到東明。五霸岡在東明集東面，挨近荷澤，是河南和山東兩省交界之地。爺台倘若要去，明日天黑，也就到了。」

岳不羣嗯了一聲，心想：「對方約我到五霸岡相會，此約不能不去，可是前去赴會，對方不知有多少人，珊兒又在他們手中，那注定了是有敗無勝的局面。」正自躊躇，忽聽得岸上有人叫道：「他媽巴羔子的桃谷六鬼，我鍾馗爺爺捉鬼來啦。」

桃谷六仙聽了，如何不怒？桃實仙躺著不能動彈，口中大呼小叫，其餘五人一齊躍上岸去。只見說話之人頭戴尖帽，手持白旛。那人轉身便走，大叫：「桃谷六鬼膽小如鼠，決計不敢跟來！」桃根仙等怒吼連連，快步急追。這人的輕功也甚了得，前奔後追，幾個人頃刻間便隱入了黑暗之中。

岳不羣等這時都已上岸。岳不羣叫道：「這是敵人調虎離山之計，大家上船。」

衆人剛要上船，岸邊一個圓圓的人形忽然滾將過來，一把抓住了令狐冲的胸口，叫道：「跟我去！」正是那個肉球一般的矮胖子。令狐冲爲他抓住，全無招架之力。

忽然呼的一聲響，屋角邊又有一人衝了出來，飛腳向肉球人踢去，卻是桃枝仙。原來他追出十餘丈，想到兄弟桃實仙留在船上，可別給那他媽的甚麼「鍾馗爺爺」捉了去，當即奔回守護，待見肉球人擒了令狐冲，便挺身來救。

肉球人立即放下令狐冲，身子一晃，已鑽入船艙，躍到桃實仙床前，右足伸出，作勢往他胸膛上踏去。桃枝仙大驚，叫道：「勿傷我兄弟！」肉球人道：「老頭子愛傷便傷，你管得著嗎？」桃枝仙如飛般縱入船艙，連人帶床板，將桃實仙抱在手中。

那肉球人其實只是要將他引開，反身上岸，又已將令狐冲抓住，抗在肩上，飛奔而去。桃枝仙立即想到，平一指吩咐他們五兄弟照料令狐冲，他給人擒去，日後如何交代？平大夫非叫他們殺了桃實仙不可。但如放下桃實仙不顧，又怕他傷病之中無力抗禦來襲敵人，當即雙臂將他橫抱，隨後追去。

岳不羣向妻子打個手勢，說道：「你照料衆弟子，我瞧瞧去。」岳夫人點了點頭。二人均知眼下強敵環伺，倘若夫婦同去追敵，只怕滿船男女弟子都會傷於敵手。

肉球人的輕功本來遠不如桃枝仙，但他將令狐冲抗在肩頭，全力奔跑，桃枝仙卻惟恐碰損桃實仙的傷口，雙臂橫抱了他，穩步疾行，便追趕不上。岳不羣展開輕功，漸漸追上，只聽得桃枝仙大呼小叫，要肉球人放下令狐冲，否則決計不和他善罷干休。

桃實仙身子雖動彈不得，一張嘴可不肯閒著，不斷和桃枝仙爭辯，說道：「三哥啊，大哥他們不在這裏，你就是追上了這肉球，也沒法奈何得了他，那麼決不和他善罷干休甚麼的，也不過虛聲恫嚇而已。」桃枝仙道：「就算虛聲恫嚇，也有嚇阻敵人之效，總之比不嚇爲強。」桃實仙道：「我看這肉球奔跑迅速，腳下絲毫沒慢了下來，『嚇阻』二字中這個『阻』字，未免不大妥當。」桃枝仙道：「他眼下還沒慢，過得一會，便慢下來啦。」桃實仙道：「那麼是拖慢了他，而不是阻擋他，因此是『嚇拖』不是『嚇阻』。」桃枝仙道：「總之這『嚇』字便不錯。」他手中抱著人，嘴裏爭辯不休，腳下竟絲毫不緩。

三人一條線般向東北方奔跑，道路漸漸崎嶇，走上了一條山道。岳不羣突然想起：「別要這肉球人在山裏埋伏高手，引我入伏，大舉圍攻，那可凶險得緊。」停步微一沉吟，只見肉球人已抱了令狐冲走向山坡上一間瓦屋，越牆而入。岳不羣四下察看，又即追上。

桃枝仙抱著桃實仙也即越牆而入，驀地裏一聲大叫，顯是中伏受困。

岳不羣欺到牆邊，只聽桃實仙道：「我早跟你說，叫你小心些，你瞧，現下給人家用漁網縛了起來，像是一條大魚，有甚麼光采？」桃枝仙道：「第一，是兩條大魚，不是一條大魚。第二，你幾時叫過我小心些？」桃實仙道：「小時候我一起和你去偷人家院子裏樹上的石榴，我叫你小心些，難道你忘了？」桃枝仙道：「那是三十多年前的事了，跟眼前的事有甚相干？」桃實仙道：「當然相干。那一次你不小心，摔了下去，給人家捉住了，揍了一頓，後來大哥、二哥、四哥他們趕到，才將那一家人殺得乾乾淨淨。這一次你又不小心，又給人家捉住了。」桃枝仙道：「那有甚麼要緊？最多大哥、二哥他們一齊趕到，又將這家人殺得乾乾淨淨。」

那肉球人冷冷的道：「你桃谷二鬼轉眼便死，還在這裏想殺人。不許說話，好讓我耳根清淨些。」只聽得啪啪兩響，聲音清脆，似是肉球人打了桃枝仙和桃實仙重重一個耳光，嚇得他二人暫且不敢出聲，免吃眼前虧。

岳不羣側耳傾聽，牆內好半天沒聲息，繞到圍牆之後，見牆外有株大棗樹，輕輕躍上棗樹，向牆內望去，見裏面是間小小瓦屋，和圍牆相距約有一丈。他想桃枝仙躍入牆內即給漁網縛住，多半這一丈的空地上裝有機關埋伏，當下隱身在棗樹枝葉濃密之處，運起「紫霞神功」，凝神傾聽。

那肉球人將令狐冲放在椅上，低沉著聲音問道：「你到底是祖千秋那老賊的甚麼人？」令狐冲道：「祖千秋這人，今兒我還是第一次見到，他是我甚麼人了？」肉球人怒道：「事到如今，還在撒謊！你已落入我的掌握，我要你死得慘不堪言。」

令狐冲笑道：「你的靈丹妙藥給我無意中吃在肚裏，你自然要大發脾氣。只不過你的丹藥實在不見得有甚麼靈妙，我服了之後，不生半點效驗。」肉球人怒道：「見效那有這樣快的？常言道病來似山倒，病去如抽絲。這藥力須得在十天半月之後，這才慢慢見效。」令狐冲道：「那麼咱們過得十天半月，再看情形罷！」肉球人怒道：「看你媽的屁！你偷吃了我的『續命八丸』，老頭子非立時殺了你不可。」令狐冲笑道：「你即刻殺我，我的命便沒有了，可見你的『續命八丸』毫無續命之功。」肉球人道：「是我殺你，跟『續命八丸』全不相干。」

令狐冲嘆道：「你要殺我，儘管動手，反正我全身無力，毫無抗禦之能。」

肉球人道：「哼，你想痛痛快快的死，可沒這麼容易！我先得問個清楚。他奶奶的，祖千秋是我老頭子幾十年的老朋友，這一次居然賣友，其中定然別有原因。你華山派在我『黃河老祖』眼中，不值半文錢，他當然並非為了你是華山派的弟子，才盜了我的『續命八丸』給你。當眞奇哉怪也！」一面自言自語，一面頓足有聲，怒氣沖天。

令狐冲道：「閣下的外號原來叫作『黃河老祖』，失敬啊失敬。」肉球人怒道：「胡說八道！我一個人怎做得來『黃河老祖』？」令狐冲問道：「為甚麼一個人做不來？」肉球人道：「『黃河老祖』一個姓老，一個姓祖，當然是兩個人了。連這個也不懂，眞是蠢才。我老爺老頭子，祖宗祖千秋，我們兩人居於黃河沿岸，合稱『黃河老祖』。」

令狐冲問道：「怎麼一個叫老爺，一個叫祖宗？」肉球人道：「你孤陋寡聞，不知世上有姓老、姓祖之人。我姓老，單名一個『爺』字，字『頭子』，人家不是叫我老爺，便叫我老頭子……」令狐冲忍不住笑出聲來，問道：「那個祖千秋，便姓祖名宗了？」

肉球人老頭子道：「是啊。」頓了一頓，奇道：「咦！你不知祖千秋的名字，如此說來，或許眞的跟他沒甚麼相干。啊喲，不對，你是不是祖千秋的兒子？」令狐冲更是好笑，說道：「我怎麼會是他兒子？他姓祖，我複姓令狐，怎拉扯得上一塊？」

老頭子喃喃自語：「眞是古怪。我費了無數心血，偷搶拐騙，才配製成了這『續命八丸』，原是要用來治我寶貝乖女兒之病的，你既不是祖千秋的兒子，他幹麼要偷了我這丸藥給你服下？」令狐冲這才恍然，說道：「原來老先生這些丸藥，是用來治令愛之病的，卻給在下誤服了，當眞萬分過意不去。不知令愛患了甚麼病，何不請『殺人名醫』平大夫設法醫治？」

老頭子呸呸連聲，說道：「『世上有人病難治，就須求教平一指。』老頭子身在開封，豈有不知？他有個規矩，治好一人，須得殺一人抵命。我怕他不肯治我女兒，先去將他老婆家中一家五口盡數殺了，他才不好意思，不得不悉心爲我女兒診斷，查出我女兒在娘胎之中便已有了這怪病，於是開了這張『續命八丸』的藥方出來。否則我怎懂得採藥製煉的法子？」

令狐冲愈聽愈奇，道：「前輩既去請平大夫醫治令愛，又怎能殺了他岳家的全家？」

老頭子道：「你這人笨得要命，不點不透。平一指仇家本來不多，這幾年來又早讓他的病人殺得精光了。平一指生平最恨之人是他岳母，只因他怕老婆，不便親自殺他岳母，也不好意思派人代殺。老頭子跟他是鄉鄰，大家武林一脈，怎不明白他心意？於是由我出手代勞。我殺了他岳母全家之後，平一指十分歡喜，這才悉心診治我女兒之病。」

令狐冲點頭道：「原來如此。其實前輩的丹藥雖靈，對我的疾病卻不對症。不知令愛病勢現下如何，重新再覓丹藥，可還來得及嗎？」

老頭子怒道：「我女兒最多再拖得一年半載，便一命嗚呼了，又怎來得及去再覓這等靈丹妙藥？現下無可奈何，只有死馬當作活馬醫了。」

他取出幾根繩索，將令狐冲的手足牢牢縛在椅上，撕爛他衣衫，露出了胸口肌膚。令狐冲問道：「你要幹甚麼？」老頭子獰笑道：「不用心急，待會便知。」將他連人帶椅抱起，穿過兩間房，揭起棉帷，走進一間房中。

令狐冲一進房便覺悶熱異常。但見那房的窗縫都用綿紙糊住，密不通風，房中生著兩大盆炭火，床上布帳低垂，滿房都是藥氣。

老頭子將椅子在床前一放，揭開帳子，柔聲道：「不死好孩兒，今天覺得怎樣？」

令狐冲心下大奇：「甚麼？老頭子的女兒芳名『不死』，豈不叫作『老不死』？啊，是了，他說他女兒在娘胎中便得了怪病，想來他生怕女兒死了，便給她取名『不死』，到老不死，是大吉大利的好口彩。她是『不』字輩，跟我師父是同輩。」越想越覺好笑。

只見枕上躺著一張更沒半點血色的臉蛋，一頭三尺來長的頭髮散在布被之上，頭髮也是稀疏淡黃。那姑娘約莫十七八歲年紀，面貌倒也清秀，雙眼緊閉，睫毛甚長，低聲叫道：「爹！」卻不睜眼。

老頭子道：「不兒，爹爹給你煉製的『續命八丸』已經大功告成，今日便可服用了，你吃了之後，毛病便好，就可起床玩耍。」那少女嗯的一聲，似乎並不怎麼關切。

令狐冲見到那少女病勢如此沉重，心下更是過意不去，又想：「老頭子對他女兒十分愛憐，無可奈何之中，只好騙騙她了。」

老頭子扶著女兒上身，道：「你坐起一些好吃藥，這藥得來不易，可別蹧蹋了。」那少女慢慢坐起，老頭子拿了兩個枕頭墊在她背後。那少女睜眼見到令狐冲，十分詫異，眼珠不住轉動，瞧著令狐冲，問道：「爹，他……他是誰？」

老頭子微笑道：「他麼？他不是人，他是藥。」那少女茫然不解，道：「他是藥？」老頭子道：「是啊，他是藥。那『續命八丸』藥性太過猛烈，我兒服食不宜，因此先讓這人服了，再刺他之血供我兒服食，最爲適當。」那少女道：「刺他的血？他會痛的，那……那不大好。」老頭子道：「這人是個蠢才，不知道痛的。」那少女「嗯」的一聲，閉上了眼。

令狐冲又驚又怒，正欲破口大罵，轉念一想：「我吃了這姑娘的救命靈藥，雖非有意，總之是我壞了大事，害了她性命。何況我本就不想活了，以我之血，救她性命，贖我罪愆，有何不可？」當下淒然一笑，並不說話。

老頭子站在他身旁，只待他一出聲叫罵，立即點他啞穴，豈知他竟神色泰然，不以爲意，倒也大出意料之外。他怎知令狐冲自岳靈珊移情別戀之後，本已心灰意懶，這晚聽得那大漢大聲斥責岳靈珊和林平之，罵他二人說自己壞話，又親眼見到岳林二人在岸上樹底密約相會，更覺了無生趣，於自己生死早已全不掛懷。

老頭子問道：「我要刺你心頭熱血，爲我女兒治病了，你怕不怕？」令狐冲淡淡的道：「那有甚麼可怕？」老頭子側目凝視，見他果然毫無懼怕神色，說道：「刺出你心頭之血，你便性命不保了，我有言在先，可別怪我沒告知你。」令狐冲淡淡一笑，道：「每個人到頭來終於要死的，早死幾年，遲死幾年，也沒多大分別？我的血能救得姑娘之命，那是再好不過，勝於我白白的死了，對誰都沒好處。」他猜想岳靈珊得知自己死訊，只怕非但毫不悲戚，說不定還要罵聲：「活該！」不禁大生自憐自傷之意。

老頭子大拇指一翹，讚道：「這等不怕死的好漢，當眞難得！只可惜我女兒若不飲你的血，便難活命，否則的話，眞想就此饒了你。」他到灶下端了一盆熱氣騰騰的沸水出來，右手執了尖刀，左手用手巾在熱水中浸濕了，敷在令狐冲心口。

正在此時，忽聽得祖千秋在外面叫道：「老頭子，快開門，我有些好東西送給你的不死姑娘。」老頭子眉頭一皺，右手刀子一劃，將那熱手巾割成兩半，將一半塞在令狐冲口中，說道：「甚麼好東西了？」放下刀子，出去開門，讓祖千秋進屋。

祖千秋道：「老頭子，這一件事你如何謝我？當時事情緊急，又找你不到。我只好取了你的『續命八丸』，騙他服下。倘若你自己知道了，也必會將這些靈丹妙藥送去，可是他就未必肯服。」老頭子怒道：「胡說八道……」

祖千秋將嘴巴湊到他的耳邊，低聲說了幾句話。老頭子突然跳起，大聲道：「有這等事？你……你……你……可不是騙我？」祖千秋道：「騙你作甚？我打聽得千眞萬確。老頭子，咱們是幾十年的交情了，知己之極，我辦這件事，可合了你心意罷？」老頭子頓足叫道：「不錯，不錯！該死，該死，該死！」

祖千秋奇道：「怎地又是不錯，又是該死？」老頭子道：「你不錯，我該死！」祖千秋更加奇了，道：「你爲甚麼該死？」

老頭子一把拖了他手，直入女兒房中，向令狐冲納頭便拜，叫道：「令狐公子，令狐爺爺，小人豬油蒙了心，今日得罪了你。幸好祖千秋及時趕到，如我一刀刺死了你，便將老頭子全身肥肉熬成脂膏，也贖不了我罪愆的萬一。」說著連連叩頭。

令狐冲口中塞著半截手巾，嗬嗬作聲，說不出話來。

祖千秋忙將手巾從他口中挖了出來，問道：「令狐公子，你怎地到了這裏？」令狐冲忙道：「老前輩快快請起，這等大禮，我可愧不敢當。」老頭子道：「小老兒不知令狐公子和我大恩人有這等淵源，多多冒犯，唉，唉，該死，該死！胡塗透頂！就算我有一百個女兒，個個都要死，也不敢讓令狐公子流半點鮮血救她們的狗命。」

祖千秋睜大了眼，問道：「老頭子，你將令狐公子綁在這裏幹甚麼？」老頭子道：「唉，總之是我倒行逆施，胡作非爲，你少問一句行不行？」祖千秋又問：「這盆熱水和這把尖刀放在這裏，又幹甚麼來著？」只聽得啪啪啪啪幾聲，老頭子舉起手來，力批自己雙頰。他臉頰本就肥得有如南瓜，這幾下著力擊打，登時更加腫脹不堪。

令狐冲道：「種種情事，晚輩胡裏胡塗，實不知半點因由，還望兩位前輩明示。」老頭子和祖千秋匆匆忙忙解開他身上綁縛，說道：「咱們一面喝酒，一面詳談。」令狐冲向床上的少女望了一眼，問道：「令愛的病勢，不致便有變化麼？」

老頭子道：「沒有，不會有變化。就算有變化，唉，這個……那也是……」他口中嘮嘮叨叨的，也不知說些甚麼，將令狐冲和祖千秋讓到廳上，倒了三碗酒，又端出一大盤肥豬肉來下酒，恭恭敬敬的舉起酒碗，敬了令狐冲一碗。令狐冲一口飲了，只覺酒味淡薄，平平無奇，但比之在祖千秋酒杯中盛過的酒味，卻又好上十倍。

老頭子說道：「令狐公子，老朽胡塗透頂，得罪了公子，唉，這個……眞是……」一臉惶恐之色，不知說甚麼話才能表達心中歉意。祖千秋道：「令狐公子大人大量，也不會怪你。再說，你這『續命八丸』倘若有些效驗，對令狐公子的身子眞有補益，那麼你反有功勞了。」老頭子道：「這個……功勞是不敢當的，祖賢弟，還是你功勞大。」祖千秋笑道：「我取了你這八顆丸藥，只怕於不死姪女身子有妨，這一些人參給她補一補罷。」說著俯身取過一隻竹簍，打開蓋子，掏出一把把人參來，有粗有細，看來就沒十斤，也有八斤。

老頭子道：「從那裏弄來這許多人參？」祖千秋笑道：「自然是從藥材鋪中借來的。」老頭子哈哈大笑，道：「劉備借荊州，不知何日還。」

令狐冲見老頭子雖強作歡容，卻掩不住眉間憂愁，說道：「老先生，祖先生，你兩位想要醫我之病，雖是一番好意，但一個欺騙在先，一個擄綁在後，未免太不將在下瞧在眼裏了。」老祖二人一聽，當即站起，連連作揖，齊道：「令狐公子，老朽罪該萬死。不論公子如何處罰，老朽二人都罪有應得。」令狐冲道：「好，我有一事不明，須請直言相告。請問二位到底是衝著誰的面子，才對我這等相敬？」

老祖二人相互瞧了一眼。老頭子道：「這個……這個……這個嗎？」祖千秋道：「公子爺當然知道。那一位的名字，恕我們不敢提及。」

令狐冲道：「我的的確確不知。」暗忖：「是風太師叔麼？是不戒大師麼？是田伯光麼？是綠竹翁麼？可是似乎都不像。風太師叔雖有這等本事面子，但他老人家隱居不出，不許我洩露行蹤，他怎會下山來幹這等事？不戒大師、田伯光、綠竹翁他們性子直爽，做事也不會如此隱秘。」

祖千秋道：「公子爺，你問的這件事，我和老兄二人是決計不敢答的，你就殺了我們，也不會說。你公子爺心中自然知道，又何必定要我們說出口來？」

令狐冲聽他語氣堅決，顯是不論如何逼問都決計不說的了，便道：「好，你們既然不說，我心中怒氣不消。老先生，你剛才將我綁在椅上，嚇得我魂飛魄散，我也要綁你二人一綁，說不定我心中不開心，一尖刀把你們的心肝都挖了出來。」

老祖二人又對望一眼，齊道：「公子爺要綁，我們自然不敢反抗。」老頭子端過兩隻椅子，又取了七八條粗索來。兩人先用繩索將自己雙足在椅腳上牢牢縛住，然後雙手放在背後，說道：「公子請綁。」均想：「這少年未必眞要綁我們出氣，多半是開開玩笑。」

那知令狐冲取過繩索，當眞將二人雙手反背牢牢縛住，提起老頭子的尖刀，說道：「我內力已失，不能用手指點穴，又怕你們運力掙扎，只好用刀柄敲打，封了你二人的穴道。」當下倒轉尖刀，用刀柄在二人的環跳、天柱、少海等處穴道中用力敲擊，封住了二人穴道。老頭子和祖千秋面面相覷，大爲詫異，不自禁生出恐懼之情，不知令狐冲用意何在。只聽他說道：「你們在這裏等一會。」轉身出廳。

令狐冲握著尖刀，走到那少女的房外，咳嗽一聲，說道：「老……唔，姑娘，你身子怎樣？」他本待叫她「老姑娘」，但想這少女年紀輕輕，雖然姓老，稱之爲「老姑娘」總不大妥當。那少女「嗯」的一聲，並不回答。

令狐冲掀開棉帷，走進房去，只見她兀自坐著，靠在枕墊之上，半睡半醒，雙目微睁。令狐冲走近兩步，見她臉上肌膚便如透明一般，淡黃的肌肉下現出一條條青筋，似乎可見到血管中血液隱隱流動。房中寂靜無聲，風息全無，好似她體內鮮血正在一滴滴的凝結成膏，她呼出來的氣息，呼出一口便少了一口。

令狐冲心道：「這姑娘本來可活，卻給我誤服丹藥而害了她。我反正是要死了，多活幾天，少活幾天，又有甚麼分別？」取過一隻瓷碗放在几上，伸出左腕，右手舉刀在腕脈上橫斬一刀，鮮血泉湧，流入碗中。他見老頭子先前取來的那盆熱水仍在冒氣，當即放下尖刀，右手抓些熱水淋上傷口，使得傷口鮮血不致迅速凝結。頃刻間鮮血已注滿了大半碗。

那少女迷迷糊糊中聞到一陣血腥氣，睜開眼來，突然見到令狐冲手腕上鮮血直淋，一驚之下，大叫了一聲。

令狐冲見碗中鮮血將滿，端到那姑娘床前，就在她嘴邊，柔聲道：「快喝了，血中含有靈藥，能治你的病。」那姑娘道：「我……我怕，我不喝。」令狐冲流了一碗血後，只覺腦中空盪盪地，四肢軟弱無力，心想：「她害怕不喝，這血豈不是白流了？」左手抓過尖刀，喝道：「你不聽話，我便一刀殺了你。」將尖刀刀尖直抵到她喉頭。

那姑娘怕了起來，只得張嘴將一碗鮮血一口口的都喝了下去，幾次煩惡欲嘔，看到令狐冲的尖刀閃閃發光，竟嚇得不敢作嘔。

令狐冲見她喝乾了一碗血，自己腕上傷口鮮血漸漸凝結，心想：「我服了老頭子的『續命八丸』，從血液中進入這姑娘腹內的，只怕還不到十分之一，待我大解小解之後，不免所失更多，須得儘早再餵她幾碗鮮血，直到我不能動彈爲止。」當下再割右手腕脈，放了大半碗鮮血，又去餵那姑娘。

那姑娘皺起了眉頭，求道：「你……你別逼我，我眞的不行了。」令狐冲道：「不行也得行，快喝，快。」那姑娘勉強喝了幾口，喘了一會氣，說道：「你……你爲甚麼這樣？你這樣做，好傷自己身子。」令狐冲苦笑道：「我傷身子打甚麼緊，我只要你好。」

桃枝仙和桃實仙給老頭子所裝的漁網所縛，越出力掙扎，漁網收得越緊，到得後來，兩人手足便想移動數寸也已有所不能。兩人身不能動，耳目卻仍靈敏，口中更爭辯不休。當令狐冲將老祖二人縛住後，桃枝仙猜他定要將二人殺了，桃實仙則猜他一定先來釋放自己兄弟。那知二人白爭了一場，所料全然不中，令狐冲卻走進了那姑娘房中。

那姑娘的閨房密不通風，二人在房中說話，只隱隱約約的傳了一些出來。桃枝仙、桃實仙、岳不羣、老頭子、祖千秋五人內力都甚了得，但令狐冲在那姑娘房中幹甚麼，五人只好隨意想像，突然間聽得那姑娘尖聲大叫，五人臉色登時都為之大變。

桃枝仙道：「令狐冲一個大男人，走到人家閨女房中去幹甚麼？」桃實仙道：「你聽！那姑娘害怕之極，說道：『我……我怕！』令狐冲說：『你不聽話，我便一刀殺了你。』他說『你不聽話』，令狐冲要那姑娘聽甚麼話？」桃枝仙道：「那還有甚麼好事？自然是強迫那姑娘做他老婆。」桃實仙道：「哈哈，可笑之極！那矮冬瓜胖皮球的女兒，當然也是矮冬瓜胖皮球，令狐冲為甚麼要逼她做老婆？」桃枝仙道：「蘿蔔青菜，各人所愛！說不定令狐冲特別喜歡肥胖女子，一見肥女，便即魂飛天外。」桃實仙道：「啊喲！你聽，你聽！那肥女求饒了，說甚麼『你別逼我，我眞的不行了。』」桃枝仙道：「不錯。令狐冲這小子卻霸王硬上弓，說道：『不行也得行，快，快！』」

桃實仙道：「爲甚麼令狐冲叫她快些，快甚麼？」桃枝仙道：「你沒娶過老婆，是童男之身，自然不懂！」桃實仙道：「難道你就娶過了，不害臊！」桃枝仙道：「你明知我沒娶過，幹麼又來問我？」桃實仙大叫：「喂，喂，老頭子，令狐冲在逼你女兒做老婆，你幹麼見死不救？」桃枝仙道：「你管甚麼閒事？你怎知那肥女要死，世上有多少女人做了老婆，她們又不死？她女兒名叫『老不死』，怎麼會死？」

老頭子和祖千秋給縛在椅上，又給封了穴道，聽得房中老姑娘驚呼和哀求之聲，二人面面相覷，不知如何是好。二人心下本已起疑，聽得桃谷二仙在院子中大聲爭辯，更無懷疑。

祖千秋道：「老兄，這件事非阻止不可，沒想到令狐公子如此好色，只怕要闖大禍。」老頭子道：「唉，蹧蹋了我不死孩兒，那還罷了，卻……卻太也對不起人家。」祖千秋道：「你聽，你聽。你的不死姑娘對他生了情意，她說：『你這樣做，好傷自己身子。』令狐冲說甚麼？你聽到沒有？」老頭子道：「他說：『我傷身子打甚麼緊？我只要你好！』他奶奶的，這兩個小傢伙。」

祖千秋哈哈大笑，說道：「老兄，恭喜，恭喜！」老頭子怒道：「恭你奶奶個喜！」祖千秋笑道：「你何必發怒？恭喜你得了個好女婿！」老頭子大叫一聲，喝道：「別胡說！這件事傳揚出去，你我還有命麼？」他說這兩句話時，聲音中含著極大驚恐。祖千秋道：「是，是！」聲音卻也打顫了。

岳不羣身在牆外樹上，隔得更遠，雖運起了「紫霞神功」，也只聽到一鱗半爪，最初一聽到令狐沖強迫那姑娘，便想衝入房中阻止，但轉念一想，這些人連令狐沖在內，個個詭秘怪異，不知有甚圖謀，還是不可魯莽，以靜觀其變爲是，當下運功繼續傾聽。桃谷二仙和老祖二人的說話不絕傳入耳中，只道令狐沖當眞乘人之危，對那姑娘大肆非禮，後來再聽老祖二人的對答，心想令狐沖瀟洒風流，那姑娘多半與乃父相像，是個胖皮球般的醜女，則失身之後對其傾倒愛慕，亦毫不出奇，不禁連連搖頭。

忽聽得那姑娘又尖叫道：「別……別……這麼多血，求求你……」

突然牆外有人叫道：「老頭子，桃谷四鬼給我撇掉啦。」波的一聲輕響，有人從牆外躍入，推門進內，正是那個手持白旛去逗引桃谷四仙的漢子。

他見老頭子和祖千秋都給綁在椅上，吃了一驚，叫道：「怎麼啦！」右手一翻，掌中已多了一柄精光燦然的匕首，手臂幾下揮舞，已將兩人手足上所綁的繩索割斷。

房中那姑娘又尖聲驚叫：「你……你……求求你……不能再這樣了。」

那漢子聽她叫得緊急，驚道：「是老不死姑娘！」向房門衝去。

老頭子一把拉住了他手臂，喝道：「不可進去！」那漢子一怔之下，停住了腳步。

只聽得院子中桃枝仙道：「我想矮冬瓜得了令狐沖這樣一個女婿，定然歡喜得緊。」

桃實仙道：「令狐冲快要死了，一個半死半活的女婿，得了有甚麼歡喜？」桃枝仙道：「他女兒也快死了，一對夫妻一般的半死半活。」桃實仙問道：「那個死？那個活？」桃枝仙道：「那還用問？自然是令狐冲死。老不死姑娘名叫老不死，怎麼會死？」桃實仙道：「這也未必。難道名字叫甚麼，便眞的是甚麼？如果天下人個個叫老不死，便個個都老而不死了？咱們練武功還有甚麼用？」

兩兄弟爭辯聲中，猛聽得房中砰的一聲，甚麼東西倒在地下。老姑娘又叫了起來，聲音雖然微弱，卻充滿了驚惶之意，叫道：「爹，爹！快來！」

老頭子聽得女兒呼叫，搶進房去，只見令狐冲倒在地下，一隻瓷碗合在胸口，上身全是鮮血，老姑娘斜倚在床，嘴邊也都是血。祖千秋和那漢子站在老頭子身後，望望令狐冲，望望老姑娘，滿腹都是疑竇。

老姑娘道：「爹，他……他在自己手上割了許多血出來，逼我喝了兩碗……他……他還要割……」

老頭子這一驚更加非同小可，忙俯身扶起令狐冲，只見他雙手腕脈處各有傷口，鮮血兀自汩汩流個不住。老頭子急衝出房，取了金創藥來，心慌意亂之下，雖在自己屋中，還是額頭在門框邊上撞得腫起了一個大瘤，門框卻給他撞塌了半邊。

桃枝仙聽到碰撞聲響，只道他在毆打令狐冲，叫道：「喂，老頭子，令狐冲是桃谷六仙的好朋友，你可不能再打。要是打死了他，桃谷六仙非將你全身肥肉撕成一條條不可。」桃實仙道：「錯了，錯了！」桃枝仙道：「甚麼錯了？」桃實仙道：「他若是全身瘦肉，自可撕成一條一條，但他全是肥肉，一撕便成一團一塌胡塗的肥膏，如何撕成一條一條？」

老頭子將金創藥在令狐冲手腕上傷口處敷好，再在他胸腹間幾處穴道上推拿良久，令狐冲這才悠悠醒轉。老頭子驚魂略定，心下感激無已，顫聲道：「令狐公子，你……這件事當眞叫咱們粉身碎骨，也是……唉……也是……」祖千秋道：「令狐公子，老頭子剛才縛住了你，全是一場誤會，你怎地當眞了？豈不令他無地自容？」

令狐冲微微一笑，說道：「在下的內傷非靈丹妙藥所能醫治，祖前輩一番好意，取了老前輩的『續命八丸』來給在下服食，實在是糟蹋了……但願這位姑娘的病得能痊可……」他說到這裏，因失血過多，一陣暈眩，又昏了過去。

老頭子將他抱起，走出女兒閨房，放在自己房中床上，愁眉苦臉的道：「那怎麼辦？那怎麼辦？」祖千秋道：「令狐公子失血極多，只怕性命已在頃刻之間，咱三人便以畢生修爲，將內力注入他體內如何？」老頭子道：「自該如此。」輕輕扶起令狐冲，右掌心貼上他背心大椎穴，甫一運氣，便全身一震，喀喇一聲響，所坐的木椅給他壓得稀爛。

桃枝仙哈哈大笑，大聲道：「令狐冲的內傷，便因咱六兄弟以內力給他療傷而起，這矮冬瓜居然又來學樣，令狐冲豈不是傷上加傷，傷之又傷，傷之不已！」桃實仙道：「你聽，這喀喇一聲響，定是矮冬瓜給令狐冲的內力震了出來，撞壞了甚麼東西。令狐冲的內力，便是我們的內力，矮冬瓜又吃了桃谷六仙一次苦頭！妙哉！妙哉！」

老頭子嘆了口氣，道：「唉，令狐公子倘若傷重不醒，我老頭子只好自殺了。」

那漢子突然放大喉嚨叫道：「牆外棗樹上的那一位，可是華山派掌門岳先生嗎？」

岳不羣大吃一驚，心道：「原來我的行跡早就給他見到了。」只聽那漢子又叫：「岳先生，遠來是客，何不進來見面？」岳不羣極爲尷尬，只覺進去固是不妙，其勢又不能老是坐在樹上不動。那漢子道：「令高足令狐公子暈了過去，請你一起參詳參詳。」

岳不羣咳嗽一聲，縱身飛躍，越過了院子中丈餘空地，落在滴水簷下的走廊。老頭子已從房中走了出來，拱手道：「岳先生，請進。」岳不羣道：「在下掛念小徒安危，可來得魯莽了。」老頭子道：「那是在下該死。唉，倘若……倘若……」

桃枝仙大聲道：「你不用躭心，令狐冲死不了的。」老頭子大喜，問道：「你怎知他不會死？」桃枝仙道：「他年紀比你小得多，也比我小得多，是不是？」老頭子道：「是啊。那又怎樣？」桃枝仙道：「年紀老的人先死呢，還是年紀小的人先死？自然是老的先死了。你還沒死，我也沒死，令狐冲又怎麼會死？」老頭子本道他有獨得之見，豈知又來胡說一番，只有苦笑。桃實仙道：「我倒有個挺高明的主意，咱們大夥兒齊心合力，給令狐冲改個名字，叫作『令狐不死』……」

岳不羣走入房中，見令狐冲暈倒在床，心想：「我若不露一手紫霞神功，可教這幾人輕視我華山派了。」當下暗運神功，臉向裏床，以便臉上紫氣顯現之時無人瞧見，伸掌按到令狐冲背心大椎穴上。他早知令狐冲體內眞氣運行的情狀，當下並不用力，只以少些內力緩緩輸入，覺到他體內眞氣生出反激，手掌便和他肌膚離開了半寸，停得片刻，又將手掌按了上去。果然過不多時，令狐冲便即悠悠醒轉，叫道：「師父，你……老人家來了。」

老頭子等三人見岳不羣毫不費力的便將令狐冲救轉，都大爲佩服。

岳不羣尋思：「此處是非之地，不能多躭，又不知舟中夫人和衆弟子如何。」拱手說道：「多承諸位對我師徒禮敬有加，愧不敢當，這就告辭。」

老頭子道：「是，是！令狐公子身子違和，咱們本當好好接待才是，眼下卻是不便，實在失禮之至，還請兩位原恕。」

岳不羣道：「不用客氣。」黯淡的燈光之下，見那漢子一雙眸子炯炯發光，心念一動，拱手道：「這位朋友尊姓大名？」祖千秋笑道：「原來岳先生不識得咱們的夜貓子『無法可施』計無施。」岳不羣心中一凜：「夜貓子計無施？聽說此人天賦異稟，目力特強，行事忽善忽惡，或邪或正，雖然名叫計無施，其實卻詭計多端，是個極厲害的人物。他竟也跟老頭子等人攪在一起。」忙拱手道：「久仰計師傅大名，當眞如雷貫耳，今日有幸得見。」

計無施微微一笑，說道：「咱們今日見了面，明日還要在五霸岡再見面啊。」

岳不羣又是一凜，雖覺初次見面，不便向人探詢詳情，但女兒遭擄，甚爲關心，說道：「在下不知甚麼地方得罪了這裏武林朋友，想必是路過貴地，未曾拜候，委實禮數不周。小女和一個姓林的小徒，不知給那一位朋友召了去，計先生可能指點一二麼？」

計無施微笑道：「是麼？這個可不大淸楚了。」

岳不羣向計無施探詢女兒下落，本已大大委屈了自己掌門人身分，聽他不置可否，雖又惱又急，其勢已不能再問，當下淡淡的道：「深夜滋擾，甚以爲歉，這就告辭了。」扶起令狐冲，伸手欲抱。

老頭子從他師徒之間探頭上來，將令狐冲搶著抱了過去，道：「令狐公子是在下請來，自當由在下恭送回去。」抓了張薄被蓋在令狐冲身上，大踏步往門外走出。

桃枝仙叫道：「喂，我們這兩條大魚，放在這裏，成甚麼樣子？」老頭子沉吟道：「這個……」心想縛虎容易縱虎難，若將他兩兄弟放了，他桃谷六仙前來生事尋仇，可眞難以抵擋。否則的話，有這兩個人質在手，另外那四人便心有所忌。

令狐冲知他心意，道：「老前輩，請你將他們二位放了。桃谷二仙，你們以後也不可向老祖二位尋仇生事，大家化敵爲友如何？」桃枝仙道：「單是我們二位，也沒法向他們尋仇生事。」令狐冲道：「那自是桃谷六仙一起在內了。」

桃實仙道：「不向他們尋仇生事，那是可以的；說到化敵爲友，卻是不行，殺了我頭也不行。」老頭子和祖千秋都哼了一聲，心下均想：「我們不過衝著令狐公子的面子，才不來跟你們計較，難道當眞怕了你桃谷六仙不成？」

令狐冲道：「那爲甚麼？」桃實仙道：「桃谷六仙跟他們黃河老祖本來無怨無仇，根本不是敵人，既非敵人，這『化敵』便如何化起？所以啊，要結成朋友，倒也不妨，要化敵爲友，可無論如何化不來了。」衆人一聽，都哈哈大笑。

祖千秋俯下身去，解開了漁網的活結。這漁網乃用人髮、野蠶絲、純金絲所絞成，堅韌異常，寶刀利劍亦不能斷，陷身入內後若非得人解救，則越是掙扎，勒得越緊。

桃枝仙站起身來，拉開褲子，便在漁網上撒尿。祖千秋驚問：「你……你幹甚麼？」桃枝仙道：「不在這臭網上撒一泡尿，難消老子心頭之氣。」

當下七人回到河邊碼頭。岳不羣遙遙望見勞德諾和高根明二弟子仗劍守在船頭，知道衆人無恙，當即放心。老頭子將令狐冲送入船艙，恭恭敬敬的一揖到地，說道：「公子爺義薄雲天，老朽感激不盡。此刻暫且告辭，不久便當再見。」

令狐冲在路上一震，迷迷糊糊的又欲暈去，也不知他說些甚麼話，只嗯了一聲。

岳夫人等見這肉球人前倨後恭，對令狐冲如此恭謹，無不大爲詫異。

老頭子和祖千秋深怕桃根仙等回來，不敢逗留，向岳不羣一拱手，便即告辭。

桃枝仙向祖千秋招招手，道：「祖兄慢去。」祖千秋道：「幹甚麼？」桃枝仙道：「幹這個！」曲膝矮身，突然挺肩向他懷中猛力撞去。這一下出其不意，來勢快極，祖千秋不及閃避，只得急運內勁，霎時間氣充丹田，肚腹已堅如鐵石。只聽得喀喇、噼啪、玎玎、錚錚十幾種聲音齊響，桃枝仙已倒退在數丈之外，哈哈大笑。

祖千秋大叫：「啊唷！」探手入懷，摸出無數碎片來，或瓷或玉，或竹或木，他懷中所藏的二十餘隻珍貴酒杯，在這麼一撞之下多數粉碎，金杯、銀杯、青銅爵之類也都給壓得扁了。他既痛惜，又惱怒，手一揚，數十片碎片向桃枝仙激射過去。

桃枝仙早就有備，閃身避開，叫道：「令狐冲叫咱們化敵爲友，他的話可不能不聽。咱們須得先成敵人，再做朋友。」

祖千秋窮數十年心血搜羅來的這些酒杯，給桃枝仙一撞之下盡數損毀，如何不怒？本來還待追擊，聽他這麼一說，當即止步，乾笑幾聲，道：「不錯，化敵爲友，化敵爲友！」和老頭子、計無施二人轉身而行。

令狐冲迷迷糊糊之中，還是掛念著岳靈珊的安危，說道：「桃枝仙，你請他們不可……不可害我岳師妹。」桃枝仙應道：「是。」大聲說道：「喂！喂！老頭子、夜貓子、祖千秋幾位朋友聽了，令狐冲說，叫你們不可傷害他的寶貝師妹。」

計無施等本已走遠，聽了此言，當即停步。老頭子回頭大聲道：「令狐公子有命，自當遵從。」三人低聲商量了片刻，這才離去。

岳不羣剛向夫人述說得幾句在老頭子家中的見聞，忽聽得岸上大呼小叫，桃根仙等四人回來了。

桃谷四仙滿嘴吹噓，說那手持白旛之人給他們四兄弟擒住，已撕成了四塊。桃實仙哈哈大笑，說道：「厲害，厲害！四位哥哥端的了得。」桃枝仙道：「你們將那人撕成了四塊，可知他叫甚麼名字？」桃幹仙道：「他死都死了，管他叫甚麼名字？難道你便知道？」桃枝仙道：「我自然知道。他姓計，名叫計無施，還有個外號，叫作夜貓子。」桃葉仙拍手道：「這姓固然姓得好，名字也取得妙，原來他倒有先見之明，知道日後給桃谷六仙擒住之後，定是無法可施，逃不了給撕成四塊的命運，因此上預先取下了這個名字。」桃實仙道：「這夜貓子計無施，功夫當眞出類拔萃，世所罕有！」桃根仙道：「是啊，他功夫實在了不起，倘若不是遇上桃谷六仙，憑他的輕身功夫，在武林中也可算得是一把好手。」桃實仙道：「輕身功夫倒也罷了，給撕成四塊之後，他居然能自行拚起，死後還魂，行動如常。剛才還到這裏來說了一會子話呢。」

桃根仙等才知謊話拆穿，四人也不以爲意，臉上都假裝驚異之色。桃花仙道：「原來計無施還有這等奇門功夫，那倒是人不可貌相，海水不可斗量，佩服啊，佩服！」桃幹仙道：「將撕成四塊的身子自行拚湊，片刻間行動如常，聽說叫做『化零爲整大法』，這功夫失傳已久，想不到這計無施居然學會了，確是武林異人，下次見到，可以跟他交個朋友。」

岳不羣和岳夫人相對發愁，愛女被擄，連對頭是誰也不知道，想不到華山派名震武林，卻在黃河邊上栽了這麼個大觔斗，只是怕衆弟子驚恐，半點不露聲色。夫婦倆也不商量種種疑難不解之事，只心中暗自琢磨。大船之中，便是桃谷六仙胡說八道之聲。

過了一個多時辰，天色將曙，忽聽得岸上腳步聲響，不多時有兩乘轎子抬到岸邊。當先一名轎夫朗聲說道：「令狐冲公子吩咐，不可驚嚇了岳姑娘。敝上多有冒昧，還請令狐冲公子恕罪。」四名轎夫將轎子放下，向船上行了一禮，便即轉身而去。

只聽得轎中岳靈珊的聲音叫道：「爹，媽！」

岳不羣夫婦又驚又喜，躍上岸去掀開轎帷，果見愛女好端端的坐在轎中，只腿上給點了穴道，行動不得。另一頂轎中坐的，正是林平之。岳不羣伸手在女兒環跳、脊中、委中幾處穴道上拍了幾下，解開了她受封的穴道，問道：「那大個子是誰？」

岳靈珊道：「那個又高又大的大個子，他……他……他……」小嘴一扁，忍不住要哭。岳夫人輕輕將她抱起，走入船艙，低聲問道：「可受了委屈嗎？」岳靈珊給母親一問，索性「哇」的一聲哭了出來。岳夫人大驚，心想：「那些人路道不正，珊兒落在他們手裏，有好幾個時辰，不知是否受了凌辱？」忙問：「怎麼了？跟媽說不要緊。」岳靈珊只哭個不停。

岳夫人更是驚惶，船中人多，不敢再問，將女兒橫臥於榻，拉過被子，蓋在她身上。岳靈珊忽然大聲哭道：「媽，這大個子罵我，嗚！嗚！」

岳夫人一聽，如釋重負，微笑道：「給人家罵幾句，便這麼傷心。」岳靈珊哭道：「他舉起手掌，還假裝要打我、嚇我。」岳夫人笑道：「好啦，好啦！下次見到，咱們罵還他，嚇還他。」岳靈珊道：「我又沒說大師哥壞話，小林子更加沒說。那大個子強兇霸道，他說平生最不喜歡的事，便是聽到有人說令狐冲的壞話。我說我也不喜歡。他說，他一不喜歡，便要把人煮來吃了。媽，他說到這裏，便露出一口白森森的牙齒嚇我。嗚嗚嗚！」

岳夫人道：「這人眞壞。冲兒，那大個子是誰啊？」

令狐冲神智未曾十分清醒，迷迷糊糊的道：「大個子嗎？我……我……」

這時林平之也已得師父解開穴道，走入船艙，插口道：「師娘，那大個子跟那和尚當眞是吃人肉的，倒不是空言恫嚇。」岳夫人一驚，問道：「他二人都吃人肉？你怎知道？」林平之道：「那和尙問我辟邪劍譜的事，盤問了一會，從懷中取出一塊東西來嚼，咬得嗒嗒出聲，津津有味，還拿到我嘴邊，問我要不要咬一口嚐嚐滋味。卻原來：：卻原來是一隻人手。」岳靈珊驚叫一聲，道：「你先前怎地不說？」林平之道：「我怕你受驚，不敢跟你說。」

岳不羣忽道：「啊，我想起來了。這是『漠北雙熊』。那大個兒皮膚很白，那和尙卻皮膚很黑，是不是？」岳靈珊道：「是啊。爹，你認得他們？」岳不羣搖頭道：「我不認得。只聽人說過，塞外漠北有兩名劇盜，一個叫白熊，一個叫黑熊。白熊是大個兒，黑熊是和尙。倘若事主自己攜貨而行，漠北雙熊不過搶了財物，也就算了，倘若有鏢局子保鏢，那麼雙熊往往將保鏢的煮來吃了，還道練武之人肌肉結實，吃起來加倍的有咬口。」岳靈珊又「啊」的一聲尖叫。

岳夫人道：「師哥你也眞是的，甚麼『吃起來加倍的有咬口』，這種話也說得出口，不怕人作嘔。」岳不羣微微一笑，頓了一頓，才道：「從沒聽說漠北雙熊進過長城，怎地這一次到黃河邊上來啦？沖兒，你怎會認得漠北雙熊的？」

令狐冲道：「漠北雙雄？」他沒聽淸楚師父前半截的話，只道「雙雄」二字定是英雄之雄，卻不料是熊羆之熊，呆了半晌，道：「我不認得啊。」

岳靈珊忽問：「小林子，那和尚要你咬那隻手掌，你咬了沒有？」林平之道：「我自然沒咬。」岳靈珊道：「你不咬就罷了，倘若咬過一口，哼哼，瞧我以後還睬不睬你？」

桃幹仙在外艙忽然說道：「天下第一美味，莫過於人肉。小林子一定偷吃過了，只不肯承認而已。」桃葉仙道：「他若沒吃，先前為甚麼不說，到這時候才拚命抵賴？」

林平之自遭大變後，行事言語均十分穩重，聽他二人這麼說，一怔之下，無以對答。

桃花仙道：「這就是了。他不聲不響，便是默認。岳姑娘，這種人吃了人肉不認，為人極不誠實，豈可嫁給他做老婆？」桃根仙道：「你與他成婚之後，他日後必定與第二個女子勾勾搭搭，回家來你若問他，他定然死賴，決計不認。」桃葉仙道：「更有一樁危險萬分之事，他吃人肉吃出癮來，他日你和他同床而眠，睡到半夜，忽然手指奇痛，又聽得喀喇、喀喇的咀嚼之聲，一查之下，你道是甚麼？卻原來這小林子在吃你的手指。」桃實仙道：「岳姑娘，一個人連腳趾在內，也不過二十根。這小林子今天吃幾根，明天吃幾根，好容易便將你十根手指、十根腳趾都吃了個精光。」

桃谷六仙自在華山絕頂與令狐冲結交，便已當他是好朋友。六兄弟雖好辯成性，卻也不是全無腦筋，令狐冲和岳靈珊之間落花有意、流水無情的情狀，他六人早就瞧在眼裏，此時捉到林平之的一點岔子，竟爾大肆挑撥離間。

岳靈珊伸手指塞在耳朵，叫道：「你們胡說八道，我不要聽，我不要聽！」

桃根仙道：「岳姑娘，你喜歡嫁給這小林子做老婆，倒也不妨，不過有一門功夫，卻不可不學。這門功夫跟你一生干係極大，倘若錯過了機會，日後定是追悔無及。」

岳靈珊聽他說得鄭重，問道：「甚麼功夫，有這麼要緊？」

桃根仙道：「那個夜貓子計無施，有一門『化零為整大法』，日後你的耳朵、鼻子、手指、腳趾，都給小林子吃在肚裏，只消你身具這門功夫，那也不懼，儘可剖開他肚子，取了出來，拼在身上，化零為整。」

笑傲江湖(大字版) / 金庸作.　-- 二版.
-- 臺北市：遠流，2017.10
冊；　公分. --(大字版金庸作品集；55–62)

ISBN 978-957-32-8112-2 (全套：平裝).

857.9　　　　106016822